Magali Bergeon-Lefranc

Lonicéra

Tome 2

L'appel des Anciens

Éditions Dédicaces

LONICÉRA. TOME 2 : L'APPEL DES ANCIENS
par MAGALI BERGEON-LEFRANC

Couverture : MANÙ

Dépôt légal :
Bibliothèque et Archives Canada
Bibliothèque et Archives nationales du Québec

Un exemplaire de cet ouvrage a été remis
à la Bibliothèque d'Alexandrie, en Egypte

ÉDITIONS DÉDICACES INC
675, rue Frédéric Chopin
Montréal (Québec) H1L 6S9
Canada

www.dedicaces.ca | www.dedicaces.info
Courriel : info@dedicaces.ca

Magali Bergeon-Lefranc

Lonicéra

Tome 2

L'appel des Anciens

Bretagne

Molène

Château de Rena

Forêt
d'Huelgoat

Tombeau de Merlin

Forêt de
Brocéliande

À Valentin,
À Stella,
Mes enfants de Lumière.

Prologue

Étendue sur sa couche aux côtés de Briag, Lonicéra était pensive. Déjà, les rongeurs et autres animaux nocturnes qui avaient vaqué à leurs occupations toute la nuit durant, commençaient à se taire et regagner leurs habitats forestiers. Le concert des oiseaux dans les arbres annonçait le retour proche de l'astre solaire et le réveil du peuple sylvestre.

Lonicéra aimait ce moment. Il lui permettait de communier de manière privilégiée avec les Énergies de la Terre, était propice à la réflexion personnelle. Et ce matin-là, matin si particulier, elle se remémorait le chemin parcouru depuis son arrivée dans le monde des fées caché sur l'île de Cherry Island, au cœur des Highlands d'Écosse.

Elle se souvenait comment Océane, jeune humaine désabusée, était sortie de sa chrysalide pour devenir Lonicéra, Princesse protectrice du peuple de la forêt. Comment, avec son amie Hédéra, elle avait retrouvé la trace de leurs parents disparus depuis des années. Et enfin, comment, avec le concours de leurs compagnons, les elfes Briag et Kieran, elles avaient cru vaincre Rana, la reine déchue, sa propre tante, jumelle de sa mère Myrtis. Mais, hélas ! Cette dernière le leur avait appris, la réalité était toute autre ! Rana était toujours en vie et ne tarderait pas à se manifester, d'une manière ou d'une autre…

C'est alors que la voix grave de Briag raisonna dans ses pensées. « Bonjour, petite fée ! »

Lonicéra détourna la tête pour faire face à son âme sœur. Le regard empreint de cet amour incommensurable, il lui souriait. Il vint blottir sa tête dans les cheveux de son aimée et lui murmura à l'oreille : « Il est temps ! »

Première partie

Chapitre 1
Le couronnement

Déjà, la nature se parait des couleurs chatoyantes de l'automne. Les feuillages jaunes ou rouges des grands chênes, dansant au grès du vent, ne tarderaient pas à s'étaler au sol en un tapis naturel annonçant la venue prochaine de l'hiver. Bientôt, les cours d'eau se gonfleraient des pluies automnales pour se transformer en torrents rugissants. Lilia avançait entre les arbres, joyeuse comme à l'accoutumée. Elle fredonnait et saluait le matin qui se levait, la nature qui s'éveillait dans les murmures mêlés des rongeurs et autres bruissements de feuilles. Le soleil, perçant entre les bran-ches, laissait s'échapper du sol une brume légère, fluide et irisée.

Elle se rendait rarement à la lisière de la forêt, comme presque toutes les fées d'ailleurs, qui préfèrent habituellement la protection des grands arbres. Elle reconnaissait bien là la différence de Lonicéra. C'était elle qui avait insisté pour faire pousser sa maison arbre entre forêt et clairière, légèrement à l'écart de ses congénères. Perchée à quatre mètres du sol, frôlant la frondaison des arbres alentour, la maison était bâtie de l'enchevêtrement des branches d'un grand chêne. Tout le long du tronc de celui-ci grimpaient des arabesques de chèvrefeuille qui finissaient de parfaire, une fois arrivées en haut de l'arbre, les murs de la petite habitation. De la fenêtre végétale, Lonicéra pouvait admirer un large panorama ouvert sur le monde, avec comme point de vue principal le lac à quelques centaines de mètres de là. Hédéra, sa fidèle amie, avait, elle aussi, décidé de s'installer ici, près de l'arbre de Lonicéra. Les deux maisons arbres se ressemblaient beaucoup, mais on les différenciait grâce à la plante emblème de la fée qui l'habitait ; la maison d'Hédéra était parsemée de lierre.

Alors qu'elle marchait d'un pas sautillant, Lilia ne pouvait s'empêcher de se demander ce que cela pouvait faire de trouver sa part manquante, un être si proche de soi que l'on ne peut vivre sans lui. Elle aimait bien Gweltaz, certes, mais cela n'avait rien à voir avec ce que vivaient Lonicéra et Hédéra. Leurs parts manquantes vivaient désormais avec elles, Briag avec Lonicéra, et Kieran avec Hédéra. Leurs destins à tous quatre étaient liés les uns aux autres.

— Bonjour, Lilia ! lui lança la voix grave de Briag du haut d'une branche.

— Bonjour, Briag ! lui répondit-elle en levant la tête. Comment vas-tu par ce beau matin ? Les arbres te content-ils de bonnes nouvelles de notre Mère ?

— Ils sont peu bavards, aujourd'hui, je dois dire, mais la Déesse semble heureuse ! Et toi, comment te portes-tu ?

— Je vais bien, merci ! Je cherche Lonicéra. Sais-tu où elle se trouve ?

— Elle est partie tôt ce matin sur la rive du lac, lui répondit-il en sautant à bas de l'arbre avec toute la légèreté qui sied aux elfes. Veux-tu que je l'informe que tu la cherches ?

— Non, merci. C'est bien aimable de ta part, mais je vais me rendre auprès d'elle de ce pas. J'apprécie de discuter avec elle, alors…

— Ne t'en fait pas, je comprends, la rassura Briag. À tout à l'heure, alors, Lilia, lui dit-il en inclinant la tête.

— Oui, à tout à l'heure… Et merci de m'avoir donné de si bonnes nouvelles de la Déesse Mère ! lui répondit la fée dans une révérence. Rien ne pourrait venir perturber cette journée.
Puis elle tourna les talons.

Depuis le retour de Lonicéra et Hédéra au sein du peuple de la forêt, Lilia apprenait à connaître les elfes qui étaient devenus leurs compagnons. Mais elle réapprenait aussi à connaître Lonicéra. Lorsqu'elle l'avait accueillie dans le monde magique moins de six mois auparavant, cette dernière était perdue et pleine de rancœur. Mais aujourd'hui, elle était totalement différente. Lilia était toujours étonnée en voyant la métamorphose de la jeune métisse mi-fée, mi-femme. Elle n'était plus humaine, mais une fée dans son cœur et dans son corps. Elle s'était transformée dans tous les sens du terme. Elles avaient tant fait, avec Hédéra, pour le peuple magique, et en si peu de temps ! Ensemble, et avec l'aide des deux elfes aujourd'hui liés à elles, elles avaient parcouru à pied des lieues inexplorées de leur peuple. Elles avaient défié et combattu la reine maudite, et délivré leur souveraine véritable. On chanterait pendant longtemps les louanges de la princesse et de sa fidèle amie qui avaient rétabli l'ordre des choses dans le monde magique.

En parcourant la clairière, Lilia saluait les fleurs qui s'ouvraient au soleil ; toutes étaient nées de l'amour que leur avait donné Lonicéra, et de ce fait, elles continueraient à fleurir tard dans la saison, mues par une énergie vitale bien plus grande qu'aucun humain ne pourrait l'imaginer. Et au bout de la clairière, elle vit le lac, calme et limpide. Un buisson de chèvrefeuille la séparait encore de la rive. Derrière, assise au sol, une jeune fée à la peau dorée fixait de ses yeux pensifs la rive opposée, le monde des humains, que seules les personnes nées là-bas peuvent voir. Un cercle de petites pierres gravitait autour d'elle, comme en apesanteur.

— Ton père, Wilfried, venait souvent ici lorsqu'il est arrivé dans notre monde, lui lança Lilia.
Sous le coup de la surprise, Lonicéra se retourna d'un bond et de minuscules vaguelettes de lumière orangée l'entourèrent soudain. Les pierres autour d'elle furent projetées en direction de la fée. Lorsqu'elle vit Lilia, les projectiles s'arrêtèrent et tombèrent au sol, et son champ d'énergie se résorba. Elle s'approcha d'elle en toute hâte, un sourire confus aux lèvres.

— Désolée, Lilia, c'était un réflexe…
— Ne t'en fais pas pour cela ! lui répondit la fée. Je comprends bien qu'avec ce que tu as vécu, tu n'es pas prête à laisser n'importe qui te surprendre et te faire du mal !
— Mais tu n'es pas n'importe qui ! rétorqua Lonicéra. Et je devrais apprendre à me contrôler davantage !
— À ce que je vois, tu contrôles déjà beaucoup de choses pour une fée aussi jeune ! Sais-tu quel âge j'ai ? – devant l'absence de réponse, Lilia poursuivit. – Je suis dans ma quatre-vingt-onzième année, Lonicéra, et je n'ai encore jamais réussi à faire voler des objets, ni à me téléporter sur des distances aussi grandes que celles que tu parcours. Sans oublier cette bulle d'énergie que tu fais jaillir de je ne sais où ! Toi, tu as appris tout cela en un temps record, et je suis certaine que tu as d'autres pouvoirs qui ne demandent qu'à se dévoiler !
— Peut-être as-tu raison… lui répondit Lonicéra en se tournant de nouveau vers la rive.

— Ton monde te manque, Lonicéra ? la questionna alors Lilia en se rapprochant d'elle.

— Non, lui répondit celle-ci l'air songeur, il ne me manque pas. Ce n'est plus mon monde. Je suis bien ici. Ma place est parmi vous désormais, au sein de mon peuple. Je n'en échangerais pour rien au monde !

— Alors pourquoi fixes-tu l'autre rive de la sorte, Princesse ? Qu'est-ce qui te rattache encore à sa vue ?

Après un instant de silence, Lonicéra répondit enfin à la question de son amie, les sourcils froncés, le visage inquiet.

— C'est étrange. Il y a encore quelques jours, j'entendais l'écho des cloches d'une église, parfois aussi celui des klaxons. Mais là, plus rien. Je ne les entends plus. Pas un bruit, hormis le clapotis de l'eau que fait remuer Nessie lors de sa pêche matinale.

— Peut-être n'appartiens-tu plus du tout à ce monde-là ? C'est peut-être pour cela que tu ne les entends plus !

— Je n'en suis pas si sûre, Lilia. Quelque chose d'étrange est à l'œuvre.

— En tout cas, quoi que ce soit, nous le saurons bien assez tôt ! clama Lilia en sautillant à nouveau sur place, sa bonne humeur ne la quittant jamais, et reprit aussitôt : J'étais venue pour m'assurer que tu étais prête à aller retrouver ta mère, notre souveraine. C'est un jour important, aujourd'hui ! Elle souhaite te voir avant la cérémonie.

— Très bien, je m'y rends de ce pas. Je te remercie, mon amie, lui répondit Lonicéra en inclinant la tête.

— Mais je t'en prie, dit Lilia avant de se retourner pour reprendre le chemin de la forêt, toujours en sautillant… bien sûr !

Lonicéra la regarda s'éloigner, le sourire aux lèvres, et entendit la voix grave tant aimée dans ses pensées :

— Que t'arrive-t-il, mon amour ? Je sens que quelque chose te chagrine !

— Je vais t'expliquer cela en me rendant auprès de ma mère. Elle m'attend…

Et elle se dirigea, elle aussi, vers la forêt, racontant ce qu'elle avait constaté à Briag par le lien télépathique qui les unissait.

Avant d'entrer dans la maison, Lonicéra s'assura que sa robe était bien ajustée. La mousseline ivoire fluide retombait délicatement sur ses épaules et s'enroulait autour de son corps svelte jusqu'à mi-cuisses, laissant deviner ses formes harmonieuses. Elle remit un peu d'ordre dans ses cheveux bouclés, priant le chèvrefeuille y évoluant de se maintenir en une couronne discrète. Ses fleurs se fermèrent presque totalement à l'exception de deux, qui s'ouvrirent pleinement à la lumière du soleil, dévoilant leurs pistils au milieu des pétales orangés. Lonicéra lissa ses ailes couleur soleil… Elle était prête. Elle allait faire tinter la clochette de la porte lorsqu'une voix familière l'invita à entrer. Elle écarta les branches d'eucalyptus qui lui bloquaient le passage et entra dans la pièce teintée d'une lumière verte chatoyante créée par la rencontre du soleil et du végétal.

Au fond de la chambre, faisant face à un miroir aqueux, Myrtis finissait de préparer sa toilette. Sa robe légère au grand col altier, verte comme les eucalyptus la représentant, révélait toute la beauté et l'élégance de sa porteuse. Elle se retourna et regarda sa fille restée dans l'ouverture de la porte. On aurait pu les croire sœurs, peut-être même jumelles. La différence était leur couleur de peau, car Myrtis avait le teint blanc, alors que sa fille était de la couleur caramel du mélange entre une fée et un humain à la peau d'ébène. Toutes deux semblaient aussi jeunes l'une que l'autre, car dans ce monde, le temps a moins d'emprise sur les corps que dans celui des humains. Toutes deux étaient d'une grande beauté.

— Alors ça y est ! lança Lonicéra prise d'un rire nerveux. Nous y sommes ! Tu n'es pas trop anxieuse ?

— Pas du tout ! lui répondit sa mère, une moue ironique aux lèvres. C'est quelque chose que je fais tous les jours… me faire couronner !

Et elles éclatèrent de rire, tombant dans les bras l'une de l'autre.

Au début, leurs retrouvailles avaient été assez difficiles. L'une et l'autre ne savaient pas comment se parler, comment s'approcher. Myrtis pensait que jamais plus sa fille ne pourrait lui faire confiance, mais leurs liens avaient toujours été si forts, même lors de leur longue séparation, que l'amour avait repris le dessus. Aujourd'hui, bien qu'elles soient réservées dans l'expression de leurs sentiments, elles étaient proches, et heureuses d'être ensemble.

Quand Lonicéra avait repris en main la construction de la forêt du nord de Cherry Island après la défaite de Rana, Myrtis était au plus mal. Elle était exténuée par les souffrances infligées par sa propre sœur, la Reine Maudite. Lonicéra avait veillé sur elle et sur Wilfried, leur évitant tout dérangement inutile. Elle avait demandé à Hédéra d'apporter à sa mère tout son pouvoir de guérison, avec l'aide de Briag et de Kieran qui avaient été les élèves du guérisseur de leur village détruit par l'orgueil et la haine de Rana. Grâce à leurs bons soins, Myrtis avait recouvré ses forces, et l'heure du départ fut bientôt évoquée. La plupart des elfes et des fées libérés de l'emprise de Rana étaient restés dans la forêt du Nord afin que personne n'oublie cette partie de l'île, ni l'histoire qui s'y était jouée. Les autres, une petite dizaine de fées principalement, avaient accompagné les Élus, Myrtis, Wilfried, Typha et Efflam, sur les chemins menant à la forêt du peuple des fées. Quant aux quatre compagnons, ils avaient fait une promesse. Ils avaient donc rallongé leur route pour retourner voir Aphria, la vieille elfe qui les avait encouragés dans leur quête peu de temps auparavant. Mais en arrivant devant la petite maison, quelle avait été leur stupeur en constatant que la nature évoluait à présent de manière totalement anarchique ? La maison n'existait presque plus, recouverte de lierre, de liseron et autres plantes rampantes et grimpantes. Et à l'intérieur, le corps inanimé de l'elfe faisait, lui aussi, à nouveau partie intégrante de la nature, enfermé dans un tertre naturel fait de terre et de racines d'où ne dépassaient plus que quelques lambeaux de vêtements en décomposition... Aphria était morte... Afin de lui rendre hommage, les quatre compagnons avaient alors sondé le sol à la recherche de graines en attente de naissance et, puisant l'énergie nécessaire à leur dessein, avaient érigé une tombe végé-tale autour de la chaumière, pour que chacun se souvienne qu'ici, avait vécu Aphria, la plaisante et agréable elfe ermite. Et aujour-d'hui, en ce jour si important pour tout le monde, Lonicéra regret-tait l'absence de celle qui avait pendant un temps fait renaître sa grand-mère au travers de ses souvenirs.

Mais l'heure n'était pas à la mélancolie ! Myrtis était aujourd'hui rétablie, même si cela avait mis du temps, reculant son sacre après le début de l'automne. Il y aurait ce matin, et toute la journée durant, sur l'île de Cherry Island, une fête mémorable, afin d'honorer la nouvelle reine légitime du peuple des fées et fêter la reconstruction du monde magique.

Dehors, le brouhaha ne cessait de s'intensifier, les chants mélodieux des fées se mêlaient aux voix graves des elfes. La nature elle-même les accompagnait de ses doux et enivrants chuchotements : le vent qui soufflait dans les roseaux créait un doux son semblable à celui de la flûte de pan, alors que les branches des arbres battaient la cadence. À l'intérieur de la maison arbre, Lonicéra ne tenait plus en place. Elle allait et venait, attendant impatiemment le moment où sa mère apparaîtrait au bras de son père pour son couronnement. Elle se pencha discrètement à la fenêtre et constata que sa propre agitation ne devait être que l'écho de l'effervescence ambiante. Les fées étaient maintenant présentes en masse devant la maison. Elles riaient de leurs rires cristallins, dansaient et voletaient en tous sens. Elles étaient venues des quatre coins de l'île pour rendre hommage à leur nouvelle souveraine. Toutes étaient parées de leurs plus beaux atours, les coiffes florales rivalisaient de beauté et d'originalité, les vêtements simples et colorés reflétaient toutes les nuances de la nature. Par endroits, des elfes souriaient devant la gaieté des fées. Lonicéra aperçut enfin au milieu de la foule Hédéra, Briag et Kieran, accompagnés de Gweltaz, leur ami de longue date, et Lilia. Elle leur fit un signe de la main quand ils tournèrent la tête vers elle, et Hédéra pouffa en lui rendant son salut.

Quelques instants plus tard, quand ses parents apparurent, Lonicéra se sentit à nouveau comme une enfant à qui l'on aurait donné tout le bonheur du monde. Elle se dépêcha de photographier leur image magnifique dans sa mémoire, et s'esquivant, leur céda le passage en souriant. Alors qu'ils s'avançaient vers le peuple des fées, sous les regards admiratifs et les acclamations joyeuses, une pluie de pétales et de feuilles se mit à tomber du ciel, virevoltant sous l'impulsion du vent, se répandant au sol tels mille confettis. Ophrys qui, après la famille royale, était la fée la plus influente du village, fit signe à Lonicéra de s'engager à la suite de ses parents. Le couronnement qui allait avoir lieu était, certes, celui de Myrtis, mais en tant que fille de la reine, Lonicéra avait déjà des responsabilités considérables. Elle se devait donc d'être au plus près de sa mère en ce moment unique. Elle avait souhaité que Briag soit présent à ses côtés, mais Ophrys lui avait répondu qu'étant donné que leur union n'était pas officialisée, il ne faisait pas réellement partie de la famille royale. Il n'avait donc pas sa place à leurs côtés. Lonicéra s'était renfrognée, avait essayé de protester, mais Briag avait réussi à la raisonner, lui expliquant qu'il comprenait et acceptait la situation.

Ils marchèrent ainsi sur plusieurs mètres, jusqu'à se retrouver face aux centaines de visages pleins d'espoir, au milieu des tamaris en fleurs dont les pétales roses s'envolaient avec la brise du matin. Myrtis s'avança vers son peuple. Lorsqu'elle leva les mains au ciel, tous se turent. On pouvait entendre tous les murmures de la nature, du bourdon qui butinait au plus léger craquement provoqué par les pattes minuscules de l'écureuil sautant de branche en branche. Les biches et les cerfs, les loups et les lapins, les écureuils et les oiseaux, tous les animaux de la forêt s'étaient mêlés aux fées pour être témoins du sacre de Myrtis. Ils se tenaient parmi la foule, tout aussi immobiles et silencieux. Lonicéra sourit à cette image insolite ; qui l'aurait crue, dans le monde des humains, si elle avait raconté tout ce qu'il lui était arrivé depuis qu'elle était ici ? On l'aurait assurément prise pour une folle !

Lonicéra avait questionné sa mère sur le déroulement de la cérémonie : qui lui apporterait la couronne, que devrait-elle dire et faire en prenant officiellement ses fonctions de reine des fées ? Et elle, Lonicéra, aurait-elle un rôle particulier à jouer ou bien serait-elle seulement témoin du couronnement ? Myrtis lui avait répondu qu'elle n'en avait aucune idée, que chaque sacre se déroulait différemment, et que de ce fait, il ne servait à rien de s'inquiéter à l'avance. Alors, quand Myrtis leva les bras et que les chants cessèrent, Lonicéra sentit son cœur battre la chamade. Elle ressentait un mélange d'excitation et d'impatience devant cette attente qui n'en finissait pas. Tous les regards étaient tournés vers sa mère pendant que celle-ci s'avançait vers son peuple. Tous les sourires allaient vers leur reine. Les visages reflétaient de la joie. On aurait dit des enfants attendant d'ouvrir leurs cadeaux de Noël. Lonicéra se fit d'ailleurs la remarque que cette comparaison pouvait paraître quelque peu inappropriée compte tenu du fait que le peuple magique, vénérant la Déesse païenne, ne connaissait pas le calendrier des chrétiens… Mais elle aimait cette image ; sa grand-mère avait toujours su rivaliser d'ingéniosité pour lui faire des cadeaux que personne d'autre n'avait, comme ce petit oiseau bleu qu'elle lui avait offert un jour de Saint-Sylvestre et qui l'accompagnait partout… sûrement mû par le contact privilégié qu'entretenait sa grand-mère avec la nature…

Enfin, Myrtis s'immobilisa, et le vent se leva. Lonicéra sentit la bise balayer son visage en même temps que les feuilles des arbres commençaient à bruisser et s'envoler avec les bourrasques. Elle ne quittait pas sa mère des yeux, se demandant encore comment Myrtis saurait ce qu'elle devrait faire le moment venu. Elle aurait aimé être à la place de ses amis afin de voir chaque détail, mais au lieu de cela, elle devait rester en retrait derrière sa mère, aux côtés de son père. Elle remarqua cependant que toutes les fées retenaient leur souffle les yeux plus que jamais rivés sur leur reine. Lonicéra tenta d'interroger Briag mentalement sur ce qu'il se passait, mais alors qu'elle l'interpellait, Myrtis fut soulevée dans les airs avec grâce, ses ailes scintillantes immobiles, la soie délicate de sa robe ondulant autour d'elle, son beau visage encadré par ses cheveux devenus légers comme le vent. Elle commença à tourner très lentement sur elle-même, et quand elle se retrouva face à Lonicéra, cette dernière constata qu'elle avait les yeux fermés. Elle semblait tirée vers le haut, les bras écartés, paumes ouvertes vers les énergies de la forêt. En contemplant sa mère, Lonicéra vit se dessiner sur son front des arabesques lumineuses, ceignant sa tête d'une couronne scintillante. La nature s'était tue, le temps semblait comme suspendu. Myrtis continua sa rotation, et au fur et à mesure que les spectateurs découvraient le visage magnifié de Myrtis, des exclamations de surprise s'élevaient de la foule. Lonicéra entendit dans sa tête la voix d'Hédéra :

— C'est incroyable !

— C'est vrai, c'est magnifique, lui répondit Lonicéra. Cela ne s'est-il donc jamais produit pour que tu emploies ce terme ? « Incroyable » ?

— Les couronnements sont toujours quelque chose d'exceptionnel, Lonicéra, mais ce que nous venons de voir est un don immense fait par la Déesse Mère à Myrtis. Il présage d'un rôle des plus importants pour ta mère au sein du peuple des fées !

— Toutes les reines n'ont donc pas le droit à « l'intervention divine » ? questionna Lonicéra qui avait encore des difficultés à imaginer que la Déesse puisse se manifester autrement que par l'énergie de la nature.

— Sache que la Déesse intervient à chaque couronnement, mais jamais elle ne scelle dans la chair son attachement à une souveraine ou à une autre. Ta mère est bel et bien l'Élue de la Déesse, dans tous les sens du terme.

Alors qu'Hédéra finissait sa phrase, le vent enveloppa une dernière fois le corps en lévitation dans un petit tourbillon, puis cessa de souffler. Myrtis redescendit alors sur la terre ferme et son visage bascula en avant. Lorsqu'elle retrouva ses esprits, elle redressa la tête, ouvrit les yeux, et la nature qui était jusqu'à présent silencieuse, reprit ses bruissements. Les gazouillis des oiseaux, le crissement des criquets et le bruit des feuilles bercées par la bise douce et chaude s'élevèrent au milieu des fées et des elfes toujours silencieux. Et enfin, émanant de la foule rassemblée, la voix chantante d'une fée entama une mélodie qui fut reprise en cœur par ses congénères. Les paroles simples disaient ceci : « Gloire à la Déesse, Mère de tout. Gloire à notre Reine que la Déesse a embrassée au front... » Et tout en chantant, chacun mit genou à terre en signe de respect pour celle que la Déesse avait touchée de sa grâce. Myrtis inclina alors la tête en direction de son peuple à plusieurs reprises en remerciement, la marque indélébile que la Déesse avait laissée sur elle cessant progressivement de scintiller pour se colorer en un vert émeraude. Lorsqu'elle chercha à croiser sa fille du regard, elle se figea, inquiète. Lonicéra ne la regardait plus. Elle avait brusquement tourné la tête et tendait l'oreille, à l'affût d'un son que sa mère n'entendait pas.

Soudain, le ciel s'obscurcit et la terre trembla. Puis la forêt sombra dans le noir le plus complet.

Chapitre 2
Les incertitudes

Aussi rapidement que l'obscurité avait chassé la lumière du jour, le soleil reprit ses droits et tout redevint clair. La terre avait tremblé, semant la panique parmi les fées qui s'étaient envolées à l'aveuglette pour échapper aux secousses terrestres incontrôlables, poussant de petits cris de détresse. Les biches et les loups s'enfuirent dans la forêt dans la débandade la plus totale, les oiseaux s'envolèrent, les écureuils se réfugièrent dans les arbres. De mémoire de fée, jamais une chose pareille ne s'était encore produite. Jamais on n'avait connu de tremblement de terre dans le monde magique. D'ailleurs, on pouvait difficilement imaginer la cause de ce phénomène. La Déesse Mère venait de bénir la nouvelle Reine des Fées, pourquoi aurait-elle montré du mécontentement ? Toutes les fées se posaient actuellement des questions, mais Lonicéra et ses compagnons, eux, savaient : Rana n'était pas morte, et le moment de se retrouver à nouveau face à elle approchait. La Déesse du Chaos se chargerait de tout.

Lorsque la terre avait commencé à trembler, la première pensée de Lonicéra avait été, comme à l'accoutumée, pour Briag, Hédéra et Kieran. En une fraction de seconde, elle s'était téléportée vers eux, et ils avaient tous quatre érigé un champ protecteur commun autour d'eux, y englobant Gweltaz qui ne se rendit compte de rien. Les deux fées battaient des ailes pour s'éloigner du sol instable, faisant léviter la bulle irisée les renfermant. Quand tout se fut calmé, que le ciel s'éclaircit à nouveau, elles firent redescendre la bulle prudemment jusqu'au sol. Les fées autour d'eux firent de même, et allèrent s'assurer que les elfes restés au sol n'étaient pas blessés.

Lonicéra se tourna vers ses amis. Hédéra était blottie dans les bras de Kieran qui la berçait contre lui, le regard interrogateur. Gweltaz essayait de reprendre son équilibre après ce moment de lévitation auquel il n'était pas habitué. Briag s'approcha de Lonicéra, mais ne dit rien. À cet instant, tous quatre savaient que la tranquillité qu'ils avaient retrouvée en revenant au sein du peuple de la forêt était révolue.

— Nous avons déjà réussi à la battre une fois, commença Lonicéra, nous y arriverons cette fois encore ! Et cette fois, il ne restera rien d'elle…

— J'espère que tu dis vrai, Loni, lui répondit Hédéra. Mais cette fois-ci, nous devrons user de davantage de ruse. Elle sait comment nous fonctionnons…

— Elle sait à quel point nous sommes unis, finit Kieran pour elle. Elle ne se laissera pas vaincre aussi facilement que la dernière fois.

— Parce que tu as trouvé ça facile, toi ? ironisa Lonicéra.

— Compte tenu de ses pouvoirs, oui, lui répondit-il. Elle s'est laissé aveugler par son arrogance… elle ne fera pas la même erreur une deuxième fois.

— Tu as raison, mon ami, renchérit Briag. Nous devons dès à présent réfléchir à une façon de…

Un cri d'effroi les stoppa net dans leurs considérations. Ils avaient été habitués à analyser les situations rapidement, à prendre des décisions sur le vif. Mais dans leur hâte à trouver une solution à leur problème, ils n'avaient pas vu que là où se trouvait Myrtis l'instant d'avant, Wilfried gisait au sol, inconscient. Son épouse était agenouillée à côté de lui et essayait de lui faire reprendre ses esprits, les larmes aux yeux, la voix rauque de panique. Lonicéra se précipita vers eux et vérifia s'il respirait encore. À part la pâleur de sa peau noire, tout semblait normal. Myrtis regarda sa fille, ses grands yeux embués par les larmes, ne sachant que faire. Quand leurs regards se croisèrent, Lonicéra entendit dans sa tête la voix de sa mère.

— Qu'as-tu entendu avant que la terre ne tremble ?

— Je ne suis pas sûre, lui répondit-elle. Il me semble que c'était un air de cornemuse. Le son provenait de très loin, je dirai. Ne l'as-tu pas entendu ?

— Non. Mais j'ai vu ton père réagir en même temps que toi.

— Peu importe. Nous devons trouver ce qui arrive à papa.

Lonicéra se tourna vers Briag qui, dans un hochement de tête, dit : « Nous allons le mener à l'intérieur, Myrtis, et nous lui apporterons tous les soins que nous pourrons. »

Sur ce, Briag, avec l'aide de Kieran et Gweltaz qui les avait rejoints, souleva Wilfried du sol et les trois elfes l'emmenèrent à l'intérieur de la maison arbre, suivis de Myrtis. Hédéra resta un instant avec Lonicéra, vers qui tous les regards se tournaient à présent. En tant que Princesse du peuple, elle se fit porte-parole de sa mère.

— Wilfried est souffrant, dit-elle alors, notre Reine se retire pour prendre soin de lui.

— C'est un mauvais présage, lança une voix au milieu de la foule. L'époux de notre Reine tombe le jour de son couronnement ! Cela ne peut rien nous apporter de bon !

— Nous ne savons pas ce qu'il a ! lui répondit Lonicéra. Ne tirez pas de conclusion hâtive. Il est humain, il n'a donc pas la même résistance que vous aux énergies puissantes de la terre. Nous découvrirons ce qu'il s'est passé. Pour lors, nous devons nous rendre à son chevet. Nous vous tiendrons au courant dès que nous aurons du nouveau.

— Dis à notre Reine que nous partageons sa peine, lui dit Lilia de façon à être entendue de toutes et tous. La Déesse l'a gratifiée de son don ; Wilfried ira donc mieux très bientôt.

— Merci, Lilia, murmura Lonicéra à son intention.

— Hourra pour notre Reine, cria Lilia.

— Hourra pour notre Reine, reprit la foule en chœur, alors que l'idée d'un mauvais présage semblait encore flotter dans l'air.

Lonicéra se tourna vers Hédéra et lui demanda mentalement ce qu'elle en pensait.

— Ce n'est pas un hasard si c'est ton père qui est touché, Loni, lui répondit cette dernière. Tu sais à quel point Rana hait les humains, et encore plus celui qui a pris le cœur de sa jumelle ! Je ferai toutefois tout ce qui est en mon pouvoir pour tenter de le guérir.

— Merci, Hédéra... J'ai bien peur, mon amie, reprit-elle après une courte pause, que le moment de repartir ne soit bientôt arrivé !

— Repartir, oui ! Mais quelle direction devrons-nous prendre ?

— La réponse nous parviendra tôt ou tard. Pour l'instant, nous devons trouver ce qui arrive à mon père.

Lorsqu'elles entrèrent dans la petite chambre, Ophrys était penchée sur Wilfried, invoquant son pouvoir guérisseur. À plusieurs reprises, elle lui demanda d'ouvrir les yeux, mais rien ne se produisit. Wilfried restait toujours aussi immobile et livide. Au bout d'un moment, elle se releva, exténuée par l'effort, et laissa la place à Hédéra. Elle sortit son pendentif en cristal de roche qu'elle portait toujours autour du cou et entreprit de le faire penduler au-dessus du malade, cherchant le siège exact du mal qui le rongeait. Elle parcourut ainsi tout le corps de Wilfried sans que le pendule s'affole, mais à l'approche de sa tête, le pendentif commença à s'agiter, pour finir par former de larges cercles d'une rapidité surprenante au-dessus de son visage. Hédéra demanda alors au cristal de libérer le malheureux de sa torpeur, et alors que le balancement de la pierre s'atténuait, laissant penser que la guérison serait pour bientôt, Wilfried eut un sursaut puis retomba dans l'immobilité. Le pendule recommença sa folle ronde. Hédéra répéta la même action deux, trois, quatre fois. Lonicéra, voyant que son amie s'affaiblissait au fur et à mesure de ses tentatives, et de ses échecs, vint poser les mains sur ses épaules en même temps que leurs deux compagnons, pour lui communiquer de sa force. Mais rien n'y fit. Chaque fois que le pendule allait s'arrêter de tourner, une force invisible entraînait à nouveau Wilfried dans l'ombre.

Myrtis était restée debout, en retrait, et regardait avec horreur sa part manquante alitée, pour qui les meilleurs guérisseurs du village se battaient avec véhémence. Lonicéra vit son désarroi et pensa qu'il était temps pour elle et sa mère de laisser ses amis travailler en paix, mais elle ne pouvait se résoudre à s'absenter. Elle croisa alors le regard profond et rassurant de Briag qui l'incitait à emmener sa mère hors de la pièce. Elle acquiesça d'un léger signe de tête, le regarda une dernière fois en lui adressant un léger sourire, qu'il lui rendit, et entraîna sa mère à l'extérieur, suivie de Gweltaz. Au début, Myrtis avait refusé de sortir, s'était débattue, des larmes plein les yeux, mais elle avait fini par céder devant l'insistance de sa fille.

— Cela ne t'apportera rien de bon de rester ici, lui avait-elle dit une fois dans la pièce principale de la maison. Tu ne feras qu'interférer dans leur travail. Ils ont besoin de silence et de concentration qu'ils ne pourront obtenir si tu restes ici. Va te reposer, tu en as besoin. Tes idées seront plus claires après et tu pourras mieux veiller sur ton époux.

— Comment peux-tu rester si froide devant le malheur de ton propre père ? l'accusa Myrtis. Comment peux-tu faire comme si cela ne te touchait pas ?

— Cela changerait-il quelque chose si je m'effondrais maintenant ? Crois-tu que ce serait lui rendre service que lui communiquer ma tristesse ? Je préfère qu'il ressente ma force plutôt que ma faiblesse !

— Et ton indifférence… Il la ressent aussi certainement ! lui lança Myrtis.

Lonicéra se tut et regarda sa mère dans les yeux. Elle y vit toute la détresse qu'elle-même avait ressentie le jour où elle les avait cru morts. Après un instant d'hésitation, elle lui dit sur un ton qu'elle voulait compatissant : « La peine t'aveugle. Tu ne sais plus ce que tu dis. Jamais ma mère ne pourrait avoir de mots aussi durs… Va te reposer, et quand tu auras contrôlé ta douleur, retourne le voir. Je ne serai pas loin si tu as besoin de moi. »

Alors Lonicéra se détourna de sa mère et sortit d'un pas assuré de la maison arbre.

Arrivée à l'extérieur, elle prit une profonde inspiration, refoulant ses larmes pour faire bonne figure devant les fées qui tentaient de sonder son visage à la recherche de quelque information sur l'état de santé du compagnon de leur Reine. Une fois qu'elle se fut éloignée du centre du village, elle accéléra le pas et s'en fut à toutes jambes, vers la clairière, pour rejoindre la rive du lac. Elle courait comme si elle était poursuivie, laissant à présent s'évacuer toute son anxiété, cherchant à chasser de sa mémoire les paroles blessantes de sa propre mère. Myrtis ne savait plus ce qu'elle disait ! Elle était tellement triste ! Inconsciemment, elle avait utilisé un mécanisme de défense humain pour se protéger de sa douleur ! Elle était en colère, et c'était la première fois que Lonicéra voyait une fée exprimer ce sentiment, à part, bien sûr, Rana qui n'était faite que de haine et de rancœur. En entendant les mots de Myrtis, elle avait d'ailleurs cru être à nouveau devant sa tante, la jumelle de sa mère, et ennemie jurée. Elle s'était débattue avec cette impression pour pouvoir se contenir et se convaincre que c'était bien sa mère qui lui parlait.

Elle s'arrêta en pleurs au bord de l'eau, se laissa tomber sur les genoux, et laissa s'évacuer les sanglots qu'elle avait retenus jusqu'à présent. Elle vit à peine que Gweltaz l'avait rejointe et s'était assis à côté d'elle, en silence, respectant sa tristesse. Quand ses larmes cessèrent enfin, Lonicéra se redressa, s'asseyant bien d'aplomb sur ses talons, et fixa son regard sur la rive opposée.

— Merci, Gweltaz, dit-elle après un moment de silence.

— De rien, lui répondit-il en la regardant du coin de l'œil, le regard interrogateur.

— Merci de respecter le fait que je ne veuille pas parler, reprit-elle.

— Alors, pourquoi me parles-tu ?

— Tu préférerais peut-être que je ne dise rien ? lui lança-t-elle, piquée au vif.

— Bien sûr que non, mais dans ce cas, ne dis pas que tu ne veux pas parler ! Puisque tu parles ! Ne dis pas le contraire de ce que tu fais ! Ou bien ne fais pas le contraire de ce que tu dis ! Dans quel sens cette phrase est-elle la mieux tournée, d'après toi ? Parce que si l'on dit…

— C'est bon, c'est bon ! Arrête un peu ! C'est terrible, ça ! Tu ne peux pas t'empêcher de tout tourner à la dérision !

— J'ai eu un bon maître, rétorqua-t-il en lui jetant un coup d'œil, mais feignant d'être vexé.

Devant cette remarque, Lonicéra se rendit compte du ridicule de la situation, et se mit à rire, suivie par Gweltaz, heureux d'avoir réussi à la faire sourire.

— Tu es d'humeur bien changeante ! lui dit-il pour la taquiner. Il paraît que lorsque les femmes humaines attendent un enfant, elles ont des sautes d'humeur ! Est-ce vrai ?

— Il paraît ! lui répondit-elle avant de réaliser ce qu'il cherchait à lui demander. Mais dis-moi, monsieur l'elfe qui sait tout, lui lança-t-elle sur un ton offusqué, serais-tu en train d'insinuer que je pourrais être enceinte ? Ai-je pris du poids, ou quelque chose comme ça ?

— Non, tu es toujours aussi svelte, si cela peut te rassurer ! Je disais ça juste comme ça ! rétorqua-t-il sur un ton faussement innocent.

— On ne dit jamais ce genre de choses « juste comme ça ». Quelle est réellement ta question, Gweltaz ?

L'elfe parut un instant mal à l'aise, mais poursuivit tout de même sur le sujet qu'il avait lancé.

— Je me demandais juste si toi et Briag… Enfin, tu vois… Si vous risquiez de nous pondre une petite fée ?

— Merci pour ta franchise, Gweltaz, lui répondit-elle après un court moment de réflexion. Mais crois-tu que le moment se prête vraiment à ce genre de considérations ?

— Si ce n'est maintenant, ce sera plus tard ! Mais permets-moi de te faire remarquer qu'il serait fort impoli de ne pas répondre à une question aussi anodine !

— Anodine, dis-tu ? Je n'en suis pas si sûre, lui dit-elle avant de poursuivre. Donc, s'il est impoli de ne pas répondre, je te dirais « non ». Nous ne risquons pas pour le moment de « pondre une petite fée ». Notre relation n'en est pas encore arrivée là…

— J'avais pourtant entendu dire que les relations amoureuses entre humains étaient très orientées sur le sexe… Depuis le temps que vous…

— Ça alors, le coupa-t-elle avec ardeur, tu t'intéresses de bien près à nos histoires ! Et pour ta gouverne, nous ne sommes pas des humains ! Même si je l'ai été, je suis désormais une fée, et Briag est un elfe. Notre relation n'est pas aussi simple, ni aussi compliquée, qu'une relation entre humains peut l'être ! Que signifie ce soudain intérêt pour notre vie intime ?

— Cela signifie tout simplement que j'ai observé votre comportement à tous les deux, et que j'y ai vu un amour fort et sincère. Et plus le temps passe et plus je vois que mon ami est fou de toi. Et je me demande combien de temps encore il pourra contenir ces nouvelles pulsions qui prennent possession de son corps !

— Comment ça ? demanda Lonicéra, interloquée.

Jusqu'à présent, elle avait pensé que Briag ne serait pas prêt à connaître l'amour tel que le font les humains. Après des années sans contact physique, elle avait peur qu'il ne soit choqué par l'intimité des rapports amoureux tels qu'elle s'en faisait l'idée. Et tout d'un coup, Gweltaz venait remettre en question son jugement. Était-ce Briag qu'elle cherchait à protéger ? Ou bien elle, qui avait tant souffert d'amour par le passé ? Mais elle avait beau être une fée, elle n'était cependant pas née fée et restait une femme, avec ses désirs et ses pulsions. Pourquoi cela serait-il différent pour l'elfe qu'elle aimait ? Elle voulait en savoir davantage et se penchant vers son ami, plongea son regard dans le sien comme pour percer un lourd secret par le seul pouvoir de la pensée. Elle lui demanda avec la malice qui la caractérisait : « Briag t'a-t-il parlé de ces "pulsions" ? Ou bien est-ce toi qui interprètes ce que tu vois, hum ? ».

Devant le regard inquisiteur de Lonicéra, Gweltaz bafouilla une réponse dont elle ne saisit pas le sens, et insista pour qu'il répète. Mais au moment où il allait répondre, la voix de Briag les interpella. Il était juste derrière eux et passait à côté du bosquet de chèvrefeuille.

— Que vous racontez-vous tous les deux ? demanda-t-il.

— Sauvé par le gong, dit Lonicéra à l'intention de Gweltaz, mais ne crois pas t'en tirer aussi facilement !

— Nous parlions de la pluie et du beau temps ! Des choses comme ça ! répondit Gweltaz à Briag en se relevant, décidant d'ignorer la moue que fit Lonicéra devant ce changement de situation.

— T'a-t-il offensée, Loni ? lui demanda Briag le regard rieur, ayant remarqué le désappointement de la fée. Parce que si tel était le cas, seul un combat singulier pourrait résoudre le problème. Es-tu prêt à en découdre, mon ami ? lança-t-il à Gweltaz qui commençait à rire et à se préparer à l'assaut.

— Mais ce n'est pas possible ! Humains ou elfes, c'est la même chose ! Tous des enfants ! murmura Lonicéra pour elle-même en se relevant. Ils ne pensent qu'à mettre leur virilité à l'épreuve !

— Tu ne crois pas si bien dire, lança Gweltaz, la ramenant à la conversation qu'ils avaient eue quelques minutes plus tôt.

Lonicéra décida de faire fi de cette dernière remarque et s'avança vers Briag : « Quelles nouvelles nous apportes-tu de mon père, Briag ? »

Les deux elfes cessèrent aussitôt leurs enfantillages et Briag retrouva sa pondération habituelle. Il la prit par les épaules et expliqua que Wilfried avait été pris d'une fièvre importante. Grâce aux herbes qu'il avait conservées de son excursion dans les montagnes, il avait réussi à faire tomber la température, mais le père de Lonicéra restait malgré tout comateux, et rien n'y faisait. Myrtis était revenue les voir et leur avait dit d'aller prendre du repos. Cela faisait plusieurs heures qu'ils essayaient de soigner son époux, il fallait qu'ils pensent aussi à leur propre santé. Hédéra était exténuée par l'énergie dépensée et était partie se ressourcer au cœur de la forêt avec Kieran.

— Ce n'est pas normal, Lonicéra, lui dit Briag. J'ai déjà été confronté à ce genre d'états, mais ils sont généralement provoqués par une absence de maîtrise des forces terrestres et cosmiques. Les jeunes elfes cherchent à tester leurs pouvoirs et en abusent parfois. La Déesse aspire alors leurs énergies pour un certain temps. À chaque fois, ma magie a été efficace et leur a permis de récupérer plus vite que s'ils avaient été seuls. Dans le cas de Wilfried, je ne suis sûr de rien. Je regrette que mon maître ne soit plus. J'aurais eu grand besoin de sa science. – Après une courte pause, il reprit – Pour tout te dire, je pense que Wilfried est victime d'un maléfice. Lequel, je l'ignore, mais compte tenu de ce que nous avons vécu récemment, je suis prêt à entrevoir toutes les hypothèses.

— Vous pensez que Rana pourrait être la cause de tout ce bouleversement ? demanda Gweltaz qui, comme tout le peuple de la forêt, avait appris à leur retour que la Reine qui avait été cause de tant de souffrances n'était pas morte.

— Qui d'autre pourrait provoquer de telles choses ? répondit Lonicéra, perdue dans ses pensées.

Briag la regardait, cherchant à darder son esprit. Depuis qu'ils s'étaient avoué leurs sentiments, ils lisaient l'un dans l'autre comme dans un livre ouvert. Ils ne pouvaient rien se cacher. Ils se comprenaient sans dire un mot.

— Qu'as-tu entendu, la questionna-t-il alors, avant que n'ait lieu le tremblement de terre ?

— Je n'en suis pas sûre, répondit-elle hésitante... Je crois avoir entendu un air de cornemuse... C'était vraiment étrange. Presque envoûtant, dit-elle perdue dans ses pensées — puis reprenant ses esprits, elle demanda à ses compagnons — quelle chance y a-t-il pour qu'un elfe ou une fée se soit octroyé un instrument de musique venant du monde des humains ?

— Il y a très peu de chance pour qu'une personne du monde magique connaisse même jusqu'au nom de cet instrument, dit Gweltaz. Moi-même qui m'intéresse depuis longtemps au monde d'où tu viens, je n'ai jamais eu l'occasion de voir une cornemuse, ni même d'en entendre une. J'ai eu vent de son nom au travers des contes relatant la Grande Guerre qui nous contraignit alors à nous replier sur Cherry Island.

— Tu n'as donc pas entendu la cornemuse ? – Gweltaz hocha la tête en signe de négation – Et toi, Briag? L'as-tu entendue?

— Non. Je n'ai rien entendu... Mais Wilfried a eu la même réaction que toi. Je l'ai vu tendre l'oreille au même moment que toi...

— C'est aussi ce que m'a dit ma mère...

Lonicéra ne tenait plus en place et essayait de se remémorer tout ce qu'il s'était passé depuis le couronnement de Myrtis.

Soudain, elle s'arrêta, et faisant face à Briag et Gweltaz, elle s'exclama :

— Mais après tout ! Peu importe ce que j'ai pu entendre ou non ! C'est ridicule ! Je crois que Rana nous a rendus méfiants à outrance ! Voilà que nous essayons de rejeter la faute sur un instrument de musique ! Ce doit être actuellement le mois de septembre, période à laquelle les humains fêtent la cornemuse. Il n'y a donc rien d'étonnant à ce que j'en ai entendu une ! Retournons donc auprès de mon père, renchérit-elle, au lieu de partir dans des considérations insensées à propos d'un instrument magique !

— Tu me surprends, Lonicéra, lui dit alors Gweltaz. Je croyais que tu avais compris que la magie est dans chaque chose, dans chaque personne et dans chaque acte ! Tu ne peux nier que…

— Peu importe ! lança-t-elle, irritée par le ton moralisateur de son ami. Je sais que rien n'arrive par hasard, mais il se peut que ce ne soit qu'une coïncidence !

— Une coïncidence que seules deux personnes ont entendue: l'une est humaine, l'autre l'a été…

À cet instant précis, l'eau du lac commença à s'agiter, et le bruit de multiples tourbillons étouffa les paroles de Gweltaz. Les trois compagnons reculèrent. Lonicéra et Briag s'entourèrent de leur bulle protectrice, protégeant en même temps Gweltaz. Une forme immense recouverte d'écailles émergea de l'eau, portant sur son dos un vieil homme à la barbe blanche qui leur lança un grand « Madainn mhath, Lonicéra ! ».

Chapître 3
La reine déchue

— Nessie ! s'écria Lonicéra en s'avançant vers la créature mythique à grands pas.

— Lonicéra ! lui répondit son amie en inclinant son long cou en révérence.

— Cela faisait bien longtemps que je ne t'avais vue de si près ! Tu sembles te porter comme un charme !

— Je te remercie, ma jeune amie... Mais dis-moi, qui t'accompagne ? Je reconnais Gweltaz, et je te salue d'ailleurs – elle inclina à nouveau la tête et Gweltaz lui rendit son salut –, mais qui donc est l'autre elfe ?

— Je te présente Briag, ma part manquante, mon âme sœur.

— Je suis ravie de faire ta connaissance, Briag, lui dit-elle en approchant son énorme museau afin de mieux le voir et le sentir.

— Moi de même, lui répondit ce dernier. Lonicéra m'a beaucoup parlé de toi. Je suis heureux de pouvoir enfin mettre un visage sur ton nom !

— Quel elfe charmant, Lonicéra ! Je comprends pourquoi tu...

— Pourrais-tu te hâter dans les présentations, je te prie ? lança une voix provenant du dos de Nessie.

— Ah ! Sean ! Les humains n'apprendront-ils donc jamais la patience ? rétorqua-t-elle à son cavalier en soupirant.

— Dis plutôt que tu avais oublié que j'étais là, lui lança ce dernier. Je ne dois pas peser plus lourd qu'une mouche pour toi ! Allez, aide-moi à poser pied à terre, s'il te plaît ? Tu sais que je n'apprécie pas particulièrement d'avoir à descendre en glissade le long de tes écailles !

— Oh ! Les hommes, grogna Nessie en prenant Lonicéra à partie, tous des mécontents !

Lonicéra pouffa de rire alors que la créature attrapait délicatement le vieil homme par le col entre ses dents acérées. Du haut de son long cou, on aurait dit qu'elle venait de pêcher quelque poisson qu'elle s'apprêtait à manger. Quand elle le déposa au sol, Sean défripa ses vêtements qui gouttaient sur l'herbe. Il n'eut pas le temps de voir Nessie se préparer à lui souffler dessus, et quand il reçut en pleine face l'haleine poissonneuse de son amie, il retint un haut-le-cœur. Lonicéra et ses compagnons retinrent leur fou rire, ne voulant pas heurter la sensibilité de la créature. Sean se tourna alors vers elle, la mine renfrognée, et lui dit :

— Je te remercie, Nessie, pour ce séchage express ! Mais tu n'aurais pas dû te donner tant de mal pour moi !

— Cela me fait toujours grand plaisir de rendre service, lui répondit-elle, à cent lieues d'imaginer l'ironie qui pointait dans les paroles du vieil Écossais.

Sean se tourna à nouveau, et regarda attentivement Lonicéra. Il la détaillait, attentif au moindre changement. La première et dernière fois qu'il l'avait vue, elle était hautaine et peu avenante socialement parlant. Elle était cynique et artificielle, ancrée dans une société de consommation qui renie chaque jour un peu plus l'importance de la Nature et de ses énergies. C'était lui qui lui avait permis de rejoindre le monde magique, et aujourd'hui, il se sentait fier d'avoir accompli sa mission alors qu'il contemplait la jeune fée qu'elle était devenue, aussi magnifique à l'intérieur qu'à l'extérieur. Elle avait changé, et il s'en rendait bien compte. Comment ses ailes auraient-elles pu pousser si cela n'avait pas été le cas ? Il s'avança vers elle, et s'inclina.

— Bonjour, Princesse Lonicéra, Fille de l'Élue, lui dit-il. J'espère que vous ne m'en voulez pas trop pour le plongeon de la dernière fois !

— Je ne vous en veux absolument pas, Sean, lui dit-elle en souriant. Je vous en suis au contraire reconnaissante. De toute manière, vous n'auriez jamais réussi à me convaincre verbalement de sauter dans cette eau glacée !

Il baissa les yeux comme un enfant qui aurait fait une bêtise. Gweltaz en profita pour s'approcher de lui sans faire de bruit, suivi de Briag, et les deux elfes lui sautèrent dessus en même temps. Il n'eut pas le temps de réagir et se retrouva aussitôt plaqué au sol, Briag et Gweltaz hilares devant sa mine déconfite. Lonicéra se rua vers eux, furibonde, et les fit reculer. Tout en aidant Sean à se relever, elle cria à l'intention des deux autres :

— Mais qu'est-ce qu'il vous prend ? Ça ne va pas, tous les deux ? Vous...

— Arrêtez un peu de rire, la coupa Sean. J'aimerais vous y voir, vous, quand vous aurez mon âge !

— Mais, nous avons ton âge, rétorqua Gweltaz, toujours hilare.

— Tu as très bien compris ce que je voulais dire ! Ah ! Ces elfes ! Je suis un vieil homme, je ne suis plus aussi agile qu'avant !

Et avant même d'avoir fini sa phrase, il se jeta à son tour sur Briag, le collant au sol, Gweltaz sur les talons. Puis, comme venant de nulle part, Kieran se jeta dans la mêlée en riant aux éclats. Lonicéra n'en revenait pas de ce qu'elle voyait : cet homme qui semblait être octogénaire – mais qui bizarrement affirmait avoir une centaine d'années – se roulait comme un enfant dans l'herbe avec une bande d'elfes enragés. Lorsque Hédéra arriva à la hauteur de son amie, son regard parla avant elle. Elle était, elle aussi, éberluée par ce qu'elle voyait.

— Mais que se passe-t-il, ici, Loni, demanda-t-elle ? Bonjour, Nessie, ajouta-t-elle à l'intention de son amie qui lui rendit son salut.

— Je ne sais pas vraiment, répondit Lonicéra, n'arrivant plus à dissocier quel pied appartenait à qui.

Soudain, au milieu de ce capharnaüm, la voix grave de Sean s'éleva :

— C'est bon, c'est bon! disait-il. Je déclare forfait! J'aurais eu quelques années de moins, je vous aurais tous battus !

— Peut-être, lui répondit Kieran, mais pour l'heure, tu n'es plus de taille à lutter !

— C'est vrai, tu as raison mon ami, lui dit-il, songeur. Laisse-moi prendre ma respiration. Tu sais, mon vieux cœur s'emballe bien plus vite qu'avant ! Que ne donnerais-je pas pour faire partie des vôtres !

— Mais tu fais partie des nôtres, Sean, lui dit alors Briag en posant sa main sur son épaule, tu le sais bien !

— Oui, en effet, je le sais. Mais la vérité, c'est que je commence à me faire vieux. Il faudrait penser à me trouver un remplaçant, que je puisse finir ma vie en paix.

— Nous te promettons d'en parler à notre Reine. Lonicéra pourrait s'en charger ! Qu'en penses-tu, ma petite fée ? En toucheras-tu deux mots à ta mère ?

Lonicéra, qui jusqu'alors était restée en dehors de la conversation, se planta devant le petit groupe, les pieds fichés dans le sol, les mains sur les hanches. Le sourire d'Hédéra commençait à s'agrandir, et Nessie se hasarda à émettre un avis personnel :

— D'après mon expérience, quand la gent féminine, qu'elle soit fée ou femme, adopte ce comportement, c'est que l'orage n'est pas bien loin !

— Enfin quelqu'un de clairvoyant ! lança Lonicéra à l'adresse de Nessie et d'Hédéra en leur adressant un clin d'œil.

— Mais qu'y a-t-il ? questionna Briag qui ne comprenait pas ce revirement de situation.

— Je n'en sais absolument rien ! À toi de me le dire ! De quoi dois-je parler à ma mère ? Comment se fait-il que vous vous comportiez ainsi avec ce vieil homme qui n'a plus votre fougue et qui risque la crise cardiaque par défi ?

— Eh, oh ! Elle n'est pas encore là, la crise cardiaque, ma petite dame ! Restez polie, s'il vous plaît ! se rembrunit Sean, arrachant des éclats de rire à toute l'assemblée, excepté à Lonicéra. Il n'y a pas si longtemps, c'était eux qui restaient derrière !

— Alors ça, je n'en suis pas si sûr ! repartit Kieran de plus belle. Je…

— Kieran, s'il te plaît ! l'arrêta Hédéra avec son calme naturel. Quelqu'un peut-il nous expliquer, s'il vous plaît, ce que signifient ces enfantillages ?

L'elfe se tut aussitôt et vint se placer à côté de sa part manquante. Lui prenant la main, il expliqua aux deux fées que tous les trois avaient grandi avec Sean. Devant leurs regards surpris, Briag se rapprocha à son tour et commença :

— Veux-tu raconter l'histoire, Sean ?

— Non, vas-y, lui répondit ce dernier, je t'en laisse le soin.

— Merci, mon ami, lui dit Briag avant d'amorcer son récit. Donc, il y a de cela environ quatre-vingts ans, un couple et leur fils faisaient du canotage sur le lac. Ils étaient humains et ignoraient tout de notre existence. À cette époque, nous vivions tous parmi le peuple des fées. Ce n'est que plus tard que nos parents rejoignirent le peuple des elfes plus loin dans la forêt, nous éloignant de ce lieu. Quoi qu'il en soit, lors de sa pêche, Nessie passa un peu trop près de la petite embarcation qui coula. Elle repêcha les trois humains, leur évitant ainsi la noyade. Mais elle ne pouvait s'approcher du rivage du côté des humains, sous peine d'être pourchassée plus qu'elle ne l'était déjà. Elle choisit donc de les ramener jusqu'au monde magique où ils furent accueillis à bras ouverts. Le peuple de la forêt leur proposa de rester parmi eux, ce qu'ils acceptèrent. Ils furent les premiers humains à vivre dans notre monde…

— Lorsqu'ils vinrent à mourir quelques années plus tard, poursuivit Sean, je décidais de retourner dans le monde des humains, espérant voir le jour où les deux mondes s'uniraient à nouveau. Depuis, je suis devenu le gardien du passage entre les mondes, et il ne m'arrive que très rarement de revenir ici, sauf en cas d'extrême nécessité. Vous comprendrez donc aisément, ma petite dame, que je sois heureux de revoir mes compagnons de jeu ! Il fit une pause, les regarda tous, et reprit : ils n'ont pas changé, n'ont presque pas vieilli depuis ma dernière visite ! Mais sur moi, le temps continue son œuvre. Même si les années passées dans le monde magique m'ont permis de garder une santé de fer, je ne suis qu'un homme après tout… mais je suis toujours efficace du haut de mes quatre-vingt-dix balais, hein les gars ?

— Bien parlé ! renchérirent les elfes d'une même voix.

Lonicéra avait écouté le récit avec attention, et prit conscience qu'elle avait toujours su que Sean avait été un élément déterminant dans son histoire. Elle savait aussi que s'il était ici aujourd'hui, ce n'était pas un hasard. Il ne venait qu'en cas « d'extrême nécessité » avait-il dit. Il devait avoir quelque information concernant Rana.

— Pourquoi êtes-vous ici, aujourd'hui, Sean ? demanda-t-elle. Que se passe-t-il de l'autre côté du portail ?

— Des choses peu avenantes, j'en ai peur, lui répondit-il, dont j'aimerais faire part à notre Reine.

— Très bien, lui dit-elle. Nous allons nous rendre auprès d'elle immédiatement – puis se tournant vers Nessie, elle ajouta – Je suis désolée, mon amie, mais tu ne peux nous accompagner. Nous nous retrouverons plus tard !

— Ne t'en fais pas, Lonicéra. Ton devoir est plus important que tout, lui répondit-elle.

Cette phrase résonna dans la tête de Lonicéra comme une sentence. Quand pourrait-elle goûter à la paix des choses et des lieux ? Son destin serait-il perpétuellement enchevêtré ? Elle n'avait pas envie de repartir. Mais elle savait que le départ était imminent ; elle le sentait.

Peu de temps après, le petit groupe se trouvait face à Myrtis, le visage de cette dernière fatigué d'avoir trop pleuré, mais digne malgré tout dans sa douleur. Sean mit un genou à terre et présenta ses hommages à la nouvelle souveraine du peuple des fées. Lonicéra fut frappée par son changement de registre ; il parlait habituellement avec un fort accent écossais, pouvait sembler rude dans sa façon de s'exprimer, mais devant Myrtis, il se métamorphosait.

— J'ai appris les malheurs qui t'accablent, ma Reine, et je te présente tous mes encouragements dans l'épreuve que tu traverses. Puisses-tu rester clairvoyante envers ton peuple malgré ta peine, lui dit-il.

— Je te remercie, Sean, Gardien du Passage entre les Deux Mondes, lui répondit-elle. Que nous vaut l'honneur de ta visite ? Cela aurait-il un rapport avec mon mari ?

— Je le crains, ma Reine.

— Peux-tu me dire ce qu'il lui arrive ?

— Je ne t'apporte pas de certitudes, mais seulement des faits que j'ai pu constater, lui dit-il – puis se tournant vers Lonicéra et ses compagnons, il ajouta – Je ne pourrais pas vous donner toutes les réponses, mais cela devrait tout de même vous éclairer sur ce qu'il se trame de l'autre côté.

— Vas-y, nous t'écoutons, l'encouragea Myrtis, essayant de cacher son impatience tant bien que mal.

Le vieil homme accepta la chaise que lui tendait Briag et s'assit. Après un instant de réflexion, il commença son récit : « Il y a de cela environ deux mois, le portail entre les deux mondes a été forcé. Cela a été très furtif, comme une simple perturbation des énergies contradictoires qui en émanent. Je n'y ai pas prêté plus d'attention que cela. La Terre étant parfois capricieuse, j'ai pensé que cela avait pu être provoqué par une cause naturelle. Mais il y a quelques jours, cela a recommencé, et cette fois, sur un temps plus long. Par la suite, les gens ont commencé à devenir étranges. Les Écossais sont d'un naturel amical, tout le monde parle avec tout le monde, même sans se connaître, mais aujourd'hui, cette jovialité a fait place à l'agressivité. Le seul fait de dire bonjour à quelqu'un dans la rue semble attiser la hargne ; des bagarres éclatent un peu partout dans la ville d'Inverness, la ville est à feu et à sang. Au début, je n'ai pas saisi pourquoi, et puis j'ai entendu la musique... Il existe un grand concours de cornemuse à Inverness – Lonicéra se tourna vers Briag comme pour lui dire : "Tu vois ! Je te l'avais bien dit !" – mais il se déroule habituellement en avril – cette fois, Lonicéra piqua du nez devant le regard amusé de Briag – Sur le coup, j'ai pensé qu'une fête supplémentaire devait avoir lieu, mais cette fois, la musique est différente, envoûtante... J'ai décidé de me rendre en ville et j'ai pu constater que lorsque les habitants d'Inverness l'entendent, ils perdent toute raison, deviennent violents, et se retrouvent en masse à la source de la mélodie, au château d'Inverness qui est la cour de justice actuelle. Je les ai suivis pour chercher à comprendre ce qu'il pouvait bien s'y passer, et j'ai vu deux elfes jouer de la cornemuse. Des elfes dans Inverness ! Et cela ne semble poser question à personne ! Tout ce que ces elfes leur ordonnent de faire, ils le font. Ils détruisent progressivement les infrastructures et tout ce qui rendait Inverness agréable à vivre. »

Sean se frotta le front dans un geste de lassitude et reprit : « Mais il y a autre chose. Je connais des sorcières, issues des grandes lignées formées par les fées avant la séparation des deux mondes. Certaines d'entre elles sont tombées dans un état comateux lorsque les cornemuses ont commencé à résonner. Je ne sais pas si cela aura un sens pour vous, mais j'ai préféré vous informer de mes observations. »

— Pourquoi n'êtes-vous pas vous-même touché par ce maléfice ? questionna Lonicéra. Vous êtes un humain, vous devriez donc être aussi vulnérable que le reste d'Inverness !

— Bien vu, lui répondit-il en la pointant du doigt, mais mes amies sorcières m'ont donné une amulette lorsqu'elles ont appris que Rana était toujours en vie. Elles m'ont dit de la porter pour me protéger des mauvais sorts les plus basiques.

Il prit dans sa main trapue le petit sachet de cuir ouvragé caché sous le col de sa chemise, d'où pendaient trois pierres taillées avec minutie, et le montra à la petite assemblée.

— Donc, si cette amulette vous protège, poursuivit Lonicéra avec une moue de scepticisme, si nous en mettons une identique à Wilfried, il devrait pouvoir se réveiller ?

— Malheureusement, non... Nous avons bien essayé avec les sorcières tombées dans le coma, mais il semblerait qu'une fois que le maléfice a commencé son office, rien ne peut l'arrêter.

— Ou bien, c'est que cette amulette n'est pas ce qu'elle paraît ! renchérit la jeune fée, toujours aussi déterminée à ne pas croire en des superstitions ancestrales.

Myrtis, que le comportement de sa fille commençait à agacer, se tourna vers elle, et sur un ton qui ne souffrirait aucune réponse, elle lui lança :

— Il suffit, Lonicéra ! Tu peux ne pas croire en bon nombre de choses, mais ne doutes jamais de la puissance de la magie ! Même la bonne magie, utilisée à mauvais escient, peut devenir mauvaise ! Tu es bien placée pour le savoir. Mais maintenant, si tu refuses toujours de croire à cet état de fait, vas-y ! Va voir ce qu'il se passe dans la ville des humains et prouve-moi que j'ai tort de penser que Rana est là-dessous !

— Je ne nie pas le fait que ta sœur en soit la cause, lui répondit Lonicéra calmement, mais crois-tu vraiment qu'un simple grigri puisse contrer une telle puissance ? Cela me laisse sceptique.

— Lonicéra, tu…

Mais Myrtis n'eut pas le temps de continuer à rabrouer sa fille. Briag prit la parole et coupa court à cette querelle.

— Lonicéra. Nous devons aller dans le monde des humains. Nous devons comprendre la cause de tout cela. Et nous avons besoin d'un guide.

— Je le sais, lui répondit-elle, inquiète.

— Qui mieux que toi pourrait nous guider dans ce monde qui nous est inconnu ? Tu connais les coutumes et les traditions des humains…

— Mais ce n'est plus mon monde ! Je ne le comprenais déjà pas lorsque j'y vivais ! Crois-tu que je pourrai faire les bons choix en sachant ce que les humains font de leur terre Mère ?

— Je suis sûre que oui, intervint Hédéra. Conduis-nous de l'autre côté du portail, Loni. Nous te suivrons cette fois encore.

— Vois, Princesse, lui dit alors Sean, la confiance que te portent tes amis. Ensemble, vous avez déjà accompli de grandes choses ! Pourquoi en serait-il autrement cette fois-ci ?

Lonicéra devait se rendre à l'évidence qu'elle était obligée de retourner dans le monde où elle avait grandi. Elle serait un guide pour ses compagnons, et cette perspective l'angoissait. Saurait-elle prendre les bonnes décisions ? Ses amis accepteraient-ils ce monde si différent du leur ?

Chapitre 4
Inverness

Les préparatifs de départ furent brefs. Depuis leur retour, ils n'avaient pas défait leurs sacs de voyage, se préparant à repartir d'un instant à l'autre. Ils auraient seulement aimé que ce moment arrive plus tard, quand ils auraient eu le temps de profiter d'un peu plus de répit. Mais telle était leur voie ; ils devaient retourner sur les routes.

Quand Lonicéra et Briag descendirent de leur maison arbre avec leurs sacs sur le dos, Myrtis les attendait. Elle regarda sa fille qui avait repris ses distances avec elle suite à leur querelle trop récente, et s'avança vers elle pour la prendre dans ses bras. Lonicéra se laissa faire, mais ne lui rendit pas son étreinte. Myrtis s'écarta alors, les larmes aux yeux et s'excusa auprès d'elle.

— Pardonne-moi, mon enfant, si tu le peux. J'ai été dure avec toi. Trop dure. Je me suis laissée aveugler par ma souffrance à tel point que j'ai été incapable de voir la tienne. Je suis inquiète pour Wilfried. C'est un sentiment irraisonné qui me fait perdre tout contrôle.

— Nous trouverons ce qui le ronge, et nous le guérirons, dit Lonicéra à sa mère pour toute réponse.

Elle se rendait compte que Myrtis était différente des autres fées. Elle s'emportait beaucoup plus vite que ses congénères et pouvait avoir des mots blessants dont les autres n'usaient jamais. Était-ce parce qu'elle avait passé trop de temps dans le monde des humains ? Ou bien, le lien du sang qui l'unissait à Rana était-il tellement fort qu'elle pouvait ressentir les sautes d'humeur de sa sœur et les répercuter sur sa propre vie ? Quoi qu'il en soit, Lonicéra ne pouvait pas faire comme si de rien n'était. Sa sensibilité avait été touchée par les paroles de sa mère, et elle voulait lui faire comprendre qu'elle n'était pas seule à souffrir de cette situation. Malgré tout, elle prit sa main dans la sienne en signe de réconfort, et lui dit qu'elle la tiendrait informée des événements au fur et à mesure de leur progression.

Quand les quatre compagnons arrivèrent sur la rive du lac, Gweltaz les y attendait. Il s'approcha d'eux, le visage souriant, comme à son habitude.

— Lilia voulait venir vous dire au revoir, mais elle a préféré s'en abstenir... Les fées n'aiment pas les séparations... Quant à Sean, il est reparti avec Nessie dans le monde des humains. Nessie n'aurait pas pu vous ramener tous sur son dos, il est donc reparti pour vous ouvrir le portail.

— Nous ne pouvons donc pas nous téléporter jusque là-bas? demanda Lonicéra.

— Bien sûr que non, lui répondit-il en la taquinant. À quoi cela servirait-il d'avoir un portail entre les mondes pour les protéger l'un de l'autre si tout le monde pouvait y accéder à sa guise?

— Tu n'as pas tort ! lui dit-elle alors en riant. Mais dis-moi, que transportes-tu dans ton sac? Aurais-tu l'intention de nous accompagner ?

— Je suis désolé de te décevoir, mais je ne viendrai que lorsque vous me le demanderez ! Pour l'heure, je ne pense pas que vous ayez besoin de ma compagnie. Je serai plus utile ici. Je veillerai sur Myrtis et Wilfried pour toi, Lonicéra.

— C'est très aimable à toi, mon ami...

— Je vous ai amené quelque chose, reprit-il. D'après mes informations, les humains sont enclins à croire beaucoup de choses. Mais dès que cela touche à notre magie, ils paniquent ! Je vous ai donc trouvé des foulards pour couvrir vos oreilles, et des chapeaux. De plus, Mesdemoiselles, vous devriez songer à rouler vos ailes qui, malgré leur beauté évidente, pourraient choquer les humains.

— Merci pour tout, Gweltaz. Nous tiendrons compte de tes conseils, mais je pense que nous ne risquons rien jusqu'à ce que nous ayons passé le portail. Nous devrions par contre laisser nos coiffes ici, dans le monde magique. Je n'aimerais pas savoir que quelqu'un a cueilli mon chèvrefeuille lorsque j'aurai le dos tourné !

Sur ce, elle détacha la couronne fleurie de ses cheveux et la posa au sol. Elle s'assit alors à côté, posa ses mains au sol et puisa dans l'énergie de la terre pour faire raciner le chèvrefeuille. Par le lien qui l'unissait à sa fleur, elle sentit la plante pousser et s'enfoncer dans le sol, écartant les racines de l'herbe déjà en place, se frayant un passage dans la terre, contournant les petits graviers enfouis dans le sol pour enfin y trouver sa place. Puis elle se sentit s'élever en même temps que les ramifications du buisson qui s'épanouit alors, rejoignant le lierre qu'Hédéra venait de faire raciner au pied d'un arbre. Quand les deux plantes se touchèrent, les fées laissèrent retomber leur magie. Elles ouvrirent les yeux en même temps, ressourcées par l'acte intime qu'elles venaient d'avoir avec leur terre nourricière, libérées de toute contrainte, rassérénées.

Lonicéra sentit alors la main de Briag sur son épaule qui l'encourageait au départ. Elle se releva à contrecœur et les téléporta tous à l'endroit où elle était arrivée quelques mois plus tôt.

Là où finissait le sentier entre les arbres, des vaguelettes d'énergie dansaient entre deux hêtres : le passage était ouvert. Lonicéra demanda à Hédéra si elle se souvenait du récit de son arrivée dans ce monde. Hédéra acquiesça et lui dit en riant : « Tiens-toi prête ! »

Elles sautèrent alors l'une après l'autre entre les deux arbres, suivies par Briag et Kieran. Sitôt le portail passé, les vaguelettes s'estompèrent et ils sentirent sur leurs corps le froid de l'eau, mais pas son humidité. L'instant d'après, ils étaient projetés dans les airs, jaillissant du lac vers la rive. Lonicéra, dont le dernier passage entre les mondes avait laissé des meurtrissures pendant plusieurs jours, déploya ses ailes et atterrit avec grâce à côté de Sean qui les attendait. Elle fut imitée par Hédéra, mais les deux elfes n'eurent pas la même grâce qu'elles. Briag se souvenait fort bien du récit de l'atterrissage forcé de Lonicéra, et réussit à se recevoir tant bien que mal sur ses pieds, mais il perdit l'équilibre et se retrouva presque aussitôt sur les fesses. Quant à Kieran, que personne n'avait eu l'amabilité de prévenir, il fit un vol plané et se retrouva à plat ventre sur le sol. Hédéra s'approcha de lui en toute hâte pour l'aider à se relever, pouffant de rire à chaque mouvement alors que les trois autres riaient à gorge déployée.

— Vous le saviez ? rugit-il en époussetant ses vêtements. Vous le saviez et vous ne m'avez rien dit !

— Mais si, rétorqua Lonicéra en riant. Souviens-toi ! Je t'en ai parlé le jour où nous nous sommes rencontrés ! Nous étions dans la forêt et…

— Et tu n'as pas jugé bon de me le rappeler !

— À vrai dire, je m'attendais à ta réaction, et rien que pour cela, je ne voulais pas rater une occasion si prévisible de rire. Qui sait ce qui se passera ensuite ! Au moins, nous aurons tout fait pour rester positifs, comme d'habitude.

Se rendant à l'évidence qu'il aurait certainement agi comme elle en pareille situation, Kieran se mit à rire avec eux.

Une fois qu'ils eurent repris leur souffle, des larmes d'hilarité perlant toujours au coin des yeux, ils suivirent le conseil de Gweltaz : les deux fées roulèrent leurs ailes de façon à passer inaperçues, et les elfes mirent chacun un chapeau sur la tête pour cacher leurs oreilles. Hédéra, quant à elle, noua un foulard dans ses cheveux, à l'instar de Lonicéra dont les oreilles pouvaient encore passer pour celles d'une humaine malgré leur forme très légèrement pointue.

— C'est ici que nos chemins se séparent, leur dit alors Sean quand ils furent prêts à partir. Soyez prudents, et n'oubliez pas de nous tenir au courant de vos découvertes !

— Ne t'en fais pas, le rassura Briag. Cette fois, nous savons à quoi nous attendre avec Rana. Nous connaissons sa puissance et ses desseins, en partie tout au moins. Cette fois, nous ne la laisserons pas en réchapper.

— Puisses-tu dire vrai, mon ami, lui répondit Sean, inquiet. Puis, se tournant vers Lonicéra, il ajouta : « Va jusqu'au château d'Inverness. Tâchez de ne pas vous faire voir. Les hommes sont partout. Téléportez-vous dans une ruelle adjacente... Te souviens-tu d'une de ces ruelles ? – Elle acquiesça – Très bien. Maintenant, il ne me reste plus qu'à implorer la Déesse Mère de la Terre de vous accorder sa bénédiction. Beannachd leat ! »

Après avoir fait leurs adieux au gardien du passage, les quatre compagnons formèrent un cercle et Lonicéra, concentrant toute son énergie, les téléporta dans la ville d'Inverness.

Lorsqu'ils atterrirent dans la ruelle, elle sentit un mal-être grandir en elle. Elle ne ressentait plus la nature. Elle s'était habituée à sentir l'énergie bouillonnante de la Terre grouiller sous ses pieds, et tout d'un coup, elle ne percevait plus qu'un murmure au travers de la route épaisse. Cela la déstabilisait au plus haut point.

Après avoir traversé le portail, Kieran lui avait fait remarquer qu'il ne comprenait pas ce qu'elle reprochait à ce monde qui ne semblait pas vraiment différent du leur. Elle lui avait répondu qu'ils n'étaient que sur les rives du Loch, et que la nature y était encore préservée. Mais la ville en elle-même était totalement différente. Sur le coup, il n'avait pas compris. Mais maintenant qu'ils y étaient, il pouvait mettre un sens sur ses mots.

— Old Edinburgh Road, lut Lonicéra sur la pancarte indiquant le nom de la rue, essayant de faire abstraction de son malaise. Très bien, nous avons atterri pile à l'endroit souhaité.

— Lonicéra ? hasarda Hédéra. Quelle est cette chose étrange au sol ? Pourquoi la terre est-elle recouverte de cette croûte dure ?

— Pour se déplacer, les humains utilisent des voitures, commença-t-elle à expliquer. C'est un peu comme le chariot de Gweltaz, mais en plus gros, et sans chevaux. Ça fait beaucoup de bruit et ça sent mauvais. Les gaz qui s'en échappent polluent l'air que nous respirons. Cette « croûte » comme tu dis, sert à empêcher les voitures de s'embourber. Il y a tellement de véhicules que la terre serait très abîmée par leurs roues et personne ne pourrait plus circuler.

— Mais c'est horrible ! reprit Hédéra. Ne sens-tu pas que la terre étouffe ?

— Si, je le sens… Et j'en souffre, comme toi. Mais nous devons réussir à faire abstraction de cela pour mener à bien notre mission, Hédéra. Viens avec moi. Nous devons poursuivre notre chemin.

Elle prit son amie par la main et la mena à sa suite, suivie de Briag et Kieran. Quand ils arrivèrent à l'intersection, sur la route principale, ils se trouvèrent devant un spectacle de désolation : partout, des maisons grandes ouvertes laissaient la possibilité à chacun d'aller et venir, et paraissaient laissées à l'abandon. Des voitures étaient arrêtées au milieu de la route en un capharnaüm phénoménal, rendant toute circulation automobile impossible. De toute manière, personne n'aurait pu rouler ici tellement la route était défoncée. Des plaques de bitume se soulevaient par-ci par-là sur plusieurs dizaines de centimètres de hauteur. De toute évidence, la secousse qu'avait ressentie le peuple des fées lors du couronnement devait être l'écho d'un tremblement de terre plus important qui s'était produit à Inverness. Les jardinières de fleurs qui embellissaient d'ordinaire les rues étaient écrasées au sol ou en équilibre précaire en haut de leurs piquets d'agrément. Les réverbères clignotaient, penchés en tous sens de façon anarchique. Et nulle part, âme qui vive…

— Est-ce cela, une voiture ? demanda Kieran, brisant le silence qui s'était installé.

Lonicéra acquiesça d'un signe de tête.

— C'est froid et ça sent mauvais. Il n'y a rien de naturel là-dedans, poursuivit-il. Tu avais raison quand tu disais que cela n'avait rien à voir avec notre monde ! À peine arrivé, j'ai déjà envie de repartir.

— Tu sais, lui dit alors Lonicéra, Inverness est d'habitude une ville plutôt agréable. L'Écosse est l'un des pays dont la nature est la mieux préservée. Estime-toi heureux que nous n'ayons pas eu à aller aux États-Unis ou en Chine, dans les grandes métropoles. Je crois que tu aurais fait une syncope !

— Ça y est ! reprit Hédéra. Tu recommences à dire des mots que je ne comprends pas ! J'ai hâte de retourner chez nous. Plus vite nous aurons détruit Rana, mieux ce sera !

— Je ne te le fais pas dire, lui répondit son amie.

Et soudain, ils entendirent la musique… Une cornemuse commençait une mélodie énigmatique. Elle provenait du bout de la rue qui menait au château. Se concertant du regard, ils se dirigèrent d'un même pas dans cette direction. Ils remontèrent Castle Street sur plusieurs mètres et arrivèrent devant l'esplanade du château. Surplombant la ville scindée en deux par la rivière Ness, le château élevait fièrement ses tours crénelées vers le ciel. Le rose de ses pierres le rendait intrigant, son côté massif, imposant, mais ses hautes fenêtres arrondies reflétaient son élégance. Au milieu de l'esplanade, la statue de Flora McDonald semblait noyée dans la foule des humains rassemblés. Et juste devant les portes du château, une grande estrade de bois avait été dressée, sur laquelle étaient perchés les deux elfes joueurs de cornemuse.

— Regardez ces elfes ! leur dit Briag dans un souffle. Ne vous disent-ils rien ?

— Si, en effet ! lui répondit Kieran. Fourbes jusqu'au bout ! Tu n'aurais peut-être pas dû les laisser partir, Loni !

Le reproche à peine voilé que venait de lui faire Kieran tira à Lonicéra une moue boudeuse. Mais elle ne dit rien. Kieran avait raison. Elle aurait mieux fait de prendre une autre décision que celle de relâcher les traîtres qui avaient aidé Rana à asseoir son pouvoir. Mais quelle décision pouvait-elle prendre alors ? Elle avait fait ce qu'il lui avait semblé juste et le plus en lien avec son nouveau mode de vie.

— Quelque décision que j'aie pu prendre, il est trop tard pour revenir en arrière. Ce qui importe maintenant, c'est ce que nous allons décider de faire pour les arrêter, ne croyez-vous pas ?

— Tout-à-fait, Loni, lui répondit Hédéra. Que suggères-tu ?

— Que nous nous approchions un peu. Faisons en sorte qu'ils nous voient, et attendons leur réaction. Après, nous aviserons ! Plus nous serons proches d'eux, mieux nous pourrons nous rendre compte de la situation. Êtes-vous d'accord ?

— Nous le sommes, lui dit Hédéra, se rapprochant de Kieran qui opina de la tête.

— Allons-y, ajouta Briag.

— C'est parti !

Alors qu'ils avançaient au milieu de la foule, Briag s'adressa à Lonicéra par la pensée et lui dit : « Tu as bien fait de les relâcher. Tu n'as rien à te reprocher. Tu as agi avec noblesse. »

— La noblesse ne fait pas tout, Briag. J'aurais dû être plus clairvoyante.

— Tu pensais que Rana était morte, je te le rappelle. Le peuple t'a d'autant plus respectée du fait de cette décision. Ne regrette rien.

— Je ne regrette pas, mon amour. Au moins, j'ai ma conscience pour moi !

Elle se tourna alors pour le regarder et vit dans ses yeux tout l'amour qui lui était offert. Mais elle fut vite tirée de sa rêverie par des éclats de voix, juste à côté d'elle. Bouteille de bière à la main, un groupe d'Écossais éméchés commençait à s'injurier et à se battre à quelques pas d'eux, entraînant progressivement la foule dans une bagarre générale. Hommes et femmes confondus se lançaient des coups de poing, des enfants, bâtons à la main, se faufilaient entre les jambes des adultes pour mieux pouvoir les attaquer. Les visages étaient rouges de colère, des rictus de haine déformaient leurs visages. Leur aura rouge feu montait à plusieurs mètres au-dessus d'eux. Hédéra, paniquée par ce soudain accès de violence, se réfugia contre Kieran, mais quand elle vit Lonicéra monter sur les épaules de Briag, elle se reprit aussitôt. Elle imita alors son amie et se retrouva aussitôt debout sur les épaules de Kieran. En un même mouvement, elles déployèrent leurs ailes au grand air et prirent leur envol, entraînant avec elles leurs compagnons qui les retenaient par les chevilles. L'effort aurait pu être intense compte tenu de la jeunesse de leurs ailes à toutes deux, mais la légèreté des elfes et l'énergie qu'ils leur communiquaient simplifia l'exercice. Soudain, la musique s'arrêta dans un couinement de cornemuse qui se dégonfle et les elfes ennemis crièrent aux hommes d'attraper les fées et leurs elfes, avec la consigne de ne pas les blesser. Briag et Kieran furent alors saisis par les chevilles, et tirés vers le sol. Lonicéra et Hédéra replièrent leurs ailes, la force les entraînant vers la terre trop puissante risquant d'endommager leurs muscles. Ils se retrouvèrent bientôt attachés, les mains dans le dos, et escortés jusqu'à l'estrade.

— Laissons-les faire, proposa Hédéra mentalement. Qu'ils croient que nous ne faisons pas le poids. Si nous voyons que ça dégénère, nous pourrons toujours nous téléporter !

— Oui, d'autant plus que si nous essayons de fuir par d'autres moyens, nous devrons nous battre et nous risquons de blesser un humain, conclut Briag.

— Ce ne serait pas une grande perte ! lança Kieran. Tu as vu comme ils sont hargneux ?

— Ce n'est pas de leur faute, Kieran ! Ils sont ensorcelés, je te le rappelle ! le rabroua Lonicéra. Ils ne sont pas du tout comme ça en temps normal.

— Alors vivement que les temps normaux soient revenus !

En les voyant arriver devant lui, le visage du chef des elfes traîtres à leur peuple s'illumina d'un sourire mauvais.

— Lonicéra ! Comme on se retrouve ! Sois la bienvenue dans le Nouveau Monde des humains ! Puis, s'adressant au petit groupe d'hommes qui les avait amenés jusque-là, il ajouta : « Mettez-les au cachot ! Notre Reine les verra ce soir, à la tombée du jour ! »

Et il partit d'un rire aussi fou que celui de sa maîtresse.

Chapitre 5
Confrontation

— Les cachots du château d'Inverness ! Je doute que cet endroit soit ouvert au public !

Lonicéra regardait avec attention une table de torture qui devait autrefois servir à écarteler les malheureux pensionnaires des lieux.

— Quel goût ! C'est lugubre ! Ils ont même gardé intacts les outils de torture !

— Ça fait froid dans le dos ! murmura Hédéra en frissonnant.

— Oui, lui répondit Lonicéra. Et l'ironie du sort, c'est que ce château est aujourd'hui, entre autres, une cour de justice !

— Que faisaient tous ces hommes en jupe dans la cour du château ? questionna alors Kieran, détournant l'attention de Lonicéra qui détaillait à présent de lourdes chaînes pendues au plafond.

— C'est l'autre fonction de ce monument. C'est une garnison militaire. Rana ne pouvait trouver meilleur endroit pour se former une nouvelle armée ! Et ils ne sont pas en jupe ! Ce sont des kilts ! répondit la jeune fée, amusée. C'est l'habit traditionnel du pays. Selon le clan d'appartenance, les couleurs varient. Les Écossais sont très fiers de leurs origines et attachent une grande importance au clan, même s'il n'en subsiste plus que les noms.

— Croyez-vous que l'attente sera encore longue ? demanda Hédéra. Ce n'est pas que je m'ennuie, mais la froideur de la pierre me rend mal à l'aise. Elle me parle… Elle me dit toute la misère des temps passés dans cette pièce. Elle a emmagasiné dans sa mémoire tant d'horreurs qu'elle ne le supporte plus. Et je ne supporterai pas non plus qu'elle se décharge en moi comme le cristal est purifié par l'eau.

— Ne t'inquiète pas, la rassura Briag qui regardait le tumulte extérieur à travers une minuscule ouverture pratiquée dans le mur. Nous allons bientôt sortir. La nuit est en train de tomber. Ils vont venir nous chercher.

En effet, quelques instants plus tard, un groupe d'une dizaine de soldats en armes se présenta devant les grilles du cachot. Leur chef ordonna aux prisonniers de se retourner, les mains dans le dos, et de s'approcher de la grille. Au travers des barreaux, les soldats leur lièrent à nouveau les poignets et les poussèrent sans ménagement au milieu de la petite pièce. Dans un silence pesant, on entendit le cliquetis de la clé dans la serrure et le grincement de la porte rouillée par les ans. Ils furent tous quatre à nouveau entraînés dans un dédale de couloirs et d'escaliers humides jusqu'à l'air libre.

Quand ils purent à nouveau respirer l'air frais, Hédéra sentit comme un poids tomber de ses épaules. Elle avait été fortement éprouvée par cette expérience avec la pierre, choquée par les horreurs que lui avaient transmis les murs de sa prison, commises par les hommes à tout âge de la Terre. Mais elle, comme ses compagnons, ne put profiter de cet instant de liberté passagère retrouvée. Ils furent aussitôt menés à l'estrade, devant l'esplanade.

En voyant les deux solides poteaux qui y étaient dressés, entourés de petit-bois et de paille, Lonicéra voulut croire qu'il ne s'agissait pas de ce qu'elle soupçonnait. Sur le bûcher se tenait l'elfe traître, qui les attendait, arborant toujours son sourire faux. Lorsqu'ils furent à sa hauteur, l'elfe s'adressa à la foule.

— Voyez ! Voyez devant vous les fées et elfes responsables de la défaite de notre chère Reine ! Par leur faute, Rana a été offensée. Et la Déesse qu'elle représente est maintenant en colère ! Déesse du Chaos, accepte en offrande la cause de ta déchéance !

La foule l'acclama, et il se tourna vers les condamnés.

— Je m'appelle Riwan, leur dit-il sur un ton faussement aimable. Comme tu as déjà dû t'en rendre compte, Lonicéra, je suis l'un des elfes soldats de Rana que tu as laissé partir après la destruction du château de ma Reine bien-aimée. Certains te nomment Princesse, mais à mes yeux, tu n'es rien d'autre que l'enfant bâtarde d'une Princesse traîtresse à son sang et d'un humain irrespectueux. Tu comprendras donc sans difficulté que je n'aurai pas envers toi la pitié que tu as eue un jour pour moi. Tu apprendras vite que si tu veux vaincre ton ennemi, il ne faut pas lui laisser de chance de survivre !

— D'après ce que tu dis, rétorqua Lonicéra, non, je n'aurai pas le temps de l'apprendre ! Alors, dépêche-toi donc ! Qu'attends-tu pour nous tuer ? Ou bien tes ordres viennent-ils de plus haut ?

Déconcerté par l'absence de peur dans la voix et le visage de la fée, Riwan devint rouge de colère, mais se contint.

— Lorsque tu nous as relâchés, reprit-il, nous sommes allés sur les décombres du château de Rana. Nous y avons trouvé, parmi les gravats, un fragment de cristal de roche dont tu t'étais servie pour briser la protection de notre Reine. Comme tu dois le savoir, le cristal est capable de garder en son sein, pendant plusieurs saisons, la mémoire de l'être qui a été en contact avec lui. Peut-être as-tu même gardé le cristal dans lequel tu avais emprisonné le maléfice de Rana qui avait pris possession du corps de cette vieille elfe. Soit dit en passant, ma maîtresse a pris un malin plaisir à tuer votre amie une fois qu'elle lui eut soutiré des informations concernant votre progression vers son château ! Alors ? Qu'as-tu fait du cristal ?

— Je l'ai purifié dans la rivière, répondit Lonicéra, des larmes de colère perlant maintenant aux coins des yeux à l'évocation du meurtre d'Aphria.

— Ah oui ! Elle a été bien avisée, cette vieille, de vous apprendre cela... Quoi qu'il en soit, tu n'as pas trouvé bon de purifier les cristaux qui étaient restés dans le château. Pourtant, dans l'un d'eux, nous avons pu retrouver un fragment de l'âme de Rana. Elle nous a conduits jusqu'à sa cachette, dans le monde des humains, et nous l'avons ressourcée. Je ne t'expliquerai pas aujourd'hui, ni jamais d'ailleurs, comment nous avons fait. Cette magie est beaucoup trop puissante pour pouvoir être comprise par une simple novice ! Et tes amis – il fit une moue de dédain – ils ne sont même pas bons à se voir adresser la parole, traîtres à leur sang !

À ces paroles, Briag se plaça devant Kieran, l'empêchant de se ruer sur Riwan. Ce dernier vit leur manœuvre et se détourna d'eux en riant.

Il vint ensuite se positionner sur le devant de l'estrade, et commença à tourner ses deux mains l'une contre l'autre. Lonicéra adressa un regard anxieux à Briag, prête à attraper tout son petit monde pour les emmener loin d'ici au moindre signe d'hostilité physique. Riwan continuait son manège et créa bientôt une boule d'énergie pure qui flotta un instant dans ses paumes. Puis, la suspendant dans les airs devant lui, il plaça ses mains autour et fit mine de l'aplatir, et la boule lui obéit. Il se trouvait maintenant en face de l'elfe un disque d'énergie, agité de vaguelettes noires, qu'il laissa flotter à quelques mètres de distance de lui. Le regard fixé sur son œuvre, il prit la parole, la foule suspendue à ses lèvres.

— Oh ! Ma Reine ! Entends ton serviteur ! Apparais devant nous et vois l'offrande que je te fais !

— Gloire à notre Reine ! lança d'une même voix mécanique la foule envoûtée.

Alors, devant eux, les vaguelettes commencèrent à s'écarter et le visage hautain de Rana apparut en son centre. Son regard froid parcourut l'assemblée, laissant dans son sillage un souffle de vent glacé qui fit frissonner l'assemblée. Elle se tourna ensuite vers l'estrade. Lorsqu'elle vit Lonicéra et ses compagnons ligotés, un sourire haineux retroussa le coin de sa bouche. Sans les quitter des yeux, elle s'adressa à son sbire : « Tu as fait du bon travail, Riwan, dit-elle en ramenant son regard vers lui. Tu te rattrapes bien de ton incompétence passée. »

Riwan s'inclina devant sa maîtresse. Sa tête aurait presque pu toucher le sol tellement il se prosternait devant elle. Alors Rana se tourna à nouveau vers Lonicéra.

— Comme on se retrouve, ma chère nièce ! – Devant ce qualificatif, Lonicéra eut un instant de recul, mais se reprit – Tu le sais donc, maintenant ! Nos relations seront plus facilitées, maintenant que tu connais notre lien de parenté ! Les humains attachent une telle importance au sang…

— Tu oublies que je ne suis pas une humaine… En tout cas, je ne le suis plus totalement !

— Donc, nous nous retrouvons face à face comme la dernière fois ! Soit ! C'est à toi de choisir ton camp. Mais avant toute chose, toi seule sais ce que ma sœur a pu te raconter. Aussi dois-je rétablir certaines vérités. – Rana fit une pause, cherchant à sonder Lonicéra qui restait impassible – Donc, lorsque Myrtis a été choisie par la Déesse de la Terre pour être son élue, ma chère sœur, qui avait toujours été le double de moi-même, a été contrainte de m'abandonner pour cet humain grotesque. Elle semblait si heureuse avec cet homme insignifiant que j'ai vite compris que la Déesse l'aveuglait. Comment ma sœur aurait-elle pu tomber amoureuse d'une personne sans aucun pouvoir, qui ne connaissait pas les valeurs qui régissent notre monde ? J'ai alors décidé d'en apprendre davantage sur les humains, et j'y ai vu arrogance, couardise, traîtrise, cupidité. Ces êtres sont incapables de se réguler et en sont néfastes pour la Terre et la Vie. Ils pillent les ressources de leur propre habitat au lieu de les préserver, ils détruisent leurs enfants en leur inculquant des valeurs périmées au lieu de leur apprendre à vivre sainement !

— En fait, l'interrompit Lonicéra, ils font exactement ce que tu fais, toi ! Pourquoi ne te détruis-tu pas toi-même dans ce cas-là ?

— Ne m'interromps pas ! lui cria alors Rana. Tu ne sais pas de quoi tu parles ! Comment, en voyant autant de vilenies, ne pas vouloir arrêter ce désastre ? – Puis, elle se ressaisit et reprit plus calmement – Un jour, alors que je priais la Déesse Mère de la Terre de m'accorder force et courage pour surmonter la perte de ma sœur au profit de cet humain misérable, la Déesse des Ténèbres et du Chaos m'apparut. Elle avait compris, elle aussi, que les humains n'arriveraient jamais à vivre en harmonie avec la nature et finiraient par la détruire totalement. Elle a alors choisi de m'aider dans mon entreprise. Depuis deux décennies de vies humaines, elle me permet de voyager entre les mondes en toute impunité, de creuser ma place au sein des gouvernements humains pour pouvoir les influencer dans leurs décisions. J'ai vite compris que je n'arriverais pas à contrôler tous les humains en même temps. Ils sont bien trop nombreux ! Par contre, leurs hommes politiques, qui les font avancer comme des moutons, étaient une cible idéale ! Ils sont la somme de tous les vices de l'humanité, ils sont donc très facilement influençables ! Et au final, ils imposent mes décisions en les faisant passer pour démocratiques aux yeux du peuple médusé qui voit que quelque chose n'est pas normal, mais qui n'a aucun pouvoir de faire changer cette dynamique. J'attends depuis longtemps l'opportunité de faire déclencher La guerre qui rayera l'espèce humaine du globe. En attendant, les manifestations se multiplient, les gens vont dans la rue crier leur mécontentement. Ils ne supportent plus les mensonges de leurs chefs alors que le fossé se creuse de plus en plus entre les classes très riches et celles plus modestes qui n'arrivent plus à vivre décemment. Bientôt, une révolution aura lieu, qui déclenchera la guerre que j'attends depuis si longtemps ! Ils finiront tous par s'entretuer avec leur bombe atomique ! Mais avant cela, il faut éliminer les fauteurs de trouble qui cherchent à ouvrir les yeux à la majorité des moutons ! C'est pour cela que je voulais monter mon armée, pour pouvoir être plus puissante face aux humains récalcitrants ! Mais toi, Lonicéra, tu as tout fait échouer ! Tu penses peut-être que cette bande d'ahuris vaut mieux que tous les mondes magiques ! Quoique, en y réfléchissant bien, les peuples de la forêt ne sont guère plus sensés que les hommes ! Ils sont naïfs à un tel point qu'ils ne se sont rendu compte de rien lorsque je profitais d'eux ! Mais eux, au moins, respectent le monde dans lequel ils vivent, et les dons que leur fait la nature. Si je dois choisir un peuple, ce sera celui-ci. Ma Déesse, elle, est plus sensée que la tienne. Elle a sondé le cœur des hommes, et désire maintenant plus que tout leur faire payer leur irrespect envers le monde dans lequel ils vivent, et qu'ils détruisent à petit feu. Beaucoup sont convaincus que la fin du monde est pour 2012, et la Déesse du Chaos le leur donne à penser chaque jour un peu plus ! Elle aime jouer avec ces pantins qui sont prêts à croire à tout pour se dédouaner des atrocités qu'ils commettent contre leur propre terre. Alors, quand la Déesse envoie les tornades dévaster les États-Unis, ou qu'elle provoque des tremblements de terre meurtriers ou des moussons dévastatrices en Chine, personne ne s'interroge. On entend dire « le climat est devenu fou! », mais on entend rarement « prenons soin de notre planète, elle nous le rendra! ». Toi qui as grandi dans ce monde, et qui connais maintenant notre façon de vivre, ne ressens-tu pas un vide en revenant ici ?

— Certes, répondit Lonicéra, la Terre étouffe et les énergies semblent altérées, mais il y a aussi de belles choses dans ce monde! L'Écosse en est une belle preuve ! En dehors des villes, la nature est respectée et intacte !

— L'Écosse peut-être ! cracha Rana entre ses dents. Mais qu'en est-il des autres pays ! Le monde des humains ne se limite pas qu'à deux ou trois pays à peu près préservés ! De toute manière, l'Écosse, comme les autres, sera amenée à être bafouée par ces humains !

— Il ne faut pas mettre tout le monde au même rang ! En majorité, les hommes essaient de vivre du mieux qu'ils peuvent, cherchent à survivre malgré les difficultés. Ceux-là valent la peine qu'on se batte pour eux. Et tu oublies l'amour, l'art…

— L'art ? la coupa Rana. Comme la musique par exemple ? dit-elle d'un air malicieux. Regarde donc comme ma musique est bien mieux que la leur ! Un simple air de leur cornemuse joué par un elfe les envoûte et fait ressortir ce qu'il y a de pire en eux ! Et si ces petits airs ne développent pas leur agressivité, c'est que ces humains ont quelque chose de particulier, un lien avec le monde magique semblerait-il. Ceux-là tombent malades et finissent par mourir après de longs mois sans pouvoir communiquer. Mais je te rassure ! Ils restent parfaitement conscients de ce qu'il se passe autour d'eux ! C'est juste qu'ils ne peuvent plus parler ! Ils ne peuvent qu'attendre la mort !

Rana s'arrêta un instant alors que Lonicéra était en train de réaliser ce que cela signifiait pour son père. Tout se bousculait dans sa tête, et l'espoir la quitta soudainement. Alors, la reine déchue lui murmura sur un ton de compassion feinte : « Comment va ton père? Il paraît qu'il est souffrant, le pauvre ! » Et elle éclata d'un rire hystérique que Lonicéra lui connaissait déjà, et qui hantait ses cauchemars.

Elle aurait voulu attaquer Rana sur le champ, lui faire payer ses propos, mais leur communication au travers du disque d'énergie ne lui permettait pas de le faire. Elle mobilisa toute son énergie pour garder son calme et s'adressa à Rana :

— Es-tu consciente, ma chère tante, que le vent va bientôt tourner ? Et crois-moi, le jour où tu ne te cacheras plus derrière ta Déesse et tes acolytes de malheur, ce jour-là, je prendrai toute ton énergie vitale pour la rendre à la Déesse Mère de la Terre.

— C'est bien que tu y croies ! Au moins, cela te donnera du courage pendant que tu mourras ! Attachez-les au bûcher ! cria-t-elle alors à l'intention des gardes de la garnison. Et faites-les périr par le feu ! Rétablissons les anciennes coutumes… Brûlons les sorcières !

Tout se passa alors très vite. Pendant que les gardes s'appro-chaient, les quatre prisonniers se regroupèrent et dispa-rurent en un claquement de doigts, laissant les soldats penauds, incapables de comprendre ce qu'il s'était passé.

— Que voulez-vous que nous fassions, ma Reine, ques-tionna Riwan. Devons-nous tenter de les retrouver ?

— Non, laisse-les. Ils doivent être loin à l'heure qu'il est, lui répondit-elle d'un ton méprisant. Mais prépare-toi à ce qu'ils réapparaissent bientôt. Ils ne s'arrêteront pas là.

Le disque d'énergie s'évapora en des milliers d'étincelles, enlevant le visage de Rana à la contemplation de l'assemblée qui avait bu ses paroles pendant tout le temps de sa présence.

◆◆◆

Dans son château, Rana était étendue au sol. Une ombre flottait à côté d'elle.

— Comment as-tu pu les laisser partir ? criait la Déesse du Chaos. Comment as-tu pu être à ce point négligente ?

— Myrtis ! cria Rana, se tordant de douleur au sol à cause des sévices que lui infligeait sa Déesse. Myrtis ! Ma sœur ! Pardonne-moi, mais je n'ai pas le choix !

— Ta lâcheté te fera aller jusqu'au bout ! Tant que tu me craindras, j'aurai ton respect, ricana à nouveau la Déesse. Lève-toi maintenant, et reprends-toi. Je reviendrai bientôt te voir. Et si tes résultats sont inchangés, je me verrai dans l'obligation de choisir quelqu'un d'autre pour accomplir mes desseins.

— Non ! cria Rana en se relevant péniblement. Fais-moi confiance ! J'y arriverai ! Je tuerai ma nièce et nous serons alors libres de gouverner ce monde jusqu'à sa destruction finale !

Chapitre 6
Début d'un plan

— Où sommes-nous, Lonicéra ? demanda Hédéra, cherchant un point de repère visuel dans la pièce obscurcie par la nuit.

— Nous sommes dans ma chambre d'hôtel... Enfin, celle où je logeais lors de mon séjour ici.

— Il fait sombre ! dit alors Kieran. Comment les humains font-ils pour se repérer dans pareille pénombre ?

— Attends un instant, s'il te plaît. Je cherche l'interrupteur.

— L'interrupteur ? Qu'est-ce que c'est ? demanda Briag.

— C'est ce qui permet d'allumer l'électricité... Ah ! Le voilà ! Attention les yeux !

Alors qu'elle appuyait sur le bouton, les trois autres poussèrent une exclamation de surprise devant la lumière aveuglante qui venait de jaillir du plafonnier.

La chambre n'avait pas changé. Les draps étaient bien tirés sur le lit, et sur le petit bureau, une brochure plastifiée présentait les services hôteliers du lieu. Un téléphone était posé sur la table de nuit à côté d'une lampe de chevet de goût incertain. A priori, la chambre ne devait pas être occupée actuellement.

Lonicéra ferma les yeux et chercha à sonder les lieux comme elle le faisait avec la terre. L'exercice était cependant bien plus difficile ici que dans la forêt, car les énergies ne circulent pas de la même façon dans la pierre. Elle parvint tout de même à repérer au moins une aura, mais celle-ci ne lui semblait pas être ennemie. Toutefois, mieux valait rester prudents. Il fallait à tout prix essayer de rester discrets.

Lorsqu'elle ouvrit les yeux, elle fut surprise de constater que ses compagnons étaient silencieux. Elle vit Briag en pleine contemplation devant le radiateur électrique, le touchant pour tenter d'en capter l'âme, mais retirant aussitôt ses mains, perplexe devant pareille énigme. Hédéra, quant à elle, était dans la salle de bain et jouait avec le débit du robinet. Et Kieran... La lumière s'éteignit soudain... et se ralluma aussitôt... pour se rééteindre aussi soudainement que la première fois.

— Kieran ! S'il te plaît ! Pourrais-tu laisser la lumière allumée ?

— C'est incroyable, cette chose ! lui dit-il en continuant sa manœuvre. Les humains sont donc capables de magie ?

— Cela n'a rien de magique, je peux te l'assurer ! C'est entre autres pour créer cette lumière que les humains abîment la planète.

— Dans ce cas, mieux vaut éteindre ! répondit-il en appuyant à nouveau sur l'interrupteur.

— Briag, demanda alors Lonicéra qui savait fort bien que Kieran avait raison, pourrais-tu créer pour nous une boule d'énergie qui nous éclairera, s'il te plaît ?

— C'est comme si c'était fait, répondit-il alors que des étincelles commençaient à apparaître entre ses mains.

Soudain, il suspendit son geste. La lumière émanant de son énergie retomba. Tout le monde arrêta de bouger. La porte de la chambre venait de s'ouvrir. Dans son encadrement, une ombre s'approcha, tâta le mur à la recherche de l'interrupteur. Lonicéra ne pouvait pas voir le visage de l'homme, mais son aura parlait pour lui. Il avait peur, mais était empli de courage. Le lustre s'alluma alors brusquement et l'homme surgit dans la pièce en poussant un cri rauque, un club de golf levé au-dessus de sa tête, prêt à s'abattre sur les intrus.

Alors qu'il s'apprêtait à asséner un coup à Lonicéra, qui se trouvait la plus proche de la porte, celle-ci l'esquiva et, attrapant l'homme par le poignet, se servit de sa force pour le déséquilibrer. Elle l'accompagna ainsi jusqu'au sol où elle le plaqua, lui bloquant le bras dans le dos.

— Où as-tu appris à faire ça, Loni ? questionna Briag, surpris par ce côté de sa part manquante inconnu de lui.

— C'est de l'aïkido, lui répondit-elle. C'est un art martial que j'ai pratiqué quelque temps. Et oui, dans ce monde, les femmes doivent apprendre à se défendre pour ne pas être la proie d'hommes mal intentionnés. Je dois cependant avouer que c'est la première fois que je m'en sers en situation. Cela est d'autant plus surprenant, que c'est contre un homme dont nous n'avons rien à craindre. Je suis désolée, Henry, d'avoir eu recours à ces méthodes, s'excusa Lonicéra en relâchant sa poigne et en se relevant. Mais c'est la solution la moins brutale que j'ai vue sur le moment.

— Qui êtes-vous ? questionna le maître d'hôtel en se relevant. Et comment connaissez-vous mon nom ?

Alors qu'il posait cette question, ses yeux écarquillés se posèrent sur la jeune femme.

— Mademoiselle Océane Dubois ! Est-ce bien vous ?

— Oui, en effet, lui répondit-elle. Comment allez-vous, Henry ? Vous ne semblez pas être affecté par le mal ambiant ?

— Non, vous avez raison. Je vais bien. Mais vous ? Vous semblez changée ! Pardonnez-moi de vous le dire, mais la dernière fois que j'ai entendu parler de vous, j'ai été soulagé de ne plus vous revoir ! Vous étiez une vraie peste, si je peux me permettre !

— Mais permettez-vous ! Vous avez raison de le souligner, et je suis entièrement d'accord avec vous. Je vous prie d'ailleurs de m'excuser pour tout ce que je vous ai fait endurer. J'étais perdue et rien ne me semblait assez bien pour moi. Je sais que vous avez dû faire des efforts pour rester poli avec moi, et je vous remercie pour votre savoir-vivre.

— Oh, vous savez ! J'ai connu pire ! lui répondit-il, interloqué par ce revirement de situation.

— Je vous présente mes compagnons de route, poursuivit-elle en souriant. Voici Briag, Hédéra et Kieran. – Henry les salua ; ils lui rendirent son salut – Malheureusement, nous manquons de temps pour plus de familiarités, et vous m'en excuserez, j'en suis convaincue. Cependant, j'ai une question à vous poser.

— Je vous écoute.

— Saviez-vous dans quoi vous m'envoyiez quand vous avez convenu du rendez-vous avec Sean ?

— Comment cela ? De quoi parlez-vous ?

— Je parle de qui je suis en réalité… Je doute que Sean ne vous ait rien raconté. Vous portez autour du cou la même amulette que lui qui vous protège du maléfice lancé par la Reine Déchue. Vous devez avoir une idée de ce qu'il se passe ici !

— Sean m'a raconté des choses invraisemblables, commença-t-il. Il a parlé de la fille de l'Élue de la Déesse qui allait venir dans notre monde pour rétablir l'ordre. Il m'a dit de porter cette amulette qui lui a été remise par des sorcières de notre connaissance… Mais attention, ajouta-t-il, ce ne sont pas des sorcières au sens péjoratif du terme. Ce sont des femmes qui vivent en parfaite harmonie avec les forces de la nature, qui connaissent ses secrets.

— Vous croyez donc aux sorcières ? demanda alors Hédéra, intéressée, en s'approchant pour la première fois.

— Bien sûr que j'y crois ! Et n'allez pas me dire que c'est quelque chose de stupide parce que compte tenu de ce qu'il se passe en ce moment...

— Et croyez-vous aux fées ? le questionna à son tour Briag.

— Euh...

— Ce n'est pas une question piège, lui assura Lonicéra. Vous défendez avec force conviction la magie de ce monde, et mes amis en sont intrigués. Aimeriez-vous voir des fées ?

— Oui, j'aimerais ! Mais tout le monde sait bien qu'elles ne vivent plus dans ce monde ! Où sont-elles à ce jour ? Personne ne le sait.

— Nous, nous le savons, lui dit alors Kieran.

— Vous le savez ? répéta Henry, sentant l'émotion monter en lui. J'espère que vous ne vous moquez pas de moi ! Ce ne serait pas gentil de rire de la crédulité d'un homme respectable comme moi !

— Tes ailes ne te démangent-elles pas ? demanda Lonicéra à son amie. Nous n'avons pas besoin de nous cacher ici. Nous pouvons lui montrer qui nous sommes.

Alors, les deux jeunes fées déployèrent leurs ailes, les faisant battre à l'air libre pour dégourdir leurs muscles rétractés depuis trop longtemps. Les elfes, quant à eux, retirèrent leurs chapeaux, dévoilant leurs oreilles pointues. Henry restait debout devant eux, les yeux rivés sur les ailes magnifiques des fées, bouche bée.

— Des fées ! Je n'y crois pas ! dit-il alors. Vous êtes devenue une fée, Mademoiselle Dubois !

— Lonicéra, le reprit-elle.

— Comment ?

— Mon nom est désormais Lonicéra. Le chèvrefeuille est mon emblème. Ma vie est maintenant dans le monde magique. Nous sommes ici pour déjouer les plans maléfiques de Rana, l'ancienne reine de notre monde, que nous avons cru vaincre récemment. Aujourd'hui, nous l'avons retrouvée ici, dans la ville d'Inverness. Elle est cause des malheurs qui s'abattent sur ce monde actuellement. Nous aiderez-vous dans notre entreprise, Henry ?

— Si un simple humain peut vous être utile, balbutia-t-il empli d'admiration, je suis à votre disposition.

— Fort bien. Nous avons à nous entretenir alors. Pourrions-nous aller dans un endroit où nous aurons la possibilité de nous asseoir sans être les uns sur les autres ?

— Mais bien sûr ! Nous irons dans le petit salon. Nous y serons bien mieux qu'ici, lui répondit Henry.

En descendant les escaliers, Lonicéra sentit monter en elle la nostalgie du monde magique. Que n'aurait-elle pas donné pour se retrouver dans sa maison arbre, entourée des branches du grand chêne, les fragrances du chèvrefeuille montant à ses narines ? Elle ne se sentait pas sereine dans cette grande bâtisse si impersonnelle. Elle savait bien que ses compagnons ressentaient la même chose, mais ils étaient en même temps curieux de découvrir le monde dans lequel elle avait grandi. Ils regardaient tout ce qui se trouvait autour d'eux, du plus grand tableau accroché au mur, à la tringle qui retenait le tapis sur les marches en granit de l'escalier. Henry ne pouvait s'empêcher d'admirer la grâce des fées, subjugué par la beauté de leurs ailes colorées.

Il les fit entrer dans un salon qui, contrairement à sa dénomination, n'avait rien de petit, et leur proposa de s'asseoir.

« Voulez-vous une tasse de thé ou quelque chose d'autre pour vous désaltérer ? » proposa-t-il, comblé de pouvoir être de quelque utilité au Peuple si mythique du monde magique.

Ils refusèrent aimablement, laissant le maître d'hôtel un peu déçu.

— Dites-moi, Henry, le questionna Lonicéra, avez-vous eu notion de faits similaires à ceux d'Inverness ailleurs dans le monde?

— Non, je suis désolé.

— D'accord… Avez-vous toujours votre connexion à internet ?

— Bien sûr ! Vous voulez la consulter ?

— Oui, j'aimerais bien… Ne me regardez donc pas comme ça, Henry ! J'ai besoin de savoir ce qu'il se passe dans le monde des humains, et j'ai besoin que ce soit rapide. Et ce n'est pas parce que je suis devenue fée que je ne sais plus me servir d'un ordinateur ! Je n'ai pas le temps de regarder la télévision pour me faire une idée des choses !

Elle se dirigea vers un petit bureau accolé au hall d'accueil, et alluma l'ordinateur qui s'y trouvait. Le balayage de l'écran lui fit mal aux yeux, et l'odeur de composants électroniques lui donna la nausée. Elle sentit ses poils se hérisser le long de ses bras en même temps que les ondes électromagnétiques l'atteignaient. Tout son petit monde l'avait suivi et ses compagnons, ne voulant pas la déranger, se parlaient par la pensée, se questionnant sur internet, la télévision, cette boîte étrange qui faisait de la lumière. Soudain, n'y tenant plus, Lonicéra leur demanda :

— S'il vous plaît ! Si vous pouviez sortir de mon cerveau un instant, ça m'arrangerait ! Je ne peux vous expliquer que quelques notions de ce siècle. Nous sommes dans un monde de communication. Les hommes ont créé les ordinateurs pour pouvoir accéder à tout, et tout de suite. Cela n'a rien de naturel, je vous l'accorde – elle recommença à taper sur le clavier alors qu'elle leur parlait –, mais cela peut s'avérer pratique. Grâce à cela, je peux connaître en temps réel les actualités du monde entier... Ah ! Ça y est, j'y suis... Le journal... Voyons voir les gros titres : « Tempête prévue sur la France : arrivée programmée pour vendredi. », « Tsunami annoncé sur les îles du Pacifique. », « Tremblement de terre en Australie : dernier bilan des pertes humaines. », « Ouragan dévastateur aux États-Unis : à quand la fin du calvaire ? ». Rana avait raison ! La Déesse des Ténèbres et du Chaos se déchaîne ! Elle va finir par anéantir la race humaine avec toutes ces catastrophes naturelles ! « Sommet de l'ONU : vers un respect de l'accord de Kyoto par les plus grandes puissances mondiales ? », « De nouvelles mesures préventives prises contre le terrorisme en France. »... Regardez la photo ! N'est-ce pas Rana en second plan ?

— Il semblerait, en effet, acquiesça Briag en un souffle.

— Voyons voir la vidéo en pièce jointe.

Sur l'écran de l'ordinateur, le président français (dodelinant de la tête pour donner plus de poids à ses propos) s'adressait à la population : « La France a été frappée de nouvelles menaces terroristes. Comme tous nos alliés, nous nous devons de renforcer notre armée devenue presque inexistante à cause de la politique de mes prédécesseurs. La menace terroriste est réelle ! Nous devons éviter le pire. Compte tenu des récents événements, les attaques terroristes ne vont faire qu'augmenter ! Nous devons être prêts à y faire face ! » Derrière le président, entourée des ministres aux mines graves, Rana se tenait fière, un sourire aux lèvres. Elle obtenait ce qu'elle souhaitait tant : la discorde !

Lonicéra éteignit l'ordinateur et se leva avec calme. En s'éloignant du petit bureau, elle murmura comme pour elle :

— Ils ont bon dos, les terroristes ! Depuis 2001, tous les maux de cette terre leur sont attribués. C'est bien plus facile de se voiler la face plutôt que de faire front au problème réel !

— Que penses-tu que nous puissions faire ? demanda Kieran. Apparemment, Rana est très puissante dans ce monde ; elle ne nous a pas menti. Et la Déesse… Nous ne sommes pas de taille face à elle !

— Ne te décourage pas, lui répondit Briag. Je suis certain qu'il y a une solution.

— Le pire, reprit Kieran, c'est que je comprends pourquoi elle fait tout ça ! Rana, je veux dire ! La terre n'arrive plus à respirer sous cette route dure et qui sent mauvais ! Où sont passés les arbres ? Pourquoi toutes ces maisons en pierre, si froides et sans vie ? Tout est rude et dur ici.

— Crois-tu que je ne ressens pas tout cela moi aussi ? s'emporta alors Lonicéra. Je m'en rends compte parce que je fais partie des vôtres ! Je ne le ressentais pas à ce point avant ! Maintenant, toutes les ondes qui nous entourent me mettent mal à l'aise et sifflent à mes oreilles. Mais ce monde n'est pas que froid et dur, comme tu le dis. Il y a aussi beaucoup d'innocents qui aimeraient vivre en plus grande harmonie avec la nature qui les entoure. Ceux-là sont prisonniers de la société de consommation et ne pourront jamais atteindre la liberté dont nous jouissons. Pour ces personnes-là, cela vaut la peine de se battre !

— Si tu le dis ! lui lança Kieran en s'éloignant vers le salon, suivi par Hédéra qui fit signe à Lonicéra qu'il avait besoin de temps pour se faire au monde qu'il était en train de découvrir.

Briag s'approcha de Lonicéra et la prit dans ses bras.

— Tu sais comment il est, commença-t-il. Il a toujours été impulsif… Il comprendra le bien-fondé de notre action. Je pense juste qu'il ne s'était pas préparé à un si grand décalage entre nos deux univers, comme nous tous d'ailleurs. Je comprends maintenant qu'il ait été difficile pour toi de comprendre notre façon de vivre… Mais regarde-toi maintenant ! Tu t'y es bien habituée ! Il en sera de même pour Kieran.

— Mais je ne veux pas qu'il s'y habitue ! Il a raison dans tout ce qu'il dit ! Je défends les humains parce que je sais qu'il y a toujours de l'espoir de les voir prendre enfin conscience du mal qu'ils font à la Déesse Mère de la Terre ! Mais j'ai moi-même du mal à y croire.

— Moi, je crois en toi, et cela me suffit. Nous trouverons des solutions.

— Merci, Briag, d'être si patient avec moi.

Il lui sourit et alors qu'il s'apprêtait à l'embrasser, elle se recula, comme piquée par une guêpe, et s'écria :

— Il faut que je passe un coup de téléphone ! Pourquoi n'y ai-je pas pensé plus tôt ? Mais quelle idiote je fais ! Henry ! Puis-je appeler en France de votre téléphone ?

— Allez-y ! Il est derrière le guichet d'accueil, lui dit-il alors qu'elle partait déjà dans la direction indiquée.

— Pourvu que son numéro soit toujours le même ! Avec les portables, on ne sait jamais ! plaisanta-t-elle en regardant Briag qui ne comprenait pas un mot de ce qu'elle racontait.

Elle balaya cette remarque d'un revers de la main, mit le haut-parleur et composa le numéro de téléphone. Son souffle se bloqua jusqu'à ce qu'elle entende le signal sonore. Enfin, une voix d'homme lui répondit :

— Jeff Parvinsky à votre écoute !

— Jeff ! Par la Déesse toute puissante ! Tu n'as pas changé de numéro !

— Pardon ? lui répondit l'homme à l'autre bout du fil.

— C'est moi ! Lonicéra !

— Qui ? Désolé, mais vous avez dû vous tromper de numéro.

— Oh, pardon ! Je veux dire, Océane ! Océane Dubois !

— Océane ? Celle qui a disparu dans la nature alors qu'elle était sur un sujet d'enfer ?

— Un sujet d'enfer ? Tu n'y as jamais cru, à Nessie ! Et tu m'as envoyée là-bas malgré tout ! Quoique, avec le recul, je t'en suis reconnaissante !

— Est-ce bien toi ? Ta date de naissance ?

— Tu es ridicule, tu le sais ?

— Ta date de naissance, ou je raccroche !

— Bon d'accord ! 18 novembre 81... C'est un palindrome...

— Ton numéro de sécurité sociale.

66

— Tu ne le connais même pas !

— Mais je peux le retrouver si je veux !

— Bon, tu vas arrêter tes bêtises ? C'est bien moi et j'ai besoin de ton aide.

— Oui, en effet, c'est bien toi ! Tu es la seule personne capable de ne pas donner de nouvelles pendant une éternité, et d'arriver comme un cheveu sur la soupe pour demander de l'aide ! S'il s'agit de drogue ou d'argent, tu ne peux rien attendre de moi ! Je te le dis tout de suite !

— Dis aussi que j'ai une tête de camée ! lui répondit-elle, piquée au vif.

— Parfois, je me suis demandé ! Mais ensuite, j'ai compris que tu travaillais trop ! C'est pour ça que je t'ai envoyée en Écosse ! Pour que tu te ressources un peu ! Mais qu'est-ce qu'il se passe, bon Dieu ! Tu ne donnes pas de nouvelles pendant presque un an, et maintenant, tu m'appelles comme si on s'était quittés hier ! Si tu veux reprendre ton poste, tu peux t'accrocher ! J'ai mis quelqu'un d'autre sur le coup !

— Mais non, ça n'a rien à voir avec le travail !

— Ah ! Dommage ! C'est une incompétente cette nana ! Elle n'a aucune jugeote ! Mais c'est ce que j'ai trouvé de mieux ! Bon alors, qu'est-ce qu'il y a ?

— Il se passe des choses étranges à Inverness…

— Parce que tu es toujours là-bas ? Mais enfin, qu'est-ce que…

— Tu vas me laisser finir, oui ? Les gens se comportent de façon bizarre. J'aimerais savoir si c'est un incident isolé ou si d'autres faits similaires ont pu être observés ailleurs. En particulier dans des endroits qui pourraient avoir un lien avec les légendes.

— Tu veux dire Merlin et autre roi Arthur ?

— Oui, quelque chose comme ça.

— J'ai juste entendu parler de quelque chose qui s'est passé en forêt de Paimpont.

— La forêt de Brocéliande ?

— Oui, Brocéliande, si tu préfères ! Des gens y sont partis en randonnée et en sont ressortis amnésiques. Les spécialistes se plaisent à dire qu'ils sont victimes d'un choc posttraumatique. Ils auraient subi un traumatisme psychologique tellement fort que même l'hypnose n'y fait rien. Si tu veux mon avis, ce ne sont que des hurluberlus qui veulent faire leur coup de pub pour attirer les touristes !

— Ça pourrait se tenir, dit alors Lonicéra pour elle-même. Avec Rana qui se trouve en France, il est fort probable qu'elle se soit installée par là-bas !

— Qu'est-ce que tu racontes ? Et qui c'est, Rana ? Et d'abord, ce n'est même pas un prénom !

— Ne t'inquiète pas, tout va bien. Je te donnerai bientôt de mes nouvelles. Prépare-toi à ce qu'il y ait de l'action ! Tu tiens peut-être un scoop !

— Quoi ? Bon, quand est-ce que tu rentres ?

— Jamais ! Ne le prends pas mal, mais j'ai hâte de rentrer chez moi, et le journalisme n'est plus ma priorité désormais ! Allez, je t'appelle bientôt ! Merci beaucoup pour toutes ces informations !

— Tu es toujours aussi folle ! Tu le sais ça ?

— Oui, merci. Moi aussi je t'aime ! Allez, salut !

Et elle raccrocha le téléphone, heureuse d'avoir pu parler à son ancien ami, et accessoirement patron.

En relevant la tête, elle vit le regard interrogateur de ses amis. Briag la regardait, et l'interrogeait de ses yeux noirs, intenses.

— « Je t'aime » ? répéta-t-il.

— Ça ne signifie rien du tout ! C'est un ami !

— Oui, mais tu lui as dit « je t'aime » !

— Les humains se le disent parfois ! Serais-tu aussi jaloux si tu m'entendais le dire à Hédéra ou à Kieran ?

— Je…

— Je vous aime ! leur cria-t-elle en éclatant de rire. Et toi plus particulièrement, rajouta-t-elle en se collant à lui. Comme tu es chou quand tu es jaloux !

Et elle l'embrassa le cœur léger, sa confiance en elle retrouvée.

Chapitre 7
Le grand départ

Ils passèrent une bonne partie de la nuit à discuter de leur périple, de leurs motivations, du monde des humains. Hédéra, Briag et Kieran ne tarissaient pas de questions par rapport à ce monde si étrange pour eux. Ils voulurent tout savoir sur ce qui les entourait à présent. Mais ils se concentrèrent aussi beaucoup sur ce qu'ils savaient déjà de Rana, et ce qu'il leur restait à découvrir. Il leur fallait un plan, et exploiter toutes les options qui se présentaient à eux. Au milieu de la nuit, alors qu'Henry s'était endormi, ils étaient d'accord sur la marche à suivre. Ils savaient que ce serait difficile, et étaient préparés à toute éventualité.

Avant toute chose, ils avaient besoin de se ressourcer. Ils savaient fort bien que ce ne serait pas ici qu'ils pourraient le faire, aussi, réveillèrent-ils Henry en lui proposant de les retrouver au petit matin au bord du lac, à l'endroit où venait pêcher Sean, avec un sac à dos et des affaires pour plusieurs jours. À moitié endormi, il ne protesta pas et les laissa partir sans chercher à en savoir plus.

Quand Lonicéra et Hédéra les eurent téléportés à l'endroit dit, Sean les attendait, accompagné de Gweltaz. Ils leur expliquèrent qu'ils allaient avancer plus avant en Écosse. Ils souhaitaient rencontrer les sorcières dont avaient parlé Sean et Henry.

— Je sens qu'elles peuvent nous apporter beaucoup. Elles vont nous ouvrir des voies que nous ne soupçonnons pas encore, annonça Hédéra avec conviction.

— Je l'espère pour vous, lui répondit Gweltaz. En attendant, veux-tu que je transmette un message à notre reine, Lonicéra ?

— Oui. Dis-lui que nous allons bien et que nous progressons. Dis-lui aussi nos projets, mais sans entrer dans les détails. Je ne veux pas l'inquiéter plus qu'elle ne l'est déjà. Nous la tiendrons au courant de notre avancée.

— Pourrais-tu aussi, ajouta Hédéra, aller trouver Typha et Efflam, mes parents, et leur dire que je suis désolée de ne pas avoir pu venir sur la colline leur dire au revoir. Leur vie d'ermite semble leur convenir et je m'en réjouis, mais j'aimerais qu'en notre absence, ils aillent vivre avec Myrtis pour veiller sur elle et sur Wilfried.

— Je leur transmettrai le message. Mais rassure-toi, ils sont déjà auprès de leur Reine. Leur lien est indéfectible, ne l'oublie pas!

Gweltaz resta un instant silencieux, puis reprit à l'adresse de tous :

— Quand comptez-vous partir ?

— Au petit matin, lui répondit Briag. Nous allons nous ressourcer ici pendant le reste de la nuit, et à l'aurore, nous demanderons à Henry de nous accompagner chez les sorcières.

— Eh bien, bon courage alors ! Je vous laisse. Toutes mes pensées vous accompagnent dans votre quête. N'oubliez pas de nous informer de votre progression. Nous attendrons de vos nouvelles avec impatience.

Gweltaz se retourna et faisant un signe à Sean, il sauta dans le lac. Il disparut sous la surface de l'eau mouvante, pendant que le gardien du portail entre les deux mondes marmonnait des phrases incompréhensibles pour maintenir le passage ouvert. Sean, quant à lui, leur souhaita une bonne nuit et ouvrit une porte dans l'arbre à côté de lui, dévoilant pour la première fois sa maison arbre cachée au regard des non-initiés.

Lonicéra, Briag, Hédéra et Kieran se dirigèrent à leur tour vers l'endroit où ils passeraient la nuit. Ils s'approchèrent du buisson de chèvrefeuille né de la coiffe florale de Lonicéra, et cette dernière fit s'étendre les tiges pour les cacher à la vue des curieux. Ils se glissèrent sous le toit de leur cabane improvisée, et s'allongèrent au sol. Lonicéra glissa ses doigts dans l'herbe humide sur laquelle la rosée était en train de se déposer, et laissa les énergies de la terre pénétrer son corps. Elle sentit le fourmillement du courant terrestre entrer par tous les pores de sa peau et voyager jusqu'au plus profond de son être. Elle en frissonna de plaisir et ressentit ce bien-être qui lui avait manqué depuis leur arrivée dans la ville. Le contact de ses mains avec l'herbe la confondit en une expérience d'une extrême sensualité. Puis elle sentit une autre énergie se lier à celle de la terre et venir jusqu'à elle. Cette énergie finit de la réchauffer, lui apportant des sensations nouvelles. Elle rouvrit alors les yeux, et tournant la tête vers Briag, vit son aura flamboyante qui s'unissait à la sienne. Jamais, depuis qu'ils vivaient ensemble, elle n'avait ressenti Briag aussi prêt à s'unir à elle. Elle connaissait certes son désir, mais avait estimé qu'il n'était pas encore prêt à recevoir l'amour tel que le conçoivent les êtres humains. Après des décennies passées sans contact physique, elle avait pensé qu'il serait certainement choqué par un lien aussi intime. Mais depuis sa discussion avec Gweltaz, et maintenant qu'elle voyait cette aura rouge incandescente, elle savait que ce n'était pas lui qu'elle avait cherché à protéger, mais elle, qui avait tant souffert d'amour par le passé. Elle se tourna sur le côté et prit dans sa main celle de son âme sœur.

Soudain, à côté d'eux, un raclement de gorge se fit entendre.

— Veuillez nous excuser, dit alors Kieran, mais vous perturbez les énergies de la terre ! C'est très troublant, je dois l'admettre. Si ça continue comme ça, vous allez faire s'embraser l'herbe et toute la vie qui grouille en dessous de nous ! Et je vous rappelle que nous n'avons pas encore mangé, donc les graines présentes dans le sol pourraient nous être utiles !

— Oui, d'ailleurs, ajouta Hédéra, nous devrions peut-être nous atteler à faire pousser notre repas, n'est-ce pas, Lonicéra ?

— Euh… Oui… Bien sûr ! répondit cette dernière, confuse d'avoir dévoilé autant d'intimité à ses amis.

Elle regarda Briag qui ne la quittait pas des yeux, et ne semblait pas gêné le moins du monde, et partit s'asseoir à côté de son amie pour sonder le sol. Alors, elle entendit dans sa tête : « N'aie pas honte de ce que tu ressens, petite fée. Il n'y a rien de plus beau que ce que nous vivons. Tu ne dois pas t'en sentir gênée, et surtout pas auprès de nos amis ! »

Elle se tourna alors vers lui et lui sourit pour le rassurer. « Je t'aime de tout mon cœur, Briag, l'elfe du bonheur. » lui dit-elle avant de s'atteler à la tâche.

Ce qu'elle ressentit en sondant le sol fut différent des autres fois. L'énergie de la terre semblait décuplée par cette expérience unique, mais circulait en tous sens, sans but précis. D'ordinaire, les courants énergétiques étaient réguliers et calmes. Peut-être était-ce le monde des hommes qui perturbait la Déesse ? Quoi qu'il en soit, Lonicéra eut tôt-fait de trouver les graines qui l'intéressaient et fit sortir de terre des fruits savoureux. Avant de cueillir les grosses pommes rouges, elle remercia l'arbre pour le don qu'il leur faisait. Elle donna ensuite l'un des fruits à Briag pendant qu'Hédéra finissait de faire pousser son propre arbuste. Alors que cette dernière récoltait à son tour les fruits obtenus, elle demanda à Lonicéra par leur lien télépathique, ce qu'il s'était passé l'instant d'avant.

— Est-ce cela que tu appelles le désir charnel ? Parce que si c'est ça, ça a l'air drôlement puissant !

— Ça l'est ! Et je t'avoue que ça me fait peur...

— Pourquoi donc ? l'interrogea son amie. Vous êtes promis l'un à l'autre depuis longtemps déjà, bien avant que vous ne vous rencontriez ! La nature fait bien les choses, Loni, ne l'oublie pas !

Et ne renie pas le don qu'elle te fait.

— Je n'oublierai pas ton conseil, c'est promis. Mais pour l'heure, nous devons finir de nous ressourcer. Le matin sera bientôt là.

— Tu as raison. Notre tâche sera ardue. Nous n'aurons pas le loisir de nous reposer souvent, je le crains. Bonne nuit, Lonicéra.

— Bonne nuit, Hédéra.

Lonicéra partit alors se blottir contre Briag, où elle s'endormit dans le cocon de ses bras.

Tout le petit groupe se réveilla avant l'arrivée du jour. Briag et Kieran allèrent chercher les sacs à dos qu'ils avaient cachés grâce à un enchantement dans un buisson non loin de là. Ils n'avaient pas voulu s'encombrer de superflu pour aller trouver Rana. Bien leur en avait pris ! Ils n'auraient plus rien pour voyager aujourd'hui s'ils avaient agi autrement ! Lonicéra et Hédéra, elles, observèrent avec attention le réveil des fleurs et de la nature.

— Il manque quelque chose, ici, fit remarquer Hédéra. Les fleurs n'ont pas le même entrain que dans notre monde. Elles s'ouvrent au soleil, mais pas pour les personnes qui habitent ici.

— C'est parce que les humains ont une relation à la nature différente de la nôtre ! C'est ce qui m'a frappée au début, quand je suis arrivée dans le monde magique. La nature semblait décuplée, et tu m'as d'ailleurs toi-même expliqué que la présence des fées y était pour quelque chose. Les humains ne prêtent pas attention au réveil de la nature comme nous le faisons ! Souviens-toi, au début de ma vie parmi le peuple de la forêt, je ne prenais pas non plus le temps de regarder le lever du soleil ou les fleurs qui ouvrent lentement leurs pétales à l'appel de la lumière naissante ! C'était pour moi quelque chose de normal et de répétitif ! Je ne savais pas voir les choses, comme la plupart des humains ! Mais il y a tout de même des restes de magie dans ce monde, je le ressens. Regarde ces montagnes, leurs sommets frôlant les nuages, et la végétation dense ! Les légendes marquent ce pays, et la population, à sa façon, croit encore en sa magie.

— En tout cas, je l'espère ! lança Henry qui venait d'arriver à côté d'elles. Bonjour, mesdemoiselles, dit-il. J'espère que vous avez bien dormi !

— Nous sommes en pleine forme, lui répondit Hédéra, je vous remercie. Avez-vous bien dormi, vous-même ?

— Oui, merci. Mais je dois vous avouer que lorsque je me suis réveillé, je me suis demandé si j'avais rêvé ou si je devais bel et bien vous retrouver ici ! Vous n'avez laissé aucun signe de votre passage à l'hôtel, et tout était si irréel… Je suis quand même venu pour en avoir le cœur net, et vous êtes là !

Henry, qui était d'habitude réservé, ne cessait de parler, peut-être pour se convaincre de la réalité de la situation. Ou peut-être était-ce pour se donner une contenance devant tant de nouveauté ? Après tout, les légendes ne sont que des légendes ! On y croit sans y croire réellement ! Tout le monde sait bien que le propre des légendes est que rien ne pourra jamais être prouvé… Lonicéra comprenait parfaitement ce que devait ressentir Henry puisque, moins d'un an auparavant, c'était elle qui était dans son état de questionnement. Pourtant, elle savait que l'homme en face d'elle connaissait un groupe de sorcières. Pourquoi réagissait-il ainsi puisqu'il semblait déjà sensibilisé à « l'occulte », comme les humains aiment à appeler toute activité allant au-delà de leurs sens?

— Dites-moi, Henry, commença Lonicéra pour éclaircir le comportement du maître d'hôtel, vous nous avez bien dit que vous connaissiez des sorcières ?

— En effet, répondit-il.

— Celles-là mêmes qui ont donné les amulettes à Sean ?

— Oui. Je ne les ai vues que rarement, mais nous pouvons avoir confiance en elles.

— Quand vous nous avez dit le mot « sorcières », vous avez aussitôt rajouté qu'elles étaient gentilles. Pourquoi cette précision ?

— Beaucoup de gens, commença-t-il, se plaisent à croire que les sorcières font le mal. Or, ces femmes-là utilisent leur connaissance des plantes et de la nature pour arranger ce qui doit être arrangé. L'une d'elles est magnétiseuse et guérit de nombreuses personnes qui souffrent de pathologies diverses et variées...

— Elles ont donc des pouvoirs ? questionna à son tour Hédéra.

— Allons donc ! Ce sont de simples femmes ! Elles n'ont pas les mêmes capacités que vous ! Vous êtes des êtres magiques, vous !

— Certes, mais je pense qu'elles pourraient nous apprendre beaucoup de choses et nous aider dans notre quête. D'après vous, continua Hédéra, qui mieux qu'elles peut avoir une connaissance précise du mouvement énergétique de notre Mère ? Leurs mémoires doivent remonter à des générations ancestrales !

— Pensez-vous pouvoir nous conduire à elles ? demanda à son tour Briag.

— Euh... Je... balbutia Henry, pris au dépourvu. Je ne sais pas...

— Bien sûr qu'il le peut ! intervint Sean qui venait d'arriver derrière son ami. Et à vrai dire, il le doit ! Et ne vous en faites pas, elles seront prévenues de votre visite bien avant votre arrivée, je peux vous l'assurer.

— Fort bien ! reprit Kieran en aidant Hédéra à mettre son sac sur le dos. Partons tout de suite, alors ! Nous n'avons pas de temps à perdre ! Plus vite nous irons, plus vite nous pourrons rentrer chez nous !

— Tu aimes donc notre monde à ce point ? lui lança Sean sur un ton ironique.

— Ce n'est pas que je ne l'aime pas ! C'est plutôt le comportement des humains que j'ai du mal à comprendre... Et je dois avouer que notre monde me manque !

— Alors dans ce cas, partez de suite. As-tu pris ce qu'il te faut, Henry ?

— Oui. En fait, j'ai pris un peu de tout ! Je n'avais pas compris que je devais prendre des affaires pour moi ! Je pensais que vous vouliez que je vous prépare quelques provisions et chemises propres ! Mais cela fera bien l'affaire ! Je suis ravi de voyager avec vous, mes chers amis de la Forêt... Puis-je vous appeler ainsi ?

— Si cela peut vous faire plaisir, lui répondit Kieran en lui donnant une tape dans le dos.

Puis il éclata de rire et tous s'avancèrent vers la route principale.

Henry prit la tête, heureux de partir ainsi à l'aventure. Mais son enthousiasme fut quelque peu entamé lorsqu'il se rendit à l'évidence qu'ils ne pourraient pas partir en voiture, les routes ayant toutes été endommagées par le tremblement de terre à des kilomètres à la ronde. Par chance, ils n'avaient que peu de chemin à parcourir ! Une quinzaine de kilomètres à vol d'oiseau ! Grâce à l'endurance des fées et des elfes, le trajet aurait pu être de ce fait assez rapide, mais c'était sans compter sur le brave homme qui ne pouvait suivre la cadence imposée par ses amis de la Forêt ! Au bout de deux kilomètres, il soufflait, haletait, semblait au bord de l'évanouissement. Pourtant, Henry était d'ordinaire bon marcheur, et avalait les kilomètres comme il buvait son thé ! Mais face à des êtres magiques, il ne faisait pas le poids ! Ils furent donc obligés de s'arrêter régulièrement pour lui laisser prendre des pauses, et de marcher moins vite, ce qui ne fut pas une mince affaire devant l'empressement de Kieran à rentrer chez lui !

Jusqu'à présent, ils avaient suivi la route B862, et à la première intersection, Henry proposa qu'ils changent de cap pour prendre la B851. Cela leur ferait faire un grand détour, mais leur éviterait bien de la fatigue. En effet, s'ils ne suivaient pas cette route, ils devraient randonner sur les reliefs qui forment la base des montagnes Monadhliath !

Malheureusement pour Henry, le tremblement de terre avait causé des éboulements sur la route, qui ne pouvait plus être pratiquée, même à pied. Partout, de gros rochers avaient dégringolé sur la voie encaissée dans la montagne, leur barrant la route. Il aurait été bien trop dangereux de s'y aventurer, surtout avec un humain. Soit dit en passant, ce phénomène, qu'Henry qualifia d'infortune, fut plutôt vécu comme une chance par la majorité du petit groupe qui ne voyait pas l'intérêt de ce détour. Aussi, quand la décision fut prise de passer par la montagne, Hédéra et Kieran partirent devant, heureux de retrouver le sol rocailleux couvert de fougères et de lichens, et disparurent vite derrière une rangée de chênes et de hêtres. Lorsque Lonicéra et Briag arrivèrent à leur hauteur avec Henry, qu'ils avaient eu la gentillesse d'accompagner pour qu'il se sente moins seul, leurs deux amis étaient en pleine conversation avec de magnifiques vaches rousses à poil long. Ils les fixaient dans les yeux, leur parlant mentalement, ce qui est chose courante dans le monde parallèle de Cherry Island. Là-bas, ils auraient obtenu des réponses de la part de ces animaux, mais ici, elles se contentaient de les regarder en ruminant…

À chaque pas, Lonicéra se sentait plus sereine, ressentant l'énergie de la Terre sous ses pieds. Elle pouvait à nouveau sentir la Déesse dans tout son être. Bizarrement, elle parlait de la Mère en ces termes désormais. Pour elle, la Déesse était bel et bien devenue une vérité qu'elle avait pu prouver à maintes reprises. Bien qu'elle continue à douter qu'on puisse donner le nom de divinité à l'Énergie de la Terre, elle en parlait en tant que telle. Habitude de langage ou volonté de croire ? Cela lui était difficile à dire ! Ici, sur ces montagnes qui furent autrefois des volcans, les forces terrestres étaient décuplées. Lonicéra se gorgea d'énergie, et tout son être semblait vibrer à l'unisson de la Terre. Mais était-ce son corps qui vibrait, ou… son sac ? Son sac commença à se faire plus léger sur ses épaules, à émettre des vibrations étranges. Et au même moment, Hédéra s'arrêta et se retourna vers ses compagnons, les yeux louchant sur son pendentif en cristal de roche qui flottait à présent devant ses yeux.

— Que se passe-t-il ? demanda-t-elle. C'est la première fois que mon cristal fait ce genre de choses !
— Je l'ignore, lui répondit Lonicéra en ouvrant son sac à dos.
Elle en sortit son propre cristal de roche, dans lequel elle avait emprisonné l'âme de Rana quand elle avait délivré Aphria, la vieille elfe, de la malédiction qui pesait sur elle. Elle ouvrit sa main pour faire reposer la roche dans sa paume, mais celle-ci commença à s'élever dans les airs pour se stabiliser à une dizaine de centimètres d'elle.
— On m'avait dit que les énergies des Monadhliath étaient puissantes, mais je n'aurais jamais songé qu'elles l'étaient à ce point ! remarqua Henry, effaré.
— La pierre aurait-elle donc un fonctionnement similaire aux végétaux ? questionna alors Lonicéra.
— Jusqu'alors, il m'était difficile de l'imaginer, lui répondit Briag, mais maintenant, je commence à me poser des questions !

— Mes amies pourront vous éclairer, nous devons continuer, leur dit Henry, enthousiaste devant toutes ces manifestations magiques.

Hédéra demanda alors à son cristal de roche de reprendre sa place initiale contre sa poitrine, ce qu'il fit aussitôt. Lonicéra rangea quant à elle sa propre pierre que les énergies semblaient finir de purifier par leur force, le cristal devenant de plus en plus transparent.

Henry en profita pour prendre un peu d'avance, qu'il perdit rapidement, exténué par la route déjà parcourue. À midi, ils s'arrêtèrent pour manger un repas frugal, mais Henry ne fut pas rassasié ! Il avait besoin de plus de nourriture que ses nouveaux amis ! Eux, ils se nourrissaient essentiellement de l'énergie de la terre, alors que lui, simple humain, avait besoin de protéines et de féculents pour subvenir à ses besoins. De plus, après le repas, il avait besoin de sa sieste pour être en forme ! Quelle ne fut pas la frustration de Kieran quand Henry proposa de rester un peu plus longtemps que prévu, prétextant un désir intense d'admirer le paysage !

— On ne vous a jamais dit que ce serait facile ! lui lança Kieran. Si vous ne pouviez pas nous suivre, il suffisait de nous indiquer le chemin, nous aurions pu trouver tous seuls !

— Calme-toi, Kieran, lui dit alors Briag sur un ton compréhensif. Je sais que tu espérais que nous irions plus vite, mais je te rappelle que l'humain a un certain âge ! Déjà qu'à la base, nous n'avons pas les mêmes capacités physiques, mais avec l'âge, elles diminuent encore ! Sois indulgent, s'il te plaît !

— Oui, tu as raison. Il ne faut pas que je laisse mon impatience prendre le dessus. Mais vois-tu, ce monde me donne la chair de poule. J'aimerais tant sentir que la Terre est heureuse !

— Je comprends... Loni ? l'interpella alors Briag. Pourrais-tu faire quelque chose pour aider notre ami à avancer plus vite ?

— Je crois en effet que je le peux, répondit-elle. Je suis gonflée à bloc avec toute cette énergie! Ça ne devrait donc pas trop me fatiguer de faire quelques bonds en avant! Qu'en dis-tu, Hédéra? J'en fais une partie, tu en fais une autre?

— Bien sûr, mon amie ! lui répondit-elle avec entrain. C'est toi qui commences ?

— Oui, si tu veux ! Mais si tu préfères, je peux te laisser la primeur de son baptême !

— Oh ! non, non, vas-y…

— Hum, hum ! S'il vous plaît mesdemoiselles ! Je suis là, à côté de vous ! Et j'avoue que je commence à m'inquiéter par rapport à vos projets, intervint alors Henry déconcerté par les propos qu'il entendait. Des « bonds en avant » ? Un « baptême » ? De quoi diable êtes-vous en train de parler ?

— Diable ? questionna Hédéra.

— C'est un peu l'équivalent de la Déesse des Ténèbres et du Chaos, lui expliqua Lonicéra avant de se retourner vers Henry. Quant à vous, venez avec moi, s'il vous plaît ! Donnez-moi la main, et faites-moi confiance. Ça va secouer un peu, mais tout se passera bien !

— Arrêtez donc d'essayer de me rassurer ! Je crois que ça m'angoisse encore plus ! la coupa-t-il.

Alors qu'il s'apprêtait à reprendre la parole, il disparut en même temps que Lonicéra pour se retrouver en une fraction de seconde en haut de la montagne. Les trois autres le virent chanceler, retenu par Lonicéra qui lui évita de tomber, et gravirent d'un seul trait le sommet de la montagne. Quand ils y arrivèrent, Henry s'extasiait sur la beauté du paysage, sur la chance qu'il avait d'avoir croisé le chemin d'êtres magiques, et la riche idée qu'ils avaient eue de l'emmener avec eux. De son côté, Lonicéra semblait en transe, respirant à pleins poumons le grand air des hauteurs, s'imprégnant de l'énergie de la montagne. Elle ouvrit les yeux et s'adressa à son amie : « La prochaine avancée, c'est toi qui la fais ! Tu me diras ce que tu en penses ! » Hédéra lui lança un regard interrogateur auquel elle répondit par un sourire. Puis Hédéra partit à côté d'Henry et prit sa main dans la sienne. Il lui indiqua où ils devaient aller, et en une autre fraction de seconde, ils y furent. Briag et Kieran dévalèrent la pente à grande allure, heureux de ce contact avec les énergies fortes de la terre. Quant à Lonicéra, elle déroula ses ailes et les déploya, pour piquer en flèche jusqu'à son amie qui l'attendait au pied de la montagne. Arrivée en bas, elle fit un looping, faisant siffler le vent dans ses ailes, et atterrit juste à côté d'eux alors que les deux elfes les rejoignaient.

— Magnifique ! lui susurra Briag mentalement. Vraiment magnifique !

— Merci, lui répondit-elle, grisée par la vitesse et la fraîcheur du vent sur son visage.

— Ce n'était pas très prudent, ça ! lui lança Hédéra. Dois-je te rappeler que nous ne sommes pas dans notre monde ?

— Oh, ça va ! Il n'y a personne à des kilomètres à la ronde ! lui répondit-elle, boudeuse. Tu ne vas pas me réprimander alors que je continue de tester mes capacités !

— Dis plutôt que tu voulais te faire plaisir !

— Oui, aussi ! dit Lonicéra en éclatant de rire. Et toi, dis-moi, mon amie. T'es-tu fait plaisir ?

Décidant d'abandonner son ton boudeur, elle lui répondit avec toute la jovialité qui la caractérisait : « Oh, oui ! Je me suis fait plaisir ! C'est incroyable comme l'énergie de ces montagnes est forte ! Tu as vu à quelle vitesse j'ai réapparu. C'est la première fois que je suis si rapide sur une distance aussi importante ! »

— Et cela, ce n'était pas imprudent, peut-être ? la taquina Lonicéra.

— D'autant plus, ajouta Henry, qu'à dix minutes de marche dans cette direction – il désigna le nord-est – il y a des habitations ! J'espère que personne ne vous aura remarquées ! Surtout vous, Lonicéra ! Vous n'avez pas été particulièrement discrète !

— Je n'ai fait que voler ! M'avez-vous entendue crier ou autre chose de la sorte ?

— Non, bien sûr que non. Mais peut-être devrions-nous continuer notre route. Nous ne sommes plus très loin de notre but…

— Où sommes-nous précisément ? demanda-t-elle.

— Nous sommes près de Dunmaglass Lodge, un manoir rétabli en centre hôtelier. Si vous cherchez le luxe et le calme, c'est là qu'il faut venir ! Enfin, vous concernant, je pense que c'est le contact direct avec la nature qui prime, et donc, vous n'aurez aucune envie de venir vous enfermer dans cet hôtel.

Il fit la moue, comme pour déplorer ce manque d'intérêt des autres pour ce que lui aimait par-dessus tout, ce qui fit rire le petit groupe. Puis, haussant les épaules, il partit vers le sud-ouest.

Chapitre 8
Les sorciers des Monadhliath

Quand ils arrivèrent dans ce lieu enclavé au pied du massif des Monadhliath, des femmes s'affairaient autour de grosses marmites ou étendaient du linge sur les fils tirés entre les arbres. Pourtant, rien ne laissait supposer qu'il y eut des habitations à proximité ! Elles vaquaient à leurs occupations, au milieu des gros blocs de granit amoncelés par les temps. La mousse courait sur les roches, les racines des arbres se mêlaient aux éboulis. Un cours d'eau ruisselait en cascade à quelques pas de là, émettant un clapotis chantant la rencontre de l'eau avec la pierre. La terre, la roche, l'eau et les végétaux se superposaient en un ensemble anarchique, mais harmonieux. Par endroits, la pierre semblait s'ouvrir, permettant probablement le passage d'un adulte de taille moyenne. Les quelques femmes présentes ici saluèrent Henry, l'appelant par son prénom et lui demandant des nouvelles de la ville. Quant aux quatre compagnons, ils étaient sans voix, regardant de gauche et de droite cet endroit étrange.

— Sommes-nous au village ? demanda Briag.

— Je le pense, en effet, lui répondit Lonicéra.

— Mais où sont leurs maisons ?

— C'est ça, leurs maisons, Briag, lui dit-elle en lui montrant les roches escarpées formant le flanc de la montagne. Ce sont des sortes d'habitations troglodytiques. Des tunnels doivent être pratiqués dans la roche et courir sous terre, abritant leurs habitants des intempéries et des grosses chaleurs. J'ignorais qu'il y en eut dans cette partie du pays !

— C'est incroyable, dirent Hédéra et Kieran de concert.

Alors qu'ils restaient ébahis devant de telles constructions, une jeune fille jouant d'une petite flûte taillée dans du bois de sureau, vêtue d'une robe longue en lin avec un tablier blanc, entra dans l'une des ouvertures pratiquées dans la roche pour en ressortir l'instant d'après derrière une femme d'âge mûr. Elle était de taille moyenne, ses cheveux bruns où serpentaient de légers filets blancs retombaient en cascade sur ses épaules. Elle était vêtue à la façon des fées, mais des guêtres recouvrant ses chevilles rappelaient davantage la mode des elfes.

— Je te souhaite la bienvenue, Henry, dit-elle en s'approchant du vieil homme. Es-tu venu à pied ? Cela fait un sacré bout de chemin tout de même !

— En fait, ma réponse est oui, et non !

— Comment cela ?

— Je suis venu à pied, mais je n'ai pas marché tout le trajet… J'ai été aidé par mes amis qui m'ont fait découvrir une nouvelle façon de voyager !

— Et qui sont tes amis ?

— Je me nomme Lonicéra, dit alors cette dernière en s'approchant de la femme pour lui serrer la main. Mes compagnons se nomment Hédéra, Briag et Kieran. Nous sommes chargés d'une mission pour laquelle nous pensons que vous pourrez nous aider.

— Quelle belle entrée en matière ! lança Henry. Vous avez conservé une partie de votre tact à ce que je vois, lui dit-il sur un ton ironique.

— Lonicéra… répéta la femme. Le Chèvrefeuille… Et tu es accompagné par le Lierre. Quels liens d'amitié forts doivent vous unir ! Soyez les bienvenus dans notre village. Je me nomme Moyrah, et voici ma fille, Ketty. Elle m'avait prévenue de votre arrivée, mais j'avoue que je n'étais pas préparée à rencontrer des fées et des elfes venant du monde oublié !

— Comment savez-vous…

— Ma mère me parlait de vous lorsque je n'étais encore qu'une enfant, et je parle de vous à ma propre fille.

— Quand vous étiez enfant ? demanda Hédéra, interloquée.

— Mais bien sûr ! Ignorez-vous donc qu'une prophétie a été faite dans notre monde il y a cinquante ans ? Et cette prophétie parle de vous !

— De nous ! réussit à articuler Lonicéra dans un souffle. Et que dit cette prophétie ?

— Rien que vous ne savez déjà, je pense ! Que vous devrez à nouveau vous confronter à la reine déchue qui menace le monde des humains ! répondit Moyrah, donnant une résonance logique à ses propos.

— L'issue du combat est-elle mentionnée ? demanda alors Kieran.

— Bien sûr ! Mais vous ne voulez pas la connaître. Si vous vous enfermez dans ce qui a été dit, vous risquez de ne plus faire de choix avisés ! Vous penserez qu'il doit en être ainsi parce que c'est écrit, et votre clairvoyance pourrait en être altérée !

Moyrah les regardait tour à tour, semblant vouloir sonder leurs visages et leurs cœurs. Puis elle reprit :

— Vous êtes ici chez vous…

— Mais où sommes-nous ici, précisément ? demanda Lonicéra. J'ai passé une partie de mon enfance dans ce pays, et je suis étonnée de ne jamais avoir entendu parler de cet endroit ! De plus, j'ai étudié les guides touristiques avant de revenir en Écosse, l'année dernière. Nulle part, il n'est question d'une telle curiosité !

— Et c'est tout à fait normal, Lonicéra ! lui répondit Moyrah. Notre village est protégé par un cercle magique. Des promeneurs viennent parfois, attirés par les énergies de la pierre, mais jamais ils n'approchent outre mesure. Nos ancêtres y ont installé un sortilège de répulsion, de sorte que lorsque quelqu'un s'approche d'un peu trop près, s'il n'a pas de lien avec la magie, il aura une forte envie de repartir et de ne jamais revenir. Nous demeurons alors ici en toute sécurité.

— Quand vous parlez de vos ancêtres, intervint Hédéra, de qui parlez-vous précisément ? Seriez-vous les descendantes des femmes qui furent proches de nos coutumes en des temps reculés ?

— En effet. Les mères de nos grands-mères, et leurs propres grands-mères bien avant elles, furent les disciples des fées et des elfes. Lorsque les chrétiens commencèrent à convertir les païens à leur religion, tous n'étaient pas d'accord. Ceux qui voulurent résister à leur influence furent traités d'hérétiques et brûlés sur les bûchers. Les peuples de la forêt décidèrent de s'exiler à Cherry Island, mais nous, simples humaines, n'avions que peu de recours. Nos ancêtres s'enfuirent dans les montagnes, se réfugiant dans les grottes creusées par la nature elle-même. Elles se servirent des enseignements qu'elles avaient reçus des fées pour se protéger. Elles prirent alors le nom de sorcières, mettant un nom sur l'offense qui avait été faite à la magie. Depuis, bien que les coutumes aient évolué, nous demeurons ici, pratiquant nos cultes à l'abri des regards indiscrets. Parfois, des personnes viennent nous voir et s'intéressent à nos us. Sans cela, ils ne pourraient entrer en relation avec nous. Ceux-là sont les bienvenus chez nous. Ils nous permettent de garder un œil avisé sur le monde dans lequel nous vivons, et d'avoir une descendance.

— Vous arrive-t-il de vous rendre dans les villes ? questionna alors Lonicéra.

— Oui, nous nous y rendons parfois pour nous rendre compte par nous-mêmes de l'évolution des mœurs. Certaines d'entre nous choisissent d'ailleurs d'y rester, le plus souvent après y avoir trouvé un compagnon. Ce fut le cas de l'épouse d'Henry qui malheureusement, loin de notre savoir ancestral, est morte en couches. La science des hommes n'a rien pu faire pour elle, alors que si elle était restée auprès de nous... mais c'était son choix, et nous le respectons. Elle est retournée auprès de notre Mère avec son enfant mort-né.

Le petit groupe se tourna vers Henry qui restait immobile à côté d'eux, seuls ses yeux embués témoignant de sa souffrance.

— Cela s'est passé il y a si longtemps, dit-il alors, que j'ai peine à réaliser que tout cela a bel et bien été réel. Depuis ce drame, les sorcières des Monadhliath se sont toujours montrées aimables et bienveillantes envers moi, me faisant entrer dans leur cercle familial, si on peut dire.

— Je suis désolée d'apprendre ce que vous avez enduré, Henry, murmura Hédéra. J'imagine aisément l'état de détresse dans lequel cela a dû vous laisser. Bientôt, vous accepterez cet état de fait et vous rencontrerez une autre femme qui saura vous rendre heureux à nouveau.

— À mon âge, ma petite, cela m'étonnerait, s'esclaffa-t-il surpris par la tournure que prenait la conversation.

— Ne riez pas de cela. Vous verrez un jour que je disais vrai, lui répondit-elle. L'amour n'a rien à voir avec le nombre des ans.

Lonicéra regarda Briag, interloquée. Leur amie était d'habitude réservée et ne donnait son avis que lorsqu'on l'y invitait, mais aujourd'hui, elle semblait étrange.

— Est-ce que tout va bien, Hédéra ? lui demanda Lonicéra par leur lien télépathique.

— Oui, je te remercie. Je ne sais pas ce qui m'arrive. J'ai l'impression de nager dans du brouillard par moments. Des pensées me viennent, et repartent aussi vite. Cela arrive de plus en plus souvent ces derniers temps, je ne sais pas pourquoi.

— Tu dois avoir besoin de te ressourcer. Nous avons voyagé toute la journée et tu as utilisé plus d'énergie que d'habitude.

Puis, se tournant vers leurs hôtes, Lonicéra demanda :

— Y aurait-il un endroit où notre amie pourrait se reposer ? Elle est lasse du voyage et quelque repos lui ferait grand bien.

— Bien sûr, lui répondit Ketty avec entrain. Nous vous avons préparé des chambres. J'espère que nos habitations seront à votre goût ! Sinon, nous ne nous offusquerons pas si vous préférez la compagnie des arbres à celle de la pierre ! Nous connaissons votre lien particulier avec la végétation !

— Nous avons beaucoup à apprendre du monde minéral, dit alors Hédéra. L'une de vos chambres sera parfaite, je vous remercie.

— Alors, suivez-moi tous ! Vous êtes ici chez vous ! Vous pouvez faire ce que bon vous semble !

Ketty entra par l'une des ouvertures, suivie d'Hédéra, Kieran, Briag et Lonicéra. Quand cette dernière s'approcha de l'entrée, Moyrah l'interpella :

— N'ayez crainte pour votre amie. Elle prend conscience de vérités qui lui étaient jusqu'alors cachées. Votre séjour ici vous permettra à tous de faire le point sur beaucoup de choses déterminantes pour votre avenir.

— Comment pouvez-vous en être si certaine ?

— C'est mon petit doigt qui me l'a dit ! lui répondit-elle, un sourire énigmatique aux lèvres.

Puis elle s'engouffra par l'ouverture. Bien que perplexe devant une telle réponse, Lonicéra la suivit bientôt. Elle avait appris depuis longtemps auprès des êtres magiques, que les réponses mettent du temps à se dessiner.

En entrant dans l'habitation, Lonicéra baissa la tête pour ne pas se cogner et plissa les yeux, se préparant à un moment d'accommodation à l'obscurité. Mais elle se rendit vite compte que ces précautions n'étaient nullement nécessaires ! En effet, elle avait imaginé que l'endroit serait sombre et froid, mais au lieu de cela, une boule d'énergie flottant au plafond éclairait la pièce tel un soleil miniature. Il y faisait frais, mais pas humide. L'air y était sain malgré le manque d'ouvertures sur l'extérieur. Lonicéra n'avait jamais vu cela, et soudain, elle se mit à voir la pierre d'une autre manière. Lors de leur incursion dans le château de Rana quelques mois plus tôt, elle avait ressenti une énergie bien particulière dans la pierre, lente et ancienne. Et au château d'Inverness, Hédéra avait dit que la pierre lui parlait, lui racontait les malheurs passés. Et que dire du cristal de roche en lévitation au sommet de la montagne ? Peut-être la pierre réagissait-elle comme les arbres, après tout ? Pourquoi, alors qu'elle fait partie intégrante de la nature, au même titre que la végétation et l'eau, la roche serait-elle dépourvue de l'énergie vitale qui est en toute chose ? Elle comptait bien en parler à ses hôtes dès que le moment s'y prêterait.

— Bienvenue chez nous ! lança Ketty, toujours pleine d'enthousiasme. Vous êtes ici chez vous ! Ici, c'est la pièce principale, où nous prenons nos repas, où nous discutons, et tout et tout !

— Ketty, s'il te plaît ! la rabroua gentiment sa mère.

— Oui, bien sûr... Veuillez m'excuser, mais je suis tellement heureuse de rencontrer enfin des êtres magiques que... enfin, bon... Suivez-moi, s'il vous plaît, je vais vous montrer vos chambres.

Elle les entraîna dans un petit tunnel creusé dans la roche d'où débouchaient trois ouvertures occultées par des rideaux identiques.

— Alors, Lonicéra et Hédéra, je vous laisse ma chambre. C'est celle du milieu. Moi, je dormirai avec maman. Kieran et Briag, votre chambre est à droite. J'espère que vous y serez bien. Si vous avez besoin de quoi que ce soit, demandez-le-moi. Je me ferai un plaisir de vous satisfaire... enfin, si je le peux.

— Bien sûr, la répartition est aléatoire ! Si vous souhaitez vous organiser autrement, il n'y a aucun souci ! reprit Moyrah en adressant un clin d'œil entendu au petit groupe.

— Merci beaucoup, leur dit Kieran. Nous allons poser nos affaires et nous vous rejoindrons plus tard. Hédéra a besoin de repos.

Il la regarda et passa sa main dans les cheveux de sa bien-aimée. Puis il lui tint le rideau de la chambre de Ketty et la suivit à l'intérieur.

— Merci pour votre hospitalité, dit à son tour Briag en inclinant la tête en signe de respect. Nous allons nous installer, nous aussi.

— Très bien, lui répondit Moyrah en lui rendant sa révérence. Prenez tout le temps qu'il vous faudra – puis se tournant vers sa fille bouche bée, elle ajouta – Ketty ! Ferme la bouche, je te prie. Si une mouche passe, elle sera pour toi !

La jeune fille sursauta et tourna les talons, l'air confus, suivie de sa mère. Lonicéra et Briag entrèrent de leur côté dans la chambre de droite.

— Qu'est-il arrivé à Ketty ? demanda alors Briag.

— Cela s'appelle l'adolescence ! lui répondit Lonicéra en déposant son sac au sol.

— L'adolescence ? Peux-tu m'expliquer ?

— Eh bien, chez les humains, l'adolescence est un moment de transition entre l'enfance et l'âge adulte. Les jeunes gens s'interrogent alors beaucoup sur la sexualité. Je dois dire que c'est une période très ingrate où toute allusion aux rapports amoureux est soit idéalisée, soit repoussée, car l'enfant essaie de reconnaître sa propre sexualité dedans. Je ne sais pas si tu as remarqué, mais il semblerait que les hommes ne soient pas très nombreux ici. D'après ce que j'ai pu comprendre, ils ne servent que de géniteurs pour assurer une descendance aux sorcières. Ketty ne doit pas être habituée aux démonstrations d'affection entre les deux sexes opposés. Ajoute à cela le fait que nous soyons des êtres magiques pour qui il est très rare de connaître ce genre de relations, et tu comprendras la surprise de la petite Ketty quand elle a vu que nous allions faire chambre commune chacune avec l'un de vous !

— Crois-tu qu'elle ait été choquée par notre comportement?

— Non, je ne le pense pas. Et quand bien même, il faut bien qu'elle apprenne ce qu'est la vraie vie, la petite !

Sans s'en rendre compte, Lonicéra s'était blottie dans les bras de Briag alors qu'elle lui parlait. Leurs visages n'étaient qu'à quelques centimètres l'un de l'autre, et alors qu'elle allait l'embrasser, Briag se redressa et demanda :

— Ne sais-tu pas que, dans notre monde, il n'est pas poli d'écouter aux portes ?

— Quoi ?

— Entre donc, Ketty, si tu as quelque chose à nous dire !

Briag, qui tenait toujours Lonicéra contre lui, se retourna vers l'entrée de la petite chambre. Le rideau s'ouvrit, et Ketty, tête baissée, entra. Le sol semblait avoir un grand intérêt pour elle et elle tortillait ses doigts à n'en plus finir.

— Tu vas finir par faire des nœuds avec tes doigts si tu continues ainsi, lui dit Briag pour la mettre à l'aise.

— Dé-dé-désolée ! bredouilla la jeune fille. Je sais que ce n'est pas bien, mais je voulais comprendre !

— Comprendre quoi ? demanda-t-il.

— Eh bien, c'est bizarre, quand même, une fée avec un elfe… En plus, je croyais, moi, que les fées avaient des ailes !

— Si ce n'est que cela, Ketty, je te demande juste une petite seconde, lui dit Lonicéra se retenant de rire devant sa gêne.

Elle se recula de quelques pas et déploya ses ailes qui touchèrent le plafond et manquèrent de renverser les bougies disposées sur l'unique étagère de la pièce.

— Tu comprends maintenant pourquoi il n'est pas facile pour une fée d'ouvrir ses ailes dans un endroit pareil ! Et pour l'autre remarque – elle se colla contre Briag et l'embrassa amoureusement – l'amour entre deux êtres magiques est possible – elle le regardait dans les yeux en parlant, puis s'éloigna de lui pour se tourner à nouveau vers Ketty – rare, mais possible ! Et maintenant que tu as tes réponses, je vais replier mes ailes pour le moment avant de casser quelque chose ! Je ne suis pas très adroite quand je suis enfermée. Peux-tu nous laisser maintenant ? Nous parlerons plus tard si tu le veux. Nous n'allons pas tarder à venir.

— D'accord, lui dit l'enfant, je suis encore désolée… À tout à l'heure, alors ?

— Oui, à tout à l'heure.

Chapitre 9
L'énergie de la Pierre

Quand ils partirent retrouver Moyrah, Lonicéra et Briag observèrent plus en détail l'endroit où ils se trouvaient. La pièce à vivre ronde était plus haute de plafond que ne le laissait supposer l'aspect extérieur. Un adulte de haute stature comme Briag y tenait debout sans peine. Contre le mur, à côté de la porte d'entrée qui leur faisait face, un petit évier était taillé à même la pierre. Et à leur gauche, une marmite reposait sur les chenets d'une grande cheminée éteinte. Au milieu de la pièce, une table dressée pour six personnes était entourée de tabourets et de bancs. À leur droite, des étagères longeaient le mur jusqu'à un autre couloir, plus large que celui menant aux chambres. Lonicéra s'y sentit attirée. Elle s'avança vers l'ouverture, hésitant à aller plus loin, mais quand elle posa la main sur la pierre, elle sut qu'ils seraient les bienvenus dans ce lieu inconnu. La roche vibra sous ses doigts d'une énergie sourde et ancienne. Briag la ressentit, lui aussi, et suivit sa compagne dans le long couloir qui serpentait sur plusieurs mètres, les entraînant au cœur même de la terre.

Ils débouchèrent bientôt sur une grotte plus grande que l'endroit qu'ils venaient de quitter. Le plafond devait s'élever à une hauteur de quatre mètres environ. Elle était éclairée par des puits de lumière perçant au travers des racines des arbres qui reliaient les blocs de pierre entre eux. Ces ouvertures étaient disposées en cercle et l'on pouvait voir tout autour de la pièce des flaques d'eau provenant des dernières pluies que ce toit naturel n'avait pu bloquer. Le granit avait laissé ici place au calcaire et, résultant du ruissellement constant de l'eau sur la pierre, des stalactites et stalagmites formaient une promenade circulaire à l'intérieur même de la grotte. Lonicéra ne put s'empêcher de toucher ces colonnes de calcite si intrigantes et le mot « patience » prit alors tout son sens dans son esprit. Depuis combien de temps le calcaire se jouait-il de sa solidité pour se régénérer sous une autre forme ? La roche semblait, certes, inerte, mais il y avait là matière à constater que comme toute chose, elle était mue par une énergie vitale réelle.

Lonicéra prit la main de Briag et marcha avec lui le long de ces colonnes. Au fur et à mesure qu'ils avançaient, ils se rapprochaient du centre de la grotte, où se dressait un promontoire. Après avoir fait trois tours complets en spirale, ils étaient arrivés devant un magnifique autel naturel qu'ils n'avaient d'abord pas réussi à identifier comme tel. Des boutons de rose s'y consumaient, posés dans un bol de céramique, et des cristaux étaient disposés tout autour en un cercle parfait. Lonicéra ressentit alors le besoin de contact avec la pierre. Elle mit un genou à terre et posa ses mains à plat sur la table de calcaire. Elle en appela à la Déesse et aux énergies de la Terre, et soudain, derrière ses paupières closes, une explosion d'étincelles emplit tout son être. La pierre lui parlait. La pierre lui communiquait toute sa puissance. La pierre se comportait comme la terre l'avait fait avant elle. Elle l'emplissait de sa force vitale comme jamais Lonicéra n'aurait soupçonné que ce fut possible. Et soudain, les cristaux se mirent à briller, à scintiller de mille feux. Un arceau se forma autour de l'autel et Lonicéra retira ses mains en toute hâte, ses paumes brûlées par l'énergie trop forte de la roche. Les cristaux cessèrent de briller et retrouvèrent leur inertie originelle.

Alors que Lonicéra montrait ses mains brûlées à Briag, la voix de Moyrah résonna dans la grotte.

— Tu viens de faire l'expérience de la grandeur de ce monde, dit-elle. Mais à l'avenir, sois plus prudente. Tu es, certes, habituée aux énergies terrestres, mais ce lieu est une concentration de toutes les énergies que tu peux connaître.

— Peux-tu m'expliquer cela ? demanda Lonicéra. Comment se fait-il que la pierre ait une énergie si lente, mais qu'ici, et sur la montagne, elle soit décuplée ?

— N'as-tu pas fait appel à la Déesse ?

— Cela n'explique pas tout ! Sans offense à notre Mère, bien sûr. Cette énergie, je l'ai ressentie bien avant de toucher l'autel. Déjà à l'autre bout du couloir, nous avons pu la palper.

— De si loin ? répondit Moyrah, pensive. Nous, simples mortelles, ne pouvons la sentir qu'une fois dans la grotte. Réfléchis bien à la question que tu viens de poser et essaie de trouver une réponse par toi-même.

— Peut-être que le fait que nous nous trouvions sous la terre nous rend plus proche des énergies terrestres ? avança Lonicéra.

— Cette grotte est un tout, intervint Briag. Elle est l'addition de la roche, la terre, l'eau, les arbres... Toutes les énergies doivent y converger, car elle est au centre de cette corrélation. C'est une énergie ancienne, qui a beaucoup à nous enseigner.

— C'est cela même, Briag, acquiesça Moyrah.

— Peux-tu nous dire pourquoi les cristaux présents autour de l'autel se sont ainsi illuminés ? reprit-il. Est-ce à cause d'eux si Lonicéra n'a pu se défaire de l'autel avant de sentir la brûlure ?

— Absolument pas, mon ami. Les cristaux l'ont protégée. Quand ils ont senti qu'elle ne pourrait supporter plus de puissance, ils ont pris en eux ce trop-plein d'énergie. Et quand à leur tour ils ont été saturés, ils se sont exprimés en formant l'arceau que vous avez pu voir. Ils ont voulu vous prévenir du danger imminent. Et Lonicéra y a répondu en retirant ses mains de la table.

— Nous connaissions déjà les vertus protectrices du cristal de roche, mais nous ignorions qu'il puisse avoir une volonté propre! murmura Lonicéra, ébahie devant une telle découverte.

— Au fil des ans, jamais je n'avais encore eu l'occasion d'observer ce phénomène, leur dit Moyrah. J'en avais entendu parler par ma mère et ma grand-mère, qui tenait cela de sa propre grand-mère. À force de se le transmettre de génération en génération, sans que jamais personne ne le voie, cela a fini par devenir une légende. Mais aujourd'hui, j'ai été témoin de la puissance de la Déesse. De ta puissance, Lonicéra. De la puissance des êtres magiques... C'est incroyable...

Alors que Moyrah parlait, Briag sortit de sa bourse une petite poignée d'herbes qu'il écrasa entre ses mains. Il humidifia le tout avec de l'eau prélevée au sol et étala le cataplasme sur les paumes de Lonicéra. Il prit ensuite les mains brûlées dans les siennes et murmura quelques mots en langue elfique. Lonicéra put sentir l'énergie de Briag passer dans ses mains. Sa peau tiralla, ses doigts se rétractèrent puis s'ouvrirent sous le coup de l'énergie qui fusait en tous sens sur ses paumes endolories. Puis, tout s'arrêta. Briag frotta ses mains pour enlever le reste de cataplasme... elles n'avaient plus aucune trace de brûlure.

— C'est incroyable la rapidité avec laquelle tu l'as guérie ! s'exclama alors Moyrah. J'utilise une technique similaire, mais je mets quatre fois plus de temps que toi !

— Peut-être parce que je suis un être magique et toi non ! la taquina Briag.

— Peut-être, lui répondit-elle en le regardant à la dérobée.

— Merci Briag ! Je me sens bien mieux maintenant ! intervint Lonicéra, entrant à nouveau dans la conversation. Excuse-moi de changer à nouveau de sujet, mais il y a quelque chose qui m'interpelle, Moyrah.

— Quoi donc ?

— Si le cristal de roche est capable de pareils exploits, est-ce que les autres pierres le sont aussi ?

— Suis-moi jusqu'à cette autre table, Lonicéra, lui dit-elle pour toute réponse.

Elle les emmena devant un autre autel, plus petit cette fois, près du mur porteur. Elle prit dans ses mains une grande corbeille emplie de pierres de petit calibre, de couleurs et de formes différentes.

— Chacun à votre tour, vous allez choisir une pierre dans cette panière. Ne réfléchissez pas, fiez-vous à votre instinct. Allez-y, fermez les yeux, et plongez vos mains dans les minéraux.

Ils obéirent et plongèrent leurs mains dans la douce froideur des pierres lisses. Chacune d'entre elles vibrait au contact de leurs peaux. Le toucher devenait sensuel. Puis enfin, Briag ressortit ses mains, une pierre emprisonnée dans sa paume. Quant à Lonicéra, elle fut un peu plus longue. Suivant l'endroit où elle passait ses doigts, elle était attirée par deux pierres différentes. Ne sachant laquelle choisir, elle décida de prendre les deux. Quand elle montra sa trouvaille à Moyrah, celle-ci sourit, mais décida de s'intéresser en premier à la pierre de Briag.

— C'est de l'ambre, dit-elle. C'est une pierre de purification des énergies. Elle apporte de la gaieté et favorise les apprentissages, quels qu'ils soient, ajouta-t-elle avec un sourire entendu. Elle est très complète, car a emmagasiné en elle les connaissances ancestrales du monde végétal et minéral. Quant à toi, Lonicéra, le temps que tu as mis à choisir montre bien l'importance qu'ont ces deux pierres pour toi. La première est un Œil de Tigre qui est une protection contre les énergies négatives. Elle agit comme un miroir, renvoyant les ondes maléfiques vers leur créateur. De plus, elle active la persévérance dans l'accomplissement de projets qui tiennent à cœur, ce dont tu auras besoin dans ta quête. Quant au Lapis Lazuli, c'est une pierre sacrée qui t'apportera sagesse et intuition. Je vais de ce pas vous les faire monter en bijoux pour que vous puissiez les avoir avec vous à n'importe quel moment de votre aventure.

— Sans vouloir abuser de votre générosité, serait-il possible que nos compagnons choisissent, eux aussi, une pierre ?

— Mais il ne saurait en être autrement ! s'exclama Moyrah. Dès qu'ils se seront joints à nous…

— Ils arrivent, justement, la prévint Lonicéra qui avait senti son amie approcher.

Lonicéra et Briag racontèrent à leurs amis ce qu'il venait de se passer, et chacun d'entre eux piocha une petite pierre dans la panière. Hédéra attrapa une Pierre de Lune qui développe l'intuition et la féminité. Kieran prit, quant à lui, un œil-de-tigre.

— Chacun de vous a pris une pierre qui lui correspond, dit Moyrah. Portez-les fièrement, car elles représentent ce que vous devrez affronter.

— Ce n'est donc pas une pierre emblème comme nous avons notre végétal emblème ? demanda Hédéra.

— En effet, non, lui répondit Moyrah. La pierre que vous venez de choisir ne sera plus forcément adaptée à vous une fois votre mission accomplie ! La pierre évolue en même temps que vous. Vous apprenez d'elle et elle apprend de vous. Lorsque les deux savoirs ont été totalement échangés et retenus, il est temps de réactualiser vos liens avec le minéral… Pour l'heure, je vais vous laisser discuter de tout cela et je vous retrouve plus tard. J'ai encore du travail si je veux que vous puissiez porter vos pierres au plus tôt!

Après s'être légèrement inclinée, elle sortit de la grotte et les quatre compagnons se fixèrent. Quelque chose n'allait pas. Lonicéra le sentait. Hédéra n'était pas comme d'habitude. Il se passait quelque chose. Celle-ci dut le sentir, car elle demanda mentalement à Lonicéra, incluant les deux elfes dans la conversation :

— Crois-tu que la Déesse des Ténèbres puisse nous entendre, ou même savoir où nous sommes ?

— Je l'ignore… Mais je pense que si nous parlons par télépathie, elle ne devrait pas pouvoir savoir ce que nous disons.

— Oui, mieux vaut être prudent, renchérit Kieran.

— Que se passe-t-il ? intervint Briag. Tu es étrange, Hédéra. Cela ne te ressemble pas d'être triste ainsi.

— J'ai l'impression de devenir folle ! commença-t-elle après un instant d'hésitation. Depuis que nous sommes arrivés dans le monde des hommes, et plus précisément depuis que nous avons été enfermés dans le cachot, je vois des choses dans ma tête.

— Des visions ? demanda Lonicéra.

— Je pense, oui, confirma Hédéra. Des visions de choses passées, présentes ou futures. Le problème pour moi est de savoir ce qui correspond à quelle période par rapport à notre temps actuel.

— Je croyais qu'il ne s'agissait que d'intuitions que tu ressentais !

— Non, c'est bien plus que cela…

— Tu continues à développer tes pouvoirs, voilà tout, tenta de dédramatiser Lonicéra.

— Et j'en suis heureuse, crois-moi.

— Alors d'où vient le problème ? questionna Briag.

— Le problème, reprit Kieran – Hédéra venait de se blottir contre lui, comme si ce qu'elle avait à dire était pour elle insoutenable –, c'est que Rana elle-même s'adresse à elle. Elle lui montre ce que sera le monde si les humains ne sont pas arrêtés. Elle l'appelle à elle, veut en faire son alliée. J'ignore si elle tiendra encore longtemps à ce rythme… Et cela n'a fait qu'empirer depuis que nous sommes ici !

— La force des énergies de ce lieu doit décupler ta perception. Ne peux-tu faire barrage aux aspirations de Rana ?

— Son pouvoir de prédiction est trop récent, répondit Lonicéra à Briag, parlant à la place de son amie. Elle ne le contrôle pas encore. Crois-tu pouvoir discerner la vérité de la fiction dont Rana emplit ton esprit, Hédéra ? poursuivit-elle en s'adressant à elle.

— Je le pense. Mais ce qui me fait peur, c'est que maintenant que je vois la façon dont Rana interprète les choses, je commence à comprendre son point de vue ! J'espère ne pas me laisser aveugler…

— Nous sommes avec toi, Hédéra, lui dit alors Lonicéra en se rapprochant d'elle pour la prendre dans ses bras. Nous t'aiderons à lutter contre la malveillance de Rana.

— Mais il y a aussi une autre alternative, commença-t-elle, songeuse…

— C'est l'heure du repas ! annonça la voix enjouée de Ketty, dont l'écho retentissant sur les parois de la grotte les sortit de leur conciliabule silencieux.

Lonicéra fixa son amie dont le regard énigmatique l'interpella. Elle avait toujours su déceler chez elle les doutes et les incertitudes, aussi bien que la volonté et les certitudes. Et maintenant, à ce moment précis, elle savait qu'Hédéra avait pris une décision. Jamais elle ne l'avait sentie plus décidée à faire quelque chose… Mais quoi ?

« Nous en reparlerons plus tard », lui dit-elle avant de partir à la suite de Ketty qui sautillait sur place, impatiente de pouvoir parler à des êtres aussi exceptionnels que ses convives.

Dans chaque assiette se trouvait un petit paquet enfermant le bijou promis par Moyrah. Chaque pierre avait été façonnée de manière à s'inclure parfaitement au milieu d'un bracelet tissé en lin, dont la largeur pouvait se régler grâce à des lacets sur l'intérieur du poignet. Les sorcières avaient déjà commencé à les fabriquer avant même l'arrivée de leurs visiteurs. Elles n'avaient donc eu qu'à fignoler les bijoux une fois les pierres choisies. Les amis les mirent aussitôt et remercièrent leurs hôtes pour leurs présents. Mais ils se trouvèrent embarrassés ; on leur offrait l'hospitalité, et ils n'avaient rien amené avec eux pour leur exprimer leur gratitude. Mais Moyrah n'en était pas le moins du monde choquée ! Leur seule présence était pour elle le plus beau des cadeaux.

Le dîner fut des plus agréables. Ketty avait mis au service de ses invités ses talents de cuisinière. La nourriture qui fut servie ce soir-là était très proche de ce que Lonicéra et ses amis avaient l'habitude de manger, à la différence près que les fées ne faisaient jamais rien cuire. En effet, elles avaient le feu en horreur, et préféraient manger les aliments crus plutôt que risquer de faire brûler la forêt si chère à leurs yeux. Aucune viande n'était bien sûr présente sur la table, respectant les mœurs des peuples de la forêt. Henry aurait certainement trouvé à redire à cette coutume, mais il était absent de leur table. Il logeait en effet chez la sœur de sa défunte épouse.

Pendant tout le repas, Ketty ne cessa de les assommer de questions concernant leur monde, leurs pouvoirs, et surtout, la façon dont ils avaient réussi à battre la Reine Maudite. Ils

94

répondirent tous l'un après l'autre à ses questions, mais n'entrèrent pas dans le détail de la bataille. L'humilité des êtres magiques frustra quelque peu Ketty, mais elle dut se rendre à l'évidence qu'elle n'obtiendrait guère plus de détails que l'essentiel de l'histoire. De plus, il leur était difficile de parler de leur échec face à Rana, car certes, ils avaient réussi à ramener la paix dans le monde magique, mais ils n'avaient pas détruit la reine déchue pour autant ! Et là était leur problème actuel ! C'est pourquoi, afin d'oublier l'espace d'une soirée la tâche qui leur était échue, ils questionnèrent les sorcières en retour sur leurs coutumes.

Ils apprirent ainsi que les pétales de roses qui brûlaient sur l'autel dans la grotte avaient été allumés pour apporter la chance à ceux qui les respiraient. Ketty leur expliqua comment, grâce aux cartes, elle avait pu savoir qu'ils étaient sur le point d'arriver. Son Oracle de Belline ne la quittait jamais et, même sans avoir le don de divination, elle pouvait voir ce qui allait se produire.

— Le tout, leur dit-elle, c'est d'interpréter les cartes en restant le plus objectif possible, mais surtout de ne pas oublier qu'il ne s'agit pas d'une vérité absolue !

— Comment cela ? demanda Lonicéra qui avait toujours été sceptique face à ce genre de pratiques.

— Eh bien ! reprit la jeune fille, il faut savoir que les cartes ne font que nous avertir. Elles nous préviennent parfois du succès, mais elles peuvent aussi nous préparer à un bouleversement. Ainsi, lorsque le fait se produit, nous savons comment réagir à cet événement et minimiser son ampleur.

— Le destin est emmêlé, intervint Moyrah. Il existe un chemin de vie propre à chacun, mais différentes voies peuvent être empruntées. La fin sera toujours celle qui a été déterminée par la Déesse, mais les moyens d'y arriver ne sont que des choix individuels.

Devant le scepticisme évident de Lonicéra, Moyrah ajouta :

— N'y crois-tu pas, Lonicéra ? Ou ne veux-tu pas y croire ?

— Que veux-tu dire ?

— Je veux juste dire que si Ketty tirait les cartes pour toi, elle te dirait des choses qui pourraient t'être très utiles pour la suite de votre quête… Bien sûr, tu n'en croirais pas un seul mot, mais tu en tiendrais compte malgré tout.

— Je préfère ne pas savoir et découvrir par moi-même ce à quoi je vais être confrontée. Cela étant, reprit-elle après une hésitation dans laquelle pointait un soupçon d'ironie, si Ketty pouvait nous indiquer la prochaine étape de notre périple, je ne serais pas contre ! J'ai appris au contact des Peuples de la Forêt que chaque réponse vient en temps voulu. Il était peut-être « prévu » que cette réponse-là nous vienne grâce aux dons de ta fille ?

— Je veux bien essayer ! s'enthousiasma Ketty.

— Alors soit, lui répondit sa mère. Mais nous attendrons demain matin. Tu dois être reposée pour interpréter l'Oracle.

Lonicéra se sentit prise à son propre jeu. Elle avait fait cette suggestion sans la prendre réellement au sérieux, mais se rendit compte que ses hôtes étaient loin de prendre cette information à la légère… Mais après tout, pourquoi ne pas essayer !

— Tu as raison, maman. De plus, je vais me contenter de ces quelques baies et d'un peu d'eau pour que mon corps et mon esprit soient libres au maximum…

— Sage décision, Ketty. Et maintenant, commença Moyrah concluant ainsi la discussion précédente, laissez-moi vous raconter une autre de nos coutumes.

Elle leur rapporta que chaque année, une grande fête est donnée à Stonehenge le jour du solstice d'été. Des personnes de tous horizons s'y retrouvent et fêtent ensemble le retour du soleil par une multitude de danses et de chants qui durent toute la nuit. La musique y est omniprésente, les guitares côtoyant les harpes celtes et les djembés. Toutes les sorcières du Royaume-Uni se regroupent alors pour rendre grâce à l'Énergie bienfaitrice que leur accorde la Déesse Mère de la Terre. Cette nuit-là, chacun est libre de se dévoiler tel qu'il est ; qu'il soit simple humain ou sorcière confirmée, tout le monde se parle et profite de la frénésie de cette journée. Il y a encore de cela une vingtaine d'années, de grands feux de joie étaient allumés autour de l'édifice, rappelant l'origine de cet événement. Ainsi, Moyrah leur apprit qu'autrefois, ce regroupement portait le nom des Feux de Beltane, lors duquel le Dieu Cornu s'accouplait à une prêtresse de la Déesse. Elle leur expliqua que c'était lors de cette nuit particulière que Ketty fut conçue, comme beaucoup d'autres enfants nés de mères sorcières.

— J'ai déjà entendu parler des Feux de Beltane, intervint Lonicéra, mais j'ignorais qu'ils continuaient d'exister !

— Et pourtant, ils existent toujours ! Mais sous un nom différent ! Ketty en est la preuve vivante : le cadeau que m'a fait la Déesse il y a de cela seize ans. Et je l'en remercie chaque jour.

— Pendant mon adolescence, reprit Lonicéra songeuse, lorsque j'entendais parler de Stonehenge, c'était en termes de lieu de rendez-vous des illuminés et des hippies sur le retour... C'était l'idée que je m'en faisais aussi, je l'avoue... Mais maintenant, j'aurais tendance à dire que toutes ces personnes sont celles qui ont compris la nature des choses. Ils vivent dans un monde où la magie a été évincée, mais ils réussissent tout de même à y ressentir l'essence de la Terre.

— Tu as raison sur un point, Lonicéra. Stonehenge est en effet un lieu où les gens peuvent communier avec les énergies de notre Mère. Mais là où je ne suis pas d'accord avec toi, c'est que tous n'en comprennent pas la portée ! Parmi les sorcières et les hippies qui souhaitent un retour du naturel dans leurs vies, il y a aussi des « illuminés » comme tu dis ! Certains se déguisent en druides ou même en sorcières ! Ceux-là sont convaincus de leur identité magique alors qu'aucun magnétisme particulier n'émane d'eux ! Bien sûr, ils souhaitent sentir et comprendre les énergies qui les animent, mais ne peuvent mettre de mots dessus. Mais laissez-moi vous dire quelque chose : tant que Rana sèmera le trouble dans les esprits, nous verrons de plus en plus ce genre de personnes... Ils cherchent à tout prix à sortir du carcan étroit que leur impose la société actuelle. C'est aussi en cela que le solstice d'été prend toute son importance ; aucun jugement de quelque sorte n'est porté, car tout le monde est égal face à ce qu'il est ou ce qu'il voudrait être.

— Et à quoi ressemble cet endroit ? demanda Hédéra. Stonehenge ?

— Je dois avoir une photographie ou deux des mégalithes, lui dit Moyrah en se dirigeant vers les étagères dressées le long du mur.

Elle revint quelques secondes plus tard avec à la main, une poignée de cartes postales. La première de la pile montrait les pierres dressées de Stonehenge.

— Encore aujourd'hui, cette construction est une énigme, leur dit-elle en leur donnant la carte. Les chercheurs pensent qu'il s'agit là d'un sanctuaire dédié au culte solaire, construit entre deux et quatre siècles avant notre ère – différentes dates sont avancées.

Je me demande toujours comment des hommes ont pu faire monter ces énormes blocs de roche au sommet des mégalithes…

— Peut-être n'étaient-ils pas de simples hommes ? avança Kieran en observant la photographie.

— J'ai toujours rêvé de me rendre là-bas, avoua Lonicéra, ignorant la remarque de son ami.

Soudain, elle leva les yeux et fut saisie par le changement de décor qui venait de s'opérer sous son nez. Elle regarda tout autour d'elle et, la carte postale toujours entre ses doigts, contempla la nature qui avait pris la place des murs de la petite maison. Bouche bée, elle avisa la grande plaine au centre de laquelle elle se trouvait. Devant elle, un immense fossé entourait l'enceinte circulaire où se dressait le cromlech à quelque deux cents mètres. L'ensemble aurait pu paraître anarchique, les blocs de grès semblant posés tels quels sans ordre précis. Mais en y regardant mieux, on pouvait se rendre compte que l'édifice était incomplet, comme si quelque géant en avait transporté les composants en un autre lieu. Ce site improbable attirait le regard avec une telle force que la forêt à quelques mètres en retrait paraissait minuscule.

Une fois qu'elle eut recouvré ses esprits, Lonicéra regarda à nouveau la carte postale dans sa main, puis l'édifice qui lui faisait face. Elle dut se rendre à l'évidence qu'elle se trouvait bel et bien à Stonehenge, ce lieu mythique qui faisait rêver tant de personnes. Alors, oubliant aussitôt la contemplation dans laquelle elle se trouvait quelques instants plus tôt, elle réalisa qu'elle pouvait se rendre partout où elle le souhaitait, du moment qu'elle avait une vue d'ensemble du lieu. Elle n'avait jamais pu en faire l'expérience dans le monde magique, puisqu'elle n'avait pas accès à la photographie, mais maintenant qu'elle connaissait cette partie cachée de son pouvoir de téléportation, un poids immense semblait retomber de ses épaules. Elle savait comment suivre la trace de Rana sans perdre un temps précieux en marche et autres moyens de transport.

Et alors qu'elle se réjouissait de pareille découverte, un halo lumineux s'éleva des pierres et Lonicéra entendit une voix douce l'appeler : « Lonicéra, viens à moi ! » lui dit la voix. Elle était rassurante et bénéfique. Lonicéra sut alors qu'elle devait aller chercher ses compagnons. Le message, bien que succinct, les appelait au même titre qu'elle. Après avoir observé pendant un long moment le soleil déjà bas dans le ciel qui baignait la construction de sa luminosité, elle se concentra et se retrouva à la place qu'elle occupait un instant plus tôt dans la petite maison rocheuse. Tout le monde sursauta quand elle réapparut à côté d'eux, mais elle était bien trop intriguée par ce qui s'était passé pour y prêter attention. Il fallait qu'elle reparte sur-le-champ avec ses amis. Elle leur expliqua ce qu'elle avait vu, et entendu, et ne tarda pas à les convaincre de venir avec elle.

Chapitre 10
Stonehenge

Avec l'aide d'Hédéra qui se concentra en même temps qu'elle sur la photographie, Lonicéra entraîna tout le petit monde présent dans la maison, jusqu'en Grande-Bretagne, dans le Wiltshire. Tous furent ébahis devant l'immensité de l'édifice qui se dressait devant eux, et par la puissance qui s'en dégageait. Moyrah fut la première à rompre le silence qui s'était installé, recouvrant à peine le hululement d'une chouette.

— Cela fait des années que je viens ici, dit-elle, mais l'émotion que j'y ressens est toujours aussi forte !

— Peut-on s'approcher ? demanda Kieran.

— Bien sûr, mais progressivement. L'énergie est ici tellement puissante, qu'il faut s'y habituer petit à petit, même pour des êtres comme vous… Enfin, je pense, finit-elle.

— Que nous conseilles-tu alors ? questionna Briag.

— Nous allons faire le tour des mégalithes trois fois de suite en nous en rapprochant au fur et à mesure. Pendant notre progression, nous demanderons à la pierre de nous permettre d'entrer dans son enceinte. Mais je suis sûre que je ne vous apprends rien ! C'est ce que vous avez fait dans la grotte cet après-midi !

— Alors nous l'avons fait inconsciemment, lui dit-il. À aucun moment je n'ai réfléchi à ce que je faisais.

— Moi non plus, je dois l'avouer, reprit Lonicéra.

— Cela en dit long sur votre rapport à la nature, renchérit Moyrah. Votre instinct est remarquable… Allez ! Mais restez à bonne distance les uns des autres pour éviter que vos énergies n'interfèrent entre elles.

Ils commencèrent donc à avancer, d'abord le long du fossé, puis passèrent à côté de deux cercles de trous alignés, et progressivement, pénétrèrent dans l'enceinte des mégalithes. Ils furent alors saisis par la puissance des énergies qui reliaient les pierres les unes aux autres. Arrivés au centre, Moyrah leur dit qu'ils pouvaient désormais déambuler entre les pierres comme bon leur semblait sans risquer d'avoir une décharge trop importante d'énergies qui leur ferait perdre pied. Lonicéra partit donc de son côté, faisant face au soleil dont on ne distinguait plus que quelques rayons rasant le sol, sans se rendre compte que ses trois compagnons se dirigeaient chacun vers les autres points cardinaux. En passant à côté des pierres de différentes hauteurs, dont certaines pouvaient atteindre jusqu'à quatre fois la taille d'un homme adulte, elle posait ses mains sur le minéral, ressentant les vibrations de la roche sous ses doigts. Elle marcha ainsi sur plusieurs mètres, les yeux fermés, laissant ses bras se balancer au gré de ces nouvelles énergies, bercée par la brise fraîche qui venait de se lever. Au contact de la roche, des éclairs dansaient derrière ses paupières closes. Un sentiment de bien-être l'envahissait de toutes parts. Et soudain, elle s'arrêta. Elle ressentait quelque chose de différent, quelque chose de plus fort encore que ce qu'elle avait pu palper jusqu'alors. Elle ouvrit les yeux pour constater qu'elle se trouvait à présent à côté du premier cercle de trous. Sans s'en rendre compte, elle s'était éloignée des mégalithes. Elle se retourna et vit Hédéra de l'autre côté de l'édifice. Elles formaient toutes deux une ligne coupant le cercle en son centre. À sa gauche, Briag faisait quant à lui face à Kieran, créant une autre médiane perpendiculaire à la première. Ils se regardèrent les uns les autres, surpris de se voir ainsi positionnés. Et soudain, leurs auras orangées commencèrent à danser, à s'élever dans les airs telles les flammes d'un feu de joie, et se lièrent les unes aux autres malgré la distance qui les séparait. Moyrah et Ketty furent soulevées de terre et expulsées avec douceur hors du cromlech. Apeurée par ce moment de lévitation, Ketty se blottit dans les bras de sa mère qui gardait les yeux rivés sur les quatre compagnons. Soudain, les ailes de Lonicéra et d'Hédéra se déployèrent, leurs cheveux se mirent à voler derrière elles. Sous une même impulsion, leurs têtes à tous quatre furent projetées en arrière, leurs bras tendus vers leurs dos cambrés, et ils furent soulevés de terre à hauteur d'une vingtaine de centimètres. Alors, de leurs fronts, jaillit un rai de lumière pure. Chacun de ces rayons se reliait à l'autre en un même point. De là où elles étaient, Moyrah et Ketty pouvaient voir une pyramide dont les arêtes lumineuses prenaient naissance au niveau de la tête de chacun des êtres magiques. Aucun des quatre corps ne bougeait plus, suspendus dans les airs. Là où les énergies se rencontraient, émana d'abord une forme qui se métamorphosa en un corps de femme d'une beauté sans pareille. Elle n'était faite que de lumière, ses longs cheveux bleutés flottant à l'unisson de la mousseline de sa tunique. On aurait dit une vénus sortie tout droit d'un rêve. Dans la nuit étoilée, la Déesse Mère de la Terre brillait en harmonie avec la lune. Elle contempla les corps en lévitation et adressa un sourire bienveillant à Ketty et Moyrah qui s'étaient agenouillées devant leur Déesse en signe de respect, récitant des prières de remerciement pour ce qu'elles étaient en train de vivre. Puis sa voix douce résonna dans la plaine.

« Lonicéra, Hédéra ! dit-elle. Filles des Élues ! Mes enfants ! Que de chemins parcourus pour arriver jusqu'à moi ! Malgré les difficultés, vous avez toujours su rester unies et défendre ce en quoi vous croyez. Briag, Kieran ! Vous avez contribué à la réussite de vos parts manquantes. Votre amour est et restera plus fort que tout. Il est la clé de votre réussite à tous qui n'avez eu de cesse de me défendre durant tout ce temps. À présent, c'est à moi de vous protéger en vous indiquant la route à suivre – elle fit une pause, regardant chacun avec insistance – pour arriver jusqu'à Rana. Vous devrez d'abord vous rendre dans les Highlands à la rencontre du peuple des montagnes. Ils seront vos alliés dans le combat final qui ne manquera pas d'arriver. Vous devrez allier d'autres peuples à votre cause, mais pour cela, des sacrifices sont nécessaires... Hédéra ! Accepte le nouveau don qui est le tien. Il te guidera dans tes décisions. Fais-lui confiance et il te donnera les réponses que tu cherches... Lonicéra ! Ne crains pas l'avenir. Quelle que soit l'issue de ton périple, le plus important restera la façon dont tu l'auras parcouru, les choix que tu auras faits... Quant à vous, Elfes de la Forêt, sachez toujours rester fidèles et bienveillants... Gardez toujours foi dans les Énergies qui sont Tout, et le moment venu, elles vous le rendront.

Et ainsi, l'apparition de la Déesse commença à se dissiper pour s'envoler en un léger tourbillon vers les étoiles. Le rayon de lumière s'éteignit alors que les corps haletants de Lonicéra, Hédéra, Briag et Kieran redescendaient vers la terre ferme. Moyrah et Ketty se hâtèrent de les rejoindre, et alors que Ketty se dirigeait vers Hédéra, Moyrah stoppa net face à Lonicéra, le regard plein de surprise. Sur le front de cette dernière, comme sur celui de ses compagnons, la Déesse avait laissé sa marque ; un petit cercle lumineux empli d'un ovale vertical touchant ses bords.

— La marque de la Déesse ! murmura Moyrah dans un souffle.

— La marque de la Déesse ! s'exclama Ketty au même instant en s'approchant d'Hédéra.

Devant l'incompréhension manifeste des amis, trop éloignés les uns des autres pour observer leurs fronts mutuels, Moyrah continua :

— La Déesse vous fait l'honneur de porter sa marque !

— Comment ça, sa marque ? s'étonna Lonicéra.

— Désormais, expliqua Moyrah alors que les quatre amis se rejoignaient au centre du cromlech, vous faites partie intégrante de la Déesse, et elle de vous ! Si vous êtes en danger, elle le saura et pourra choisir de vous aider, vous plus que quiconque !

— À condition que nous restions fidèles à nous-mêmes... finit Kieran.

— Tout à fait, acquiesça Moyrah.

Puis, touchant la marque sur le front de Kieran, Hédéra demanda :

— Peux-tu nous donner la signification de ce signe, Moyrah ?

— Bien sûr ! répondit-elle, ne pouvant ignorer Ketty qui, bien que silencieuse, piaffait d'impatience à côté d'elle. Mais si tu le permets, je vais laisser ce soin à ma fille.

— Merci maman ! s'exclama cette dernière, honorée de parler de la Déesse à ses invités. Alors, commença-t-elle comme si elle s'apprêtait à réciter ses leçons, le cercle symbolise la pleine lune, et l'ovale, associé au cercle, forme la lune croissante et la lune décroissante. Ce signe représente la constance des choses et l'éternel recommencement, mais aussi les changements inévitables dans l'immuabilité de la Nature. Certains y voient aussi un œil, celui de la Déesse, qui voyant tout, protège son porteur.

— Et je suis certaine que c'est ce qu'Elle fera, intervint Moyrah. Elle vous protégera quoi qu'il arrive... Comment vous sentez-vous ? demanda-t-elle alors. Aurez-vous la force de revenir au village par la magie ?

— Oui, répondit Lonicéra la première. Je ne sais pas vous, mais je crois que je ne me suis jamais sentie aussi sereine ! Je ne ressens aucune fatigue, ni aucune angoisse. C'est étrange ! J'ai même l'impression que mon corps lui-même est plus léger !

— Et tu as désormais des oreilles pointues, ajouta Hédéra en riant. Ta métamorphose s'achève ! Tu es maintenant une fée jusqu'au bout des oreilles !

Lonicéra porta ses mains aux pavillons de ses oreilles et constata avec effarement qu'ils avaient bel et bien changé de forme sous l'impulsion magique de la Déesse. Devant son air perplexe, les autres se mirent à rire de plus belle et, les yeux dans ceux de son amie, Lonicéra lui dit mentalement :

— Tu as aussi changé, mon amie... Tu retrouves ton entrain... La Déesse t'aurait-elle apporté quelques bénéfices ?

— En effet ! Elle m'a montré la route à suivre, et désormais je n'ai plus peur de ce que je vois. Je sais que, quels que soient mes choix, j'agirai toujours en fonction de ce que mon cœur me dicte.

— Bien parlé ! intervint Kieran avec enthousiasme, entrant dans leur conversation muette. Et je te soutiendrai quoi qu'il se passe !

— Je n'en doute pas une seconde ! lui répondit-elle en lui adressant un sourire radieux.

— Que t'a-t-Elle montré ? Je serai curieuse de le savoir...

— Mais tu ne le sauras pas ! la coupa Briag. Les visions d'Hédéra ne sont que pour elle ! Et même si elle peut nous les retransmettre par oral, jamais nous ne pourrons capter la puissance du ressenti qu'elle aura eu à ce moment-là ! Les images ne sont pas tout, petite fée !

Et ils se mirent à nouveau à rire tous quatre en s'éloignant du cromlech.

Ketty se pencha vers sa mère et lui murmura discrètement :

— Sais-tu ce qui les fait rire ainsi ? Je crois que je n'ai pas tout suivi !

— Moi non plus, je l'avoue ! Mais peu importe ! Si nous devions être au courant, nous le serions déjà, lui répondit-elle en se mettant à rire à son tour.

Le lendemain matin, Lonicéra sortit rejoindre Hédéra tôt avant le lever du soleil. Elle se sentait une nouvelle fée. Depuis cette expérience à Stonehenge, elle savait que désormais, elle n'aurait plus besoin de plus de sommeil que ses compagnons. Son intuition même semblait s'être aiguisée. Elle savait que son amie n'avait que peu dormi, et sentait son appréhension. Quand elle arriva dehors, elle prit une grande inspiration, emplissant ses poumons du doux parfum de champignons émanant du sous-bois. Autour d'elle, de la mousse rampait sur les rochers, remontant sur les racines des arbres qui se mêlaient à la rocaille. Elle pouvait sentir sur ses chausses la froideur de la rosée remontant du sol. Des toiles d'araignées tissées entre les arbres brillaient de la rencontre des perles de rosées délicatement posées, avec la lueur de la lune. Un peu plus loin, elle entendait le clapotis que faisait le ruisseau lorsque l'eau, se défiant de la tranquillité environnante, taquinait les cailloux qui roulaient alors dans le courant provoqué par de petites cascades. Lonicéra se dirigea dans cette direction, certaine que son amie s'y trouvait. Elle déploya ses ailes et vola jusqu'à elle, dégourdissant ses muscles depuis trop longtemps rétractés qui commençaient à s'ankyloser. Elle évita ainsi de se piquer les pieds sur les bogues des châtaignes qui se répandaient au sol, se mêlant aux glands fraîchement tombés des grands chênes.

Elle trouva Hédéra accroupie devant l'eau, le regard perdu sur le ruisseau, regardant quelque chose qu'elle seule pouvait voir. Lorsqu'elle sentit la présence de son amie, elle suspendit sa contemplation et lui adressa un sourire.

— La marque de la Déesse s'est totalement effacée de nos fronts, lui dit-elle.

— Oui, c'est vrai, lui dit Lonicéra, inquiète devant le regard pensif de son amie. Tu as eu une autre vision ? demanda-t-elle alors.

— Oui, et je souhaite te la faire partager. Viens près de moi.

Lonicéra obéit et s'assit sur les rochers à côté d'Hédéra. Elle fixa à son tour le ruisseau et reçut dans son esprit la vision de son amie ; le ruisseau était devenu rivière, et au fond de celle-ci se débattait, pieds et poings liés, une jeune femme aux cheveux roux qui la regardait de ses yeux implorants. Soudain, elle cessa de bouger et se perdit dans les abysses de l'onde. Lonicéra revint alors à la réalité, les yeux embués de larmes. Bien que brève, cette apparition l'angoissait au plus haut point.

— Pourquoi as-tu voulu que je voie cela ? demanda-t-elle la voix tremblante.

— Pour que tu te rendes compte de l'horreur des actes de certains humains.

— Qui était cette femme ?

— Une sorcière. À partir du XVe siècle, les sorcières ont été persécutées à cause de leur savoir. Elles furent présentées comme des êtres abjects, qui jouaient avec le mal, uniquement parce qu'elles connaissaient des choses qui pouvaient remettre en cause la doctrine qu'imposaient les hommes au nom de leur dieu, et qui aurait pu détrôner leur influence. Alors, si une femme était soupçonnée d'être une sorcière, elle était arrêtée et jetée ainsi ligotée dans la rivière. Si la femme remontait à la surface, elle était jugée comme étant sorcière, car elle pouvait résister à l'attraction terrestre. Elle était alors sortie de l'eau et brûlée vive sur un bûcher. Par contre, si elle s'enfonçait dans l'onde et qu'elle y périssait, il était reconnu qu'elle était innocente et cela devait être suffisant pour la paix de son âme...

— Comment sais-tu tout cela ?

— Tu oublies que je peux voir ce qui a été, comme ce qui est ou sera, lui répondit Hédéra résignée.

— Oui, et c'est pour cela que tu seras notre guide, cette fois. Ton pouvoir de prédiction se développe de plus en plus. Tu es passée par-delà la mort et cela n'en a aiguisé tes sens que davantage.

— Je ne serai pas votre guide, Lonicéra, lui dit-elle l'air soudain grave.

— Et pourquoi pas, mon amie ?

— Je dois partir...

— Partir ? Mais où ?

— Je vais rejoindre Rana... Elle m'appelle. Je dois aller à sa rencontre.

— Si c'est une blague, je ne la trouve pas drôle du tout !

— Ce n'est pas une blague, Loni. Je suis des plus sérieuse. Je partirai ce matin.

— Non ! Pas toi ! Tu n'iras pas, Hédéra !

— Aller où ? demanda Briag qui venait de les rejoindre avec Kieran.

— Elle veut aller retrouver Rana ! S'allier à Rana ! s'écria Lonicéra en se levant d'un bond, ne pouvant contrôler ses larmes de frustration. Elle ne peut pas ! Dis-le-lui, Kieran ! Elle ne peut pas nous abandonner !

— Je ne peux pas faire cela, lui répondit-il. Nous en avons longuement discuté, et c'est l'option qui nous apparaît la plus honnête.

— Honnête ? Rana ? Auriez-vous perdu la raison ?

— Calme-toi, Loni, intervint Briag. Kieran vient de m'en parler. Nous ne pouvons pas les retenir si tel est leur choix.

— Comment peux-tu accepter une chose pareille, Briag ? Nos propres amis se retournent contre les valeurs que nous avons toujours défendues depuis que nous nous connaissons. Et tu n'essaies même pas de les retenir !

— J'ai déjà essayé avec Kieran, comme tu le fais toi-même maintenant. Mais je connais mon ami. Il ne reviendra pas sur sa décision.

— Alors c'était cela, toutes les allusions que tu faisais, Hédéra ! Et tu n'as jamais jugé bon de me tenir au courant de l'évolution de ta pensée !

— Tu ne l'aurais pas comprise, Lonicéra, lui répondit-elle retenant avec difficulté les larmes qui lui montaient à présent aux yeux. Je connais le dégoût que t'inspire Rana. Je ne voulais pas t'inspirer la même chose ! Je m'en vais, certes, mais je te garderai toujours dans mon cœur !

— Pourtant, tu sais fort bien que si tu rejoins cette voie, nous devrons nous combattre à un moment ou à un autre !

— Je le sais… Et j'ignore comment je pourrais gérer cela. Mais je m'y préparerai au mieux… grâce à Rana.

Kieran s'était rapproché d'Hédéra, portant sur son dos leurs sacs de voyage. Lonicéra les regardait, ses larmes se transformant en larmes de colère. Elle s'écria alors :

— Et que faites-vous, tous les deux, du don que vous a fait la Déesse ?

— La Déesse nous a montré la voie, lui répondit Kieran, et nous lui en sommes reconnaissants. Mais notre place n'est désormais plus auprès de vous.

Briag s'était approché de Lonicéra et voulut lui prendre la main, mais elle le repoussa d'un geste brusque et s'avança vers son amie.

— Dis-moi que ce que nous avons vécu ensemble n'a pas d'importance à tes yeux, lui dit-elle alors.

— Je ne peux pas dire une chose pareille, lui répondit Hédéra en la prenant dans ses bras. Tu as été ma première amie, ma seule amie… Je t'aimerai toujours ! – puis, se reculant, elle déposa un baiser sur son front – Sois prudente, Lonicéra.

Et une fraction de seconde après, Hédéra et Kieran avaient disparu à la vue de leurs amis.

Briag s'avança vers Lonicéra qui s'était laissée tomber au sol, et voulut l'aider à se relever. Mais avant qu'il n'ait eu le temps de la toucher, il entendit dans sa tête la voix pleine de reproches de sa compagne :

— Comment as-tu pu les laisser partir ? Tu ne m'as même pas soutenue... Pas une fois... Et maintenant, ils sont perdus à jamais...

— Je comprends ton amertume...

— Amertume ? le coupa-t-elle en se relevant pour lui faire face. Laisse-moi te dire une chose, Briag...

Mais avant qu'elle n'ait eu le temps de finir sa phrase, il l'embrassa. Lorsqu'il relâcha son étreinte, il ne lui laissa pas le temps de reprendre la parole.

— Désolé, lui dit-il avec un petit sourire, c'est le seul moyen que j'ai trouvé pour te faire taire...

— Ne crois pas que...

— J'ai à te parler, Lonicéra. Kieran m'a demandé de te rapporter notre conversation dans ses moindres détails. Peut-être comprendras-tu mieux ce qui les a poussés à partir.

— J'en doute...

— Avant de juger, écoute plutôt ce que j'ai à te dire. Viens avec moi. Allons nous asseoir.

Il l'entraîna alors au pied d'un gros chêne, et commença à lui raconter mentalement l'histoire depuis son commencement. Au fur et à mesure qu'il parlait, Lonicéra sentait monter en elle des sentiments contradictoires. Elle voulait crier à son amie de revenir, mais comprenait maintenant les raisons de son choix.

— Kieran a juré de protéger Hédéra jusqu'au bout, finit-il par dire en conclusion de son récit. Il tiendra sa promesse et ne permettra jamais que quoi que ce soit de néfaste lui arrive.

— Mais elle aurait tout de même pu m'en parler, non ? lui dit-elle alors en se jetant en pleurs dans les bras de son bien-aimé.

— Elle a voulu te protéger jusqu'au bout, lui dit-il en lui caressant les cheveux. Sois sûre de son affection pour toi.

— Que vais-je faire sans elle, Briag ? Je vais être perdue ! Et toi ? Comment vas-tu faire sans Kieran ?

— Je t'ai, toi ! Ma petite fée ! Cela me suffit !

Il la regardait avec tendresse, tenant son visage dans ses mains douces, lorsqu'ils entendirent la voix de Moyrah, provenant de la maison dans la grotte, qui criait le nom de sa fille. Elle sortit soudain, le visage inquiet et continua à appeler Ketty. Elle rejoignit Lonicéra et Briag, et avant qu'ils n'aient eu le temps de lui demander ce qu'il se passait, Moyrah leur demanda s'ils avaient vu sa fille. C'est alors qu'un rayon du soleil levant vint se poser sur l'endroit d'où venaient de disparaître Hédéra et Kieran, éclairant le jeu de cartes de divination de Ketty, oublié au sol. Moyrah le ramassa, et se tournant vers les êtres magiques, les interrogea du regard.

— Hédéra et Kieran sont partis, commença Lonicéra.

— Et Ketty est partie avec eux, finit Moyrah…

— Non, elle n'était pas là ! s'exclama la jeune fée. Elle n'a pas pu partir avec eux.

— Elle m'avait prévenue qu'elle devrait partir. Ketty a tellement soif d'aventure ! Elle sera en sécurité avec vos amis.

— Mais puisque je te dis qu'elle n'était pas là !

— Tu n'as pas idée, Lonicéra, de l'astuce qui émane de cette enfant. Elle saura prendre soin d'elle.

Et alors que Lonicéra allait à nouveau répondre à Moyrah, Briag lui fit signe de se taire. Rien ne pourrait la convaincre que sa fille était ailleurs qu'auprès d'une fée et d'un elfe, quelque part en sécurité.

Deuxième partie

Chapitre 1
Une nouvelle alliance

À l'orée de la forêt sombre, deux silhouettes tournaient en rond entre les arbres depuis des heures. Déjà, la nuit commençait à tomber sur la forêt et Hédéra se demandait si son pouvoir de prédiction ne lui faisait pas défaut.

— Je ne comprends pas ! dit-elle à Kieran. C'est ici, pourtant ! C'est la vision que m'a envoyée Rana. Je nous ai téléportés pile à l'endroit indiqué.

— Peut-être tes visions ne sont-elles pas aussi nettes que la réalité ?

— Ça se voit que tu n'as jamais eu de vision, toi ! lui rétorqua-t-elle, irritée. Cet arbre puissant, dit-elle en posant ses mains sur le chêne à côté d'elle, avec sa forme si particulière, son tronc tordu et les nœuds marqués à la base de ses branches, est le point de repère principal que je m'étais fixé. Aucun autre arbre n'est comme celui-ci…

— Ne t'inquiète donc pas ainsi, Hédéra. Nous y arriverons, lui dit-il en la ramenant contre lui pour la calmer.

— Vous arriverez à quoi ? demanda une voix familière derrière eux.

Ils se retournèrent en même temps, sur leurs gardes, leur champ protecteur élevé autour d'eux. Lorsqu'ils virent Rana, ils laissèrent retomber leur bouclier et s'inclinèrent.

— Rana. Reine déchue. Nous te cherchions.

— Vous me cherchiez ? Voilà qui est intéressant ! ricana-t-elle. Est-ce Lonicéra qui vous envoie me tendre un piège ? Si c'est le cas, je tiens à vous prévenir que ce n'est pas très judicieux !

Elle pointa son doigt dans diverses directions autour d'eux, révélant à leur vue des soldats les visant de leurs arbalètes armées.

—Ce n'est pas un piège, lui assura alors Kieran. Nous sommes ici de notre plein gré. Nous souhaitons nous allier à ta cause.

— Vous ? Mes alliés ? Quel besoin puis-je avoir de personnes telles que vous ?

— N'est-ce pas toi qui, depuis notre rencontre à Inverness, ne cesses de m'envoyer tes pensées si noires soient-elles ?

— Je me demandais d'ailleurs si tu les avais reçues ! lui répondit Rana sur un ton faussement boudeur. Tu ne m'as jamais répondu… Alors, dis-moi ! Comment as-tu trouvé ces petites marques d'attention ? As-tu aimé ce que tu as vu ?

— Absolument pas, Reine ! Je n'y ai vu que la déchéance qu'infligent les hommes à ce monde. Les humains ne savent faire que la guerre et ignorent comment vivre sans détruire… Ils ne respectent rien ni personne. Ils voudraient faire croire qu'ils n'ont pas le choix lorsqu'ils coupent les arbres de leurs forêts, ou qu'ils vident les sols de leurs ressources naturelles, ou encore lorsqu'ils massacrent des innocents au nom d'une cause fictive. Chaque acte n'est motivé que par l'attrait du pouvoir. Les humains ne sont que vices et vilenies. Nous ne pouvons consciemment les laisser détruire la terre sur laquelle nous vivons, nous aussi, bien que dans une dimension différente de la leur. Un jour ou l'autre, si nous ne faisons rien, nous aurons à payer les conséquences de leurs erreurs!

— Un monde gouverné par les lois de la nature est cent fois mieux que ce monde vicié, renchérit Kieran.

— Bien parlé ! s'exclama Rana. Vous avez énoncé exactement ce que je ressens ! Mais cela ne suffira pas à me convaincre !

Aussitôt, elle envoya contre Hédéra une décharge électrique que Kieran bloqua de son corps. Mais alors même que sa part manquante était au sol, encore choquée par la torture que venait de lui infliger Rana, Hédéra ne se retourna pas contre la reine. Cette dernière se souvenait pourtant qu'ils étaient capables de tout les uns pour les autres. Une telle attaque ne serait pas restée impunie s'ils avaient été contre elle. Au lieu de cela, Hédéra se contenta de se pencher vers Kieran et de l'aider à se relever. Elle passa sa main sur le torse de son amour, là où l'impact avait eu lieu, et en retira la douleur grâce à son pouvoir de guérison. Puis ils restèrent debout, la tête inclinée, face à Rana. Celle-ci commença à se demander s'ils n'étaient pas, en effet, venus pour s'allier à elle. Tout ce temps pendant lequel elle avait douté du bien-fondé de sa mission ! Toutes ces fois où elle avait voulu arrêter ! Et à chaque fois, la Déesse du Chaos lui avait intimé l'ordre de se ressaisir, la rabaissant souvent, la torturant parfois. Mais si aujourd'hui, Hédéra et Kieran venaient bel et bien la rejoindre, elle était certaine d'aller à la victoire ! Jamais cette idiote de Lonicéra n'oserait s'en prendre à eux ! Mais s'ils se jouaient d'elle, elle les éliminerait l'un après l'autre, et vengerait ainsi l'affront qu'ils lui avaient causé sur Cherry Island.

— Que me proposez-vous donc en échange de ma protection ?

— Nous te proposons nos services : Kieran sa force, et moi, mon pouvoir de prédiction. Tu sais fort bien que Lonicéra et Briag feront tout pour t'arrêter dans ta démarche. Et je suis en mesure de prévoir ce qu'il se passera dans les jours à venir. Je peux t'aider à faire les choix qui te seront les plus bénéfiques et te donner des informations sur les avancées de ton ennemie.

— Vous souhaitez donc réellement vous rallier à ma cause ? Vous seriez prêts à trahir vos amis pour moi ?

— Nous ne les trahissons pas, répondit Kieran. Nous choisissons d'écouter notre conscience. De plus, ils savent à quoi s'en tenir nous concernant. Nous ne sommes pas partis sans explications…

— Et vous ont-ils approuvés ? questionna lentement Rana, sur un ton trahissant sa soif de vengeance.

— Non, comme tu peux aisément t'en douter, lui dit-il alors que le visage d'Hédéra se fermait à tout sentiment. Mais nous n'en avons cure. Nous savons ce que nous avons à faire.

— Mes alliés… chuchota la reine déchue comme pour elle-même. Quel revirement de situation intéressant ! Et tout à mon avantage, qui plus est ! – Puis, reprenant à voix haute, elle leur dit – Je n'aurais jamais dû douter de votre force à tous les deux. Mais si vous voulez me servir, il vous faut devenir plus puissants que vos anciens compagnons… Vous avez beaucoup de choses à apprendre et je peux vous aider à acquérir les connaissances nécessaires.
Hédéra et Kieran s'inclinèrent devant elle, mais suspendirent leur mouvement lorsqu'elle ajouta sur le ton de la confidence :

— Je peux vous y aider, mais d'abord, vous devez me prouver votre bonne foi !

— Demande et nous te répondrons, si nous le pouvons, dit Hédéra.

— Que pouvez-vous m'apprendre sur les plans de Lonicéra ? Cette petite maligne a plus d'un tour dans son sac, si je peux m'exprimer ainsi…

— Mais, contrairement à toi, la rassura Hédéra, elle fonctionne à l'instinct, sans plans de bataille précis. Elle a eu la chance d'être contactée par la Déesse Mère de la Terre elle-même qui lui a ordonné d'aller à la rencontre du peuple oublié des Highlands pour parfaire son apprentissage. Mais ni elle, ni Briag, n'ont de données concernant l'endroit où nous sommes. Ils ne savent absolument pas où va les mener leur quête !

— Quelle idiote ! Ma nièce est donc inconsciente à ce point? Il sera aisé de la battre dans ce cas-là !

— Prend garde, Reine ! intervint Kieran. N'oublie pas que tu as tenu le même discours il y a peu de temps et que Lonicéra est toujours en vie, et bien plus forte que tu ne peux l'imaginer !

— Comment oses-tu parler à notre Reine de la sorte ? cria alors Riwan, l'elfe dévoué à la reine, en sortant pour la première fois de l'obscurité, l'épée au poing.

— Non, laisse, Riwan ! lui ordonna Rana. Il a raison. Je ne devrais pas douter des qualités de Lonicéra. Après tout, elle a montré sa puissance à maintes reprises… Mais sans vous, ajouta-t-elle en les pointant du doigt, elle n'est plus aussi forte ! Et ce n'est pas cet elfe minable qui la sauvera !

Et elle éclata de son rire hystérique, son visage harmonieux soudain balayé par un vent de haine et de folie.

Une fois calmée, Rana les fit sortir de la forêt et les mena dans la clairière où apparut soudain devant leurs yeux le château de la reine. Elle marchait devant le petit groupe. Hédéra et Kieran venaient ensuite, étroitement surveillés par Riwan et ses hommes qui les précédaient. Hédéra fixait le dos de la reine, et pour la première fois, elle prit le temps de la regarder. Elle marchait avec assurance, sa longue cape noire flottant derrière elle sous l'influence du mouvement de balancier que faisait son corps, et celle du vent qui était plus fort ici que dans la forêt. Une aura froide, bleu-grise, émanait d'elle, se confondant avec ses cheveux noirs de jais. Elle ressemblait trait pour trait à Myrtis et sans son regard mauvais, il aurait été facile de les confondre. Mais ce qui perturbait Hédéra, c'est que son menton, la forme de ses yeux, lui rappelaient Lonicéra, et elle savait qu'il ne fallait pas qu'elle se laisse troubler par cette ressemblance si elle voulait mener à bien sa mission. Elle décida donc, après s'être confiée à Kieran grâce à leur lien télépathique, de ne plus jamais se laisser troubler par ses sentiments. Dans son regard s'installa alors une froideur inhabituelle qui ne la quitterait plus de sitôt.

Après avoir marché dans la clairière sur plusieurs centaines de mètres, ils arrivèrent devant une passerelle qui menait à la grande porte du château. Ce dernier se trouvait, imposant, sur la rive d'un lac artificiel. Ceint aux trois quarts par l'eau immobile, ses hautes tours rondes coiffées de toits pointus en ardoise se reflétaient dans l'onde et le faisaient paraître encore plus haut. Des murs massifs, d'où perçaient de petites fenêtres censées garder la chaleur en hiver, reliaient les tours entre elles. Certaines, plus hautes que les autres, semblaient vouloir toucher le ciel.

Rana avançait d'un pas déterminé. Elle leva brusquement les bras en arrivant au bout de la passerelle, et les lourdes portes s'ouvrirent à la volée, comme balayées par une bourrasque en pleine tempête. Ils traversèrent la cour intérieure, et Hédéra et Kieran la suivirent dans les escaliers circulaires de la plus haute tour du château, toujours escortés de Riwan. Les soldats, quant à eux, prirent la direction opposée, certainement vers la garnison.

Ils débouchèrent sur une grande pièce sombre qui leur rappela étrangement le précédent château de Rana. Au sol, des tapis rouges recouvraient le plancher. Sur les murs, de lourdes tapisseries cachaient les pierres apparentes. Des meubles en chêne massif et de grands lustres en cristal décoraient la pièce lugubre. Seuls manquaient les cristaux de roche géants qui flottaient auparavant autour de la pièce. Contrairement à l'ancien château, la pierre était ici solide et forte des connaissances architecturales des hommes. Rana se dirigea aussitôt vers une estrade posée au fond de la pièce et s'assit sur le trône qui s'y trouvait. Elle avait fait refaire à l'identique son siège en bois de ronce orné d'épines et sculpté de renoncules. Riwan vint se poster à sa droite, mais n'y resta pas. Sa maîtresse venait de lui murmurer quelque chose à l'oreille et il disparut aussi vite qu'il était arrivé par une petite porte cachée derrière une tenture.

— J'espère que vous trouverez ma demeure à votre goût ! leur dit-elle. Riwan vous montrera vos quartiers plus tard. Mais pour l'heure, il est un petit problème que j'aimerais vous voir régler…

— Lequel, Reine ? demanda Kieran d'une voix monocorde.

— Eh bien ! reprit-elle alors que Riwan revenait accompagné d'une femme cagoulée, nous avons trouvé ceci dans la forêt

– elle retira la cagoule et le visage en pleurs de Ketty apparut devant eux – juste avant de vous rencontrer. Peut-être pourriez-vous nous expliquer ce qu'elle fait là ?

Riwan avait poussé la jeune fille contre Hédéra qui la rattrapa de justesse avant qu'elle ne tombe. Les yeux de Ketty s'emplirent d'espoir au contact de la fée, mais la peur revint s'y installer lorsque cette dernière prit le visage de la petite dans ses mains et plongea son regard dans le sien pour lire ses pensées.

— Elle nous a entendus dans la forêt des Highlands et s'est cachée, commença Hédéra dont la voix ne témoignait aucune sorte d'émotion. Lorsque nous nous sommes téléportés, elle s'est accrochée au sac de Kieran pour nous retenir, mais elle est partie avec nous. Nous ne nous sommes rendu compte de rien, et avant qu'elle n'ait pu reprendre ses esprits, nous étions déjà partis, la laissant seule à votre merci. Vous l'avez capturée et menée ici en attendant que nous la tuions… Est-ce bien cela, Rana ?

— C'est cela même, Hédéra, lui dit-elle d'un ton enjoué. Décidément, tu me surprends ! J'aime ça ! Tu me seras très utile dans la réalisation de mes projets ! Tu seras mes yeux, et Kieran sera l'exécuteur…

Rana ne se contenait plus et exultait comme une enfant un peu folle à qui l'on aurait annoncé une nouvelle des plus charmantes. Mais elle se rembrunit soudain et ordonna de sa voix dure comme de la pierre :

— Maintenant, tuez-la.

— Non, pitié ! sanglota Ketty. Hédéra, pitié ! Kieran !

— Tu ne souffriras pas, murmura Hédéra en se rapprochant d'elle.

Et alors qu'elle déposait un baiser sur le front de la jeune fille, Kieran sortit sa dague et la lui enfonça dans le ventre. Ketty les regarda tour à tour, et s'effondra sur le sol, des hoquets de sanglots dans sa voix qui s'éteignit bientôt. Kieran et Hédéra se regardèrent un instant, se tournèrent vers le corps inerte, puis s'inclinèrent d'un même mouvement vers Rana. Celle-ci s'était redressée et contemplait, bouche bée, l'œuvre de ses anciens ennemis.

— Vous l'avez fait ! s'exclama-t-elle dans un souffle. Vous l'avez fait, cria-t-elle en explosant de rire. Vous me prouvez ainsi votre valeur… Soyez les bienvenus dans mon armée !

— Merci, Reine, lui répondit Kieran en leur nom à tous deux. Cela signifie-t-il que tu nous apprendras effectivement à devenir plus puissants ?

— Bien sûr ! Mais pour l'heure, nous allons nous restaurer ! Cet exercice m'a ouvert l'appétit ! Quoi de plus stimulant que la mort d'une sorcière en direct ? Allez, venez avec moi.

— Ne devrions-nous pas finir le travail et nous débarrasser du corps de cette imprudente ? intervint Hédéra.

— Bien sûr ! Où avais-je la tête ? Riwan s'en chargera…

Ce dernier ne semblait pas le moins du monde emballé par cette perspective et fut content d'entendre Hédéra reprendre la parole.

« Loin de moi l'idée de te contredire, mais nous aimons finir le travail que nous avons commencé. Aussi, voudrions-nous nous charger nous-mêmes de cette tâche qui, de plus, ne semble pas ravir ton serviteur. »

Rana se tourna vers Riwan et le toisa de son regard dédaigneux. Il se sentit soudain fébrile et nauséeux jusqu'à ce que la reine déchue réponde à Hédéra et Kieran d'éliminer le corps de Ketty comme bon leur semblerait, pourvu que sa mort paraisse naturelle.

« Les hommes ont la fâcheuse manie de fourrer leur nez là où ils ne le devraient pas, lorsqu'il s'agit de la mort de personnes de leur espèce ! » avait-elle ajouté.

Hédéra et Kieran s'inclinèrent alors et l'elfe prit la jeune sorcière dans ses bras. Ils sortirent ensemble sous le regard satisfait de Rana.

Ils ne revinrent que peu de temps après et Rana, curieuse, les questionna sur ce qu'ils avaient choisi de faire du corps.

— Nous l'avons emmenée dans la grotte sous le château, lui répondit Kieran.

— La grotte ! Quelle bonne idée ! Il s'occupera d'elle… Il en fera son repas et personne ne songera à aller la chercher ici !

Son rire fou résonna alors dans toutes les pièces du château, faisant vibrer d'effroi la pierre elle-même.

Chapitre 2
Les Pictes

Dans un brouillard irréel, Ketty gisait au sol. L'endroit était lugubre et ressemblait à des catacombes. Ses vêtements étaient maculés de sang et sa respiration ne tenait plus qu'à un fil. Soudain, une ombre encapuchonnée s'approcha d'elle et murmura ces paroles :

« Que le souffle de vie qui t'habite encore panse tes blessures… »

Alors, la jeune fille ouvrit les yeux et se redressa d'un bond.

Lonicéra sursauta et se réveilla en même temps que son rêve se dissipait. Que se passait-il ? Qu'était-il arrivé à Ketty ? Une foule de questions la taraudait et l'empêchait de dormir. Elle s'assit au sol, sous l'arbre qu'ils avaient choisi comme abri le soir même, et laissa glisser sa couverture tissée par les vers à soie dans le monde magique. Elle ressentit aussitôt le froid de la nuit et l'humidité des montagnes s'insinuer dans tout son corps. Elle n'y était plus habituée depuis qu'elle vivait parmi le peuple de la forêt ; le climat sur Cherry Island était beaucoup plus clément ! Briag s'assit à ses côtés et déposa un baiser sur ses cheveux.

— Tu n'arrives pas à dormir, petite fée ?

— Non, en effet. J'ai rêvé de Ketty… J'espère que ce n'était qu'un rêve, dit-elle, pensive.

— Ne t'inquiète pas pour elle. Elle s'en sortira.

— Comment peux-tu en être aussi sûr ? N'oublie pas que c'est de Rana dont nous parlons !

Après un instant de silence, Lonicéra reprit :

— Elle me manque déjà… Hédéra…

— Oui, à moi aussi. Ils me manquent tous les deux. Il est des choix qui sont parfois difficiles… Nous devons accepter le leur. Il contribuera à écrire l'histoire qui se joue.

— Je sais que tu as raison, mais c'est difficile à accepter ! murmura-t-elle. Fort heureusement, tu es près de moi.

— Et il ne saurait en être autrement ! la réconforta Briag en lui adressant ce sourire qui la faisait chavirer à chaque fois.

— Merci de me communiquer ta force, lui dit-elle avant de l'embrasser.

— Et toi la tienne, lui répondit-il en lui rendant son baiser avec une tendresse qu'il ne s'était pas permise depuis longtemps. Soudain, elle se mit à rire et lui confia :

— Tu ne m'avais pas embrassée comme ça depuis que nous avons quitté Cherry Island !

— Je peux recommencer, si tu veux !

— Bien volontiers, lui répondit-elle en se blottissant dans les bras de son aimé ?

Ils restèrent l'un contre l'autre jusqu'au réveil de la nature. Ils avaient déjà parcouru une grande distance dans les Highlands depuis leur départ du village des sorcières, la veille. Ils avaient traversé d'étroites vallées formées par l'usure des cours d'eau, bordées d'arbres centenaires aux racines emmêlées. Ils avaient croisé toutes sortes d'animaux, des vaches rousses à poils longs et aux cornes pointues, en passant par les lapins aux longues oreilles guettant le moindre bruit. Un aigle royal les avait accompagnés un moment puis avait disparu à la tombée du jour.

Briag avait réussi à recréer un disque d'énergie, comme celui qu'avait fait apparaître Riwan à Inverness, ce qui leur permit de contacter Myrtis. Ils l'informèrent de leur avancée, mais ne lui parlèrent à aucun moment de leur séparation d'avec Hédéra et Kieran. Wilfried était toujours inconscient, il ne servait à rien d'y ajouter le poids de l'inquiétude causé par le départ de leurs compagnons.

Quand ils furent prêts à partir ce matin-là, l'aigle royal volait déjà au-dessus d'eux. Il longea un instant la rivière et revint vers eux à plusieurs reprises. Ne sachant quelle route prendre, Lonicéra et Briag décidèrent de le suivre. L'aigle se posait à plusieurs mètres d'eux et les fixait de ses yeux intelligents, et s'envolait à nouveau dès qu'ils arrivaient à sa hauteur. Il les fit ainsi progresser en direction du mont Grampians. Au fur et à mesure de leur avancée, la cadence de ce ballet s'intensifia et l'oiseau finit par se poser sur un amas de roches en haut d'une falaise escarpée. Aucun humain, à moins d'être particulièrement expérimenté en escalade, n'aurait pu s'y rendre à pied. Lonicéra prit donc la main de Briag et les téléporta à côté du rapace. Ce dernier les regarda atterrir près de lui, lança un cri perçant, secoua ses ailes, mais ne décolla pas.

Du haut de la montagne, les deux compagnons pouvaient contempler toute la beauté de l'Écosse. Les monts se succédaient, les cours d'eau serpentant à leurs bases faisaient partie intégrante de leur nature. Trop en altitude pour pouvoir profiter de la végétation florissante de la vallée, celle-ci ne demandait pourtant qu'à s'épanouir sous l'humidité de la petite pluie fine qui ne manquait pas d'arroser la terre sauvage au moins une fois par jour. Lonicéra prit une grande inspiration et puisa dans le sol l'énergie mêlée de la pierre et de la terre. Elle ferma les yeux pour s'imprégner de chaque chose et sentit, à côté d'elle, brûler une énergie différente de celle de Briag. Une énergie positive vivante et d'une grande puissance. Elle se tourna vers l'aigle qui la regardait toujours et questionna Briag mentalement. Il avait ressenti la même chose. D'un commun accord, ils inclinèrent la tête devant l'animal, qui leur rendit leur salut.

L'aigle se tourna alors et sautilla jusqu'à une roche plus haute. Et tout d'un coup, il disparut. Lonicéra et Briag se précipitèrent là où se trouvait l'oiseau quelques instants plus tôt et découvrirent un trou profond de trois mètres environ creusé à même la pierre. Du fond de ce trou, le rapace les appelait. Ils se laissèrent glisser à tour de rôle dans le boyau minéral et furent surpris de voir un chemin souterrain s'enfoncer dans la montagne. L'aigle cria à nouveau et tendit son aile vers l'intérieur, comme pour les inviter à entrer. Ils avancèrent donc et la lumière éblouissante du soleil se réverbérant sur la roche fit place à l'obscurité. Briag fit tourner ses mains l'une contre l'autre et créa une boule d'énergie qu'il fit flotter devant lui, les éclairant alors qu'ils s'enfonçaient sous terre. L'aigle les précédait de quelques pas. Briag apprit, au contact de la pierre, que ces montagnes recelaient depuis des millénaires de nombreuses chambres magmatiques. Le passage dans lequel ils se trouvaient devait probablement être une ancienne cheminée volcanique secondaire. La texture rugueuse et la couleur noire de ses murs devaient être de la lave solidifiée. Au bout du chemin, paradoxalement, de grandes pierres de granit dressées couvertes de figures gravées témoignaient d'une culture riche. Elles encadraient un amas d'éboulis qui empêchait les visiteurs d'avancer plus loin.

— Nous y sommes, murmura Lonicéra sans y croire.

— Oui, je crois que tu as raison. Mais comment allons-nous faire pour passer ? Peux-tu nous donner un indice ? demanda Briag en se tournant vers l'aigle qui, clignant de ses grands yeux attentifs, pencha la tête sur le côté en guise de réponse.

— Je crois qu'il nous a déjà suffisamment aidés, lui dit-elle. À nous de trouver une solution maintenant. Pourrais-tu te pousser un petit peu, Briag, s'il te plaît ?

— Mais tu n'y penses pas ? la railla-t-il devinant ce qu'elle voulait faire. Ces blocs de pierre sont bien plus lourds que tout ce que tu as eu l'occasion de déplacer jusqu'à présent !

— Et pourquoi ne pas essayer ? Je pense que cette pierre doit être de la pouzzolane. Elle est bien plus légère que les autres roches que j'ai déjà manipulées, car sa composition chimique est toute autre. Si je me souviens bien, c'est un amas de cendres volcaniques associé à une grande quantité d'air. Je puiserai dans l'énergie de la montagne, car la tâche va s'avérer assez longue ! Et en plus, j'essaierai de ne pas abîmer ces œuvres d'art, ajouta-t-elle en souriant, désignant les pierres dressées.

— Comme tu veux, Princesse !

— Ne m'appelle pas comme ça, veux-tu ?

— Tes souhaits sont des ordres, Princesse…

Elle le regarda avec un air de reproche et Briag alla s'asseoir à côté de l'aigle qui ne bougea pas d'un centimètre. Lonicéra s'assit en tailleur, à quelque distance des éboulis, et quand elle sentit l'énergie de la montagne ne faire qu'un avec sa propre énergie, elle mobilisa son pouvoir de télékinésie et se concentra sur la roche la plus haute. Au début, il ne se passa rien. Puis, progressivement, la pierre commença à vibrer et à se détacher des autres blocs, faisant rouler au sol des graviers depuis longtemps emprisonnés. La roche s'envola vers la sortie et se posa le long de la paroi. Lonicéra refit la même manœuvre avec un deuxième, puis un troisième bloc, mais l'effort commença vite à lui peser. Briag s'agenouilla alors derrière elle et posa ses mains sur ses épaules, lui communiquant sa propre force. Lorsqu'ils aperçurent de la lumière filtrer en haut du trou, ils se regardèrent, fatigués, et décidèrent de reprendre leur travail plus tard. C'est alors que l'aigle s'approcha et lentement, vint se poster devant les gravats. Il se retourna et une lumière vive l'enveloppa. Lonicéra et Briag durent se protéger les yeux pour ne pas être aveuglés, et lorsque la lumière s'éteignit et qu'ils regardèrent dans sa direction, un homme de haute stature vêtu d'un simple kilt s'y trouvait, son corps à moitié nu recouvert de peinture blanche.

« Votre labeur et votre respect pour notre peuple vous donnent le droit de passage dans notre monde, dit-il. Je me nomme Balthazar, le protecteur. Soyez les bienvenus dans le monde oublié des Pictes. »

Alors, d'un geste de la main, l'homme fit disparaître les éboulis, révélant à la vue des nouveaux arrivants un paysage vallonné et verdoyant, invisible du monde des Hommes.

Ébahis, ils avancèrent dans la lumière improbable d'un soleil qui brillait sous la voûte bleutée de la montagne. En contre-bas, de grands arbres clairsemés entouraient une vallée brumeuse, et contrastaient avec la couleur dorée des champs cultivés. Au loin, les montagnes rocailleuses s'étendaient à perte de vue. Le village à leurs pieds grouillait. On entendait le tambourinement du marteau du maréchal-ferrant frappant le fer chauffé à blanc. À côté des petites maisons en granit, les enclos révélaient des moutons dénudés dont la laine s'entassait devant des fileuses assises sur de petits tabourets. Plus loin, la moisson battait son plein, et des enfants couraient sur les chemins apporter les outres d'eau aux travailleurs assoiffés. Le temps était ici chaud et beaucoup moins humide que dans le monde des humains.

Balthazar commença à dévaler la pente qui les séparait de l'entrée du village et leur fit signe de le suivre. Ils marchèrent entre les maisons, les uns et les autres les regardant avec curiosité. Des enfants firent une ronde autour d'eux en riant, avant de s'enfuir en courant dans les jupes de leurs mères.

— Cela fait du bien d'entendre leurs rires, murmura Lonicéra en souriant.

— C'est la première fois que je vois autant d'enfants en une seule fois, lui dit Briag. Notre longue vie ne nous permet pas à tous d'être fertiles, ajouta-t-il en voyant le regard surpris de la fée. C'est la régulation naturelle ! De plus, les fées comme les elfes sont tellement proches de la nature qu'il…

— … est rare qu'ils puissent aimer une personne plus que leur Déesse, finit-elle pour lui. Je le sais bien, Briag. Mais ne trouves-tu pas cela agréable ? Cette joie de vivre, cette insou-ciance?

— Si. Cela me montre à quel point il peut être beau d'aimer quelqu'un, lui répondit-il en la transperçant de son regard passionné.

Ce fut Balthazar qui fit détourner son regard à Lonicéra, envoûtée par son âme sœur.

— Venez, je vous prie, notre chef vous attend.

— Il nous attend ? dit la jeune fée comme pour être sûre d'avoir bien entendu. Vous saviez que nous allions venir ?

Pour toute réponse, Balthazar lui adressa un sourire, dévoilant ses dents jaunies qui contrastaient avec la peinture blanche de son corps. Il frappa à la porte de la petite maison devant laquelle ils s'étaient arrêtés. C'est alors que les deux compagnons remarquèrent que tout le village semblait s'être réuni autour d'eux, les hommes portant le kilt et pour la plupart le torse peint comme celui de Balthazar, les femmes vêtues de robes en lin. Lonicéra et Briag les saluèrent d'un mouvement de tête et entrèrent dans la hutte dont la porte venait de s'ouvrir devant eux.

Au fond de la pièce, assis sur une grande chaise de racines tressées, le chef du village les attendait. Il était, lui aussi, vêtu d'un kilt et portait des peintures blanches et rouges sur le torse et le visage. Debout à côté de lui se tenait une femme d'âge mûr aux cheveux roux tressés. Elle était de ces femmes à la beauté rude qui traduit le labeur de toute une vie.

— Bonjour à toi, Princesse de Fées, lui dit-il. Au nom de tout mon peuple, je vous souhaite la bienvenue, à toi et à ton compagnon.

— Nous te remercions, chef des Pictes, de nous recevoir dans ton monde si bien caché, lui répondit-elle en inclinant la tête.

Le chef sourit un instant et la dévisagea ouvertement, occasionnant la gêne de la fée, puis il reprit :

— Je me présente : je suis Gurvan, et voici mon épouse, Tudonia. Tu connais déjà Balthazar qui protège notre monde des imposteurs.

— Oui, en effet, nous avons déjà fait connaissance. Je me nomme Lonicéra, et voici Briag. Nous venons de l'île de Cherry Island.

— Nous le savons, lui dit Tudonia en s'approchant. Nous avons été informés de votre arrivée grâce à l'ancienne magie – elle entraîna Lonicéra vers une table à côté d'eux sur laquelle avait été étalé un oracle – Tiens, tire cinq cartes dans ce paquet, s'il te plaît. Lonicéra obéit, et alors que l'épouse du chef disposait les cartes en croix sur la table, elle continuait de parler.

— La Déesse vous a conduit jusqu'à nous. Nous ferons tout pour répondre à vos interrogations et vous aider dans votre quête. Tire encore le même nombre de cartes, s'il te plaît. – Lonicéra s'exécuta et Tudonia poursuivit – Bien que reclus, nous sentons venir la guerre. Nous avons essayé de nous y préparer au mieux en attendant votre venue.

— Mais comment pouvez-vous être certains que c'est nous que vous attendiez ? questionna Lonicéra. Qui vous dit que nous ne sommes pas alliés à Rana, la Reine Déchue ?

— Le changement et l'accident, commença Tudonia en regardant les cartes posées devant elle. Un gros bouleversement a eu lieu il y a peu de temps qui vous a contraint au départ vers ces montagnes. Le procès face à la pensée amicale : il faut accepter de vous opposer à vos amis. Vous devrez partir trouver votre ennemie à l'étranger. Tu vois, Lonicéra, la carte de l'ennemi est liée à celle de l'eau. Vous devrez traverser la mer et retourner sur le continent si vous voulez trouver Rana. Seule une alliance, symbolisée ici par la carte de l'union, pourra te faire accéder à la réussite.

— Je ne crois pas à tous ces…

— Chut ! lui intima Tudonia. Prouve-moi que ce que je t'ai dit est faux et on en reparlera… Tu ne dis rien ? Pioche une dernière carte, je te prie. – Lonicéra prit une carte au hasard – La clé de la destinée, murmura la femme.

— C'est assez clair, je crois, s'exclama Gurvan. Voilà pourquoi je sais que nous pouvons vous faire confiance !

— Vous semblez certains de ce que vous avancez ! leur dit Lonicéra.

— Et il serait très incorrect de ne pas témoigner le même respect à nos hôtes, que celui que Gurvan et tout son peuple t'accordent, petite fée, l'interrompit Briag craignant que le scepticisme de Lonicéra ne soit mal perçu.

— Allez, venez vous asseoir et laissez-moi vous présenter l'endroit où nous sommes, leur dit Gurvan.

Briag prit Lonicéra par les épaules et l'entraîna vers une chaise placée devant le chef. Il s'assit sur la seconde, conscient du trouble qu'avait jeté la prédiction de Tudonia dans l'esprit de sa compagne. Ne tenant pas compte de la jeune fée qui ne pouvait s'empêcher de regarder son épouse, Gurvan prit la parole.

— Qui sommes-nous ? commença-t-il. Nous sommes les Pictes. Avez-vous déjà entendu parler de nous ?

— Euh ! non, je dois l'avouer, chuchota Lonicéra comme si elle confessait un secret honteux.

— Et pour cause ! s'exclama Gurvan. Cela fait des siècles que nous nous sommes retirés dans ce monde sous le monde ! Nous sommes un peuple guerrier, l'une des plus anciennes civilisations écossaises. Après notre unification avec les Scots contre les Vikings, notre identité était en danger. Nous avons eu peur que notre culture ne disparaisse, engloutie par les coutumes des Scots qui se pensaient meilleurs que nous. Lorsque nous nous sommes opposés à la mainmise que ce peuple voulait exercer sur le nôtre, nous avons été pourchassés. Nous avons donc choisi de nous protéger en nous repliant dans les montagnes où, grâce à la Déesse Mère de la Terre, nous avons pu conserver notre mode de vie intact. Elle nous a permis de dresser ce mur magique que seuls les alliés peuvent traverser, après, bien sûr, avoir prouvé leur valeur et leur honnêteté, comme vous l'avez fait aujourd'hui.

— Vous parlez des Scots, l'interrompit Lonicéra. Mais c'était il y a fort longtemps ! En quelle année vous êtes-vous repliés ici ?

— Aux alentours du neuvième siècle… après Jésus-Christ, bien sûr.

— Qui est Jésus-Christ, demanda Briag à Lonicéra par télépathie.

— Dans la religion catholique, il est considéré comme étant le fils de Dieu. Le calendrier des humains y est lié. Je t'expliquerai tout cela plus tard, si tu le veux bien Briag, lui répondit-elle en souriant. – Puis elle poursuivit à voix haute – Où sommes-nous en fin de compte ? Sous la montagne ? Ou bien est-ce un effet d'optique ?

— Il y a fort longtemps, commença Tudonia en s'approchant, bien plus loin que ne peut remonter la mémoire de mille hommes, le sol bougeait sans cesse. À cette époque, les montagnes crachaient du feu : les Highlands étaient composées d'une grande majorité de volcans. Nous sommes ici sur une ligne de faille, dans l'une des nombreuses chambres magmatiques qui furent autrefois des fournaises. Mais ne t'inquiète pas, Princesse des Fées, continua-t-elle en voyant l'appréhension de Lonicéra, cela fait des millénaires que ces volcans n'ont pas craché de feu.

— Pardonne-moi, osa cette dernière, mais si nous sommes sous le sol, d'où vient le soleil qui vous réchauffe et vous éclaire ?

— Nous ne sommes sûrs de rien, reprit Gurvan. Nous pensons que la Déesse a rendu le mont transparent à notre vue, nous procurant une ouverture magique sur le monde extérieur, mais nous permettant de rester masqués à la vue des hommes. Cela nous permet de bénéficier d'un climat beaucoup plus doux que celui du monde non magique… Quoique, la Déesse dans sa grande bonté, nous ait accordé le privilège de recevoir la pluie sur nos champs qui seraient incultivables sans cela.

— Et d'où vient votre nom ? Picte ? Est-ce en lien avec les peintures qui ornent vos corps ? Cela vient du latin pictus, n'est-ce pas ?

— Tu en sais des choses, pour une si jeune personne ! En effet, ce sont les Romains, lors des invasions, qui nous ont sur-nommés ainsi. En ce temps, nos guerriers combattaient entièrement nus, recouverts de peintures issues des pigments naturels présents dans le granit, le grès rouge et la craie. Cela leur permettait de se sentir en lien plus étroit avec la nature, et ainsi obtenir les faveurs de notre Déesse.

— Êtes-vous restés combattants malgré votre réclusion ? questionna alors Briag.

— Nous nous sommes toujours transmis, de génération en génération, les savoirs guerriers. Nous sommes restés vaillants et forts, prêts à nous battre quand le temps serait venu. Et aujourd'hui, nous allons à nouveau nous allier avec le Peuple des Fées et des Elfes, comme jadis.

— Encore ? interrogea Lonicéra, surprise.

— Oui, encore ! s'écria Gurvan avec enthousiasme. Comme lorsque nous avons aidé vos peuples à s'enfuir sur l'île au centre du Loch Ness! Nous y avions subi de lourdes pertes ; autant que vous! Dans chaque bataille, il faut déplorer des morts! Ça fait partie du jeu!

— Mais ce n'est pas un jeu ! s'insurgea Lonicéra. Crois-moi quand je te dis que je préférerais éviter cette guerre ! Cependant, nous n'avons pas d'autre choix que nous battre. Alors, puisque vous nous proposez votre aide, nous l'acceptons avec plaisir. Formez-nous au combat et nous nous battrons côte à côte.

— Bien parlé, Princesse ! Je reconnais là le sang royal des Fées !

Gurvan éclata d'un rire franc qui fit trembler les murs de la hutte.

Chapitre 3
Merlin

Alors que Kieran était parti s'entraîner à manier toutes sortes d'armes, de l'épée jusqu'à l'arc ou la massue, Hédéra se rendit dans la salle du trône. Cela ne faisait que deux jours qu'ils avaient rejoint Rana dans son château froid et sombre, mais il semblait à Hédéra qu'elle y était depuis des mois. Tout n'y était que désolation et négation. Mais elle s'était préparée à cette éventualité et ne devait pas regretter ses choix. Elle avait déjà informé la reine que Lonicéra et Briag étaient arrivés parmi le peuple oublié des Highlands et que l'alliance des deux patries était désormais avérée. Il lui fallait réussir à convaincre la reine de créer ses propres alliances si elle voulait pouvoir gagner ce combat. Cela ne lui paraissait pas trop difficile à obtenir. En effet, elle ne savait pourquoi, la reine lui parlait comme à son égale et écoutait son avis, alors que Riwan, qui était son plus ancien conseiller, rampait de crainte devant elle.

— Ah ! Hédéra ! s'exclama Rana en voyant entrer la jeune fée. As-tu bien dormi ? Je suis heureuse de te voir de si bon matin !

— Ma nuit fut brève, Reine, parsemée de prémonitions dont il faut que je t'entretienne.

— Cela ne peut-il attendre que tu te sois restaurée ? Je suis si contente d'avoir enfin quelqu'un à qui parler! Une amie dévouée, j'entends. Je n'en peux plus de ressentir l'amour que ma sœur porte à cet humain insignifiant. Et je n'avais personne à qui me confier! Tu comprends, toi, que cela m'exaspère ! Imagine un instant ce que je peux ressentir! Je donnerai ma vie pour quelqu'un qui ne cesse de me renvoyer à la face le fait que je ne suis pas aussi importante à ses yeux qu'elle l'est aux miens ! Et le pire, c'est que ses pensées d'amour et de bonté m'affaiblissent, m'adoucissent! Mais il ne faut pas que je me laisse aller! Il faut que je me reprenne! Que je me soutienne moi-même! Et personne à qui le dire! Riwan est serviable, mais ce n'est pas comme avoir auprès de soi une confidente, ne crois-tu pas ?

— Une confidente ? répéta Hédéra, surprise de l'honneur que lui faisait Rana de lui accorder sa confiance après tout ce qu'il s'était passé entre elles.

— Allons, ne feins pas d'être surprise ! Tu sais à quel point je m'ennuie lorsque je n'ai personne à torturer ! La patience n'est pas chez moi une vertu !

— Pourtant, je pense qu'il te faudra être un minimum patiente.

— Pourquoi ? questionna Rana qui s'était soudain rembrunie.

— Nous devons piéger Lonicéra sur son propre terrain de jeu, Reine.

— C'est-à-dire ? l'encouragea-t-elle à poursuivre.

— Eh bien, Lonicéra créait des alliances. Nous devons en faire autant. Un jour ou l'autre, viendra le moment où elle découvrira où nous sommes. À ce moment-là, nous devrons avoir quelqu'un à notre solde qui connaisse et surveille la forêt.

— Où veux-tu en venir ?

— Un vieil homme vit ici, un mage des temps anciens. Il connaît tous les secrets de la forêt : qui y vit, qui y vient ? Il sait déchiffrer le chant du vent et des arbres. Nous devons le rallier à notre cause.

— Et acceptera-t-il de nous rencontrer ?

— Nous ne lui laisserons pas le choix, répondit Hédéra sans une once de pitié dans la voix.

— Sais-tu où le trouver ? demanda Rana sur un ton de cachotterie.

— Je te le ramènerai en vie. Dans quel état, je l'ignore ! Mais en vie malgré tout.

— Riwan ! aboya Rana à l'adresse de son acolyte qui sortit aussitôt de derrière une tenture. Va faire mander Kieran. Il accompagnera Hédéra dans la forêt.

— Merci, Rana, lui dit Hédéra en s'inclinant.

Puis elle sortit de la pièce, ravie de pouvoir s'échapper pour quelques minutes de l'enceinte froide du château pour retrouver la compagnie des arbres qui lui manquaient tant.

Lorsqu'ils revinrent une bonne demi-heure plus tard avec le vieil homme, Rana exultait. Elle sautillait sur place, impatiente de voir les sévices qu'avait pu lui faire subir Kieran pour l'inciter à les suivre. À sa grande déception, l'homme était intact, et son assurance même l'exaspéra au plus haut point.

— Il n'a même pas une petite égratignure ? demanda Rana, déçue.

— En effet, Reine, lui répondit Kieran. Il nous a suivis sans faire d'histoire. Ne maltraitons pas les bonnes volontés !

— Tu as raison, mais tout de même… Alors l'Ancien, commença Rana en s'adressant pour la première fois au vieil homme, n'en as-tu pas assez de ces hommes avec lesquels tu es obligé de vivre depuis si longtemps ?

— Non, je dois l'avouer, répondit-il. Je les trouve parfois drôles ! Je m'amuse même à m'habiller comme eux, comme vous pouvez le constater ! Ils me laissent tranquille ! Que demander de plus ?

— Pourtant, ils ont détruit une grande partie de ta forêt, si je ne m'abuse ? Ton empire était autrefois beaucoup plus étendu, et aujourd'hui, il est séparé en deux !

— Il faut vivre avec son temps ! rétorqua-t-il avec aplomb. Viens-en au fait, Rana ! Que veux-tu de moi ?

— Je veux que tu sois mon espion. Que tu me rendes compte des allées et venues de tout être magique dans la forêt.

— Quel en est l'intérêt pour moi ?

— Je te laisserai la vie sauve.

— C'est trop aimable ! Mais parole de Merlin, tant que je vivrai, jamais je ne servirai de pantin dans une guerre illégitime !

— Alors tu mourras, gronda Hédéra en transperçant le regard bleu du magicien de ses yeux froids.

Le vieil homme ne put soutenir ce regard et commença à blêmir et à transpirer. Rana laissa échapper un gloussement jubilatoire à l'idée des souffrances que sa protégée infligeait à l'enchanteur par le seul pouvoir de sa pensée. Et alors qu'Hédéra lui envoyait des visions de ce qui l'attendait s'il refusait de se plier à la volonté de la reine déchue, Merlin tomba à genoux et murmura enfin les paroles que Rana voulait entendre. Il acceptait pour sauver sa vie de trahir les valeurs qui étaient les siennes depuis plusieurs siècles.

Après lui avoir donné ses consignes, Rana le congédia en lui rappelant que s'il venait à désobéir, elle le saurait grâce à la puissance d'Hédéra.

130

À peine Merlin fut-il sorti de la salle, que Rana, folle de joie, éclata de rire à en faire trembler les murs. Elle dansait, tournoyait sur elle-même, fredonnait un air morbide.

— Comme tout me semble facile avec toi, Hédéra ! Que ne t'ai-je convertie plus tôt !

— Tu étais trop préoccupée par Lonicéra pour cela, Reine, lui rappela la jeune fée.

— Je souhaite te remercier pour ce que tu viens de faire, lui dit-elle. Tu sembles fatiguée. Un peu de repos te fera le plus grand bien.

— Je le pense aussi.

— As-tu déjà vu l'océan, Hédéra ?

— Non. Lonicéra m'en a parlé, mais je n'ai jamais eu la chance de le voir de mes propres yeux.

— La contrée où nous sommes s'appelle Bretagne. Je ne suis pas certaine de vous l'avoir précisé à tous deux, mais nous sommes en France, sur le continent. Cette région est beaucoup moins préservée que l'Écosse, mais il reste tout de même des endroits magnifiques sur la côte. Je souhaite que vous alliez vous y ressourcer pour le reste de la journée. Nous sommes à l'intérieur des terres, mais grâce à ton pouvoir, Hédéra, vous ne mettrez pas longtemps à y arriver ! Entre dans mes pensées, Hédéra, et prends-y l'image que je te donne. Ainsi, tu sauras où te diriger.

— Merci, Rana, de nous permettre de nous ressourcer.

— Vous l'avez mérité. Mais ne croyez pas que cela se reproduira de sitôt ! reprit-elle sur un ton plus agressif pour se redonner contenance. Il vous faudra toutes vos forces dans le combat à venir, alors n'abusez pas des bonnes choses. Préparez-vous à un travail encore plus ardu lorsque vous reviendrez !

— Nous serons prêts à répondre à ton appel, sois en assurée, lui répondit Kieran en s'inclinant avant de sortir de la pièce avec Hédéra.

Ils atterrirent sur une plage de sable fin, enclavée dans une crique à l'abri des regards indiscrets. Les anémones encore humides présentes sur la falaise derrière eux laissaient penser que la mer devait recouvrir cette plage à marée haute. Tout autour, les rochers érigeaient des barrages naturels que seuls Hédéra et Kieran pouvaient se permettre de contourner.

— Lonicéra m'a un jour vanté le bien-être que l'on éprouve à marcher pied nu dans le sable, raconta Hédéra avec un sourire timide. Je voudrais bien essayer pour voir !

— Alors, allons-y, lui répondit Kieran. Essayons !

Ils s'assirent tous deux l'un à côté de l'autre sur le sable humide, et pendant que Kieran ôtait ses chausses, Hédéra enfonça ses mains dans les petits grains râpeux qui composaient la plage. Des larmes commencèrent alors à inonder son visage, l'émotion étant trop forte pour pouvoir être contenue. Kieran se tourna vers elle et la prit contre lui, la berçant au gré du vent qui soufflait en permanence dans cette partie du pays. Elle épancha son chagrin dans les bras de son âme sœur et une fois ses sanglots calmés, elle y resta blottie pendant de longues minutes.

— C'est dur, Kieran ! lui dit-elle.

— Je sais, pour moi aussi, répondit-il dans un murmure.

— Elle me manque tant ! Tu ne peux même pas imaginer !

— Je crois que si… j'aimerais que Briag soit là pour m'aiguiller dans mes choix. Il a toujours veillé sur moi, et m'a à maintes reprises empêché de me jeter la tête la première dans les ennuis. Mais nous devons nous arranger de cette situation seuls à présent… Et si cela peut te rassurer, je suis certain qu'ils pensent aussi à nous…

— J'en suis certaine, dit-elle. Je le sais… Je le vois… Et c'est ce qui rend ma tâche encore plus difficile.

— Tu ne dois pas te laisser perturber, Hédéra! Souviens-toi! Nous sommes ensemble, c'est le plus important !

— Tu as raison, acquiesça-t-elle en s'essuyant le visage. Profitons de ce bel après-midi pour nous promener et nous ressourcer. Ce n'est pas tous les jours que Rana nous permettra de profiter d'une telle beauté !

Ils se levèrent ensemble, et main dans la main, s'avancèrent vers la mer qui chantait dans un lent va-et-vient. Leurs orteils s'enfonçaient dans le sable mouillé et ils laissèrent l'eau limpide leur lécher les pieds. Ils parcoururent la petite plage, profitant de l'énergie bénéfique de la mer et du sol, du vent qui soufflait toujours. Les éléments leur redonnaient courage et force, et l'espace d'un instant, ils retrouvèrent leur joie de vivre et l'insouciance qu'ils avaient laissées à Cherry Island en venant dans ce monde. Ils puisaient une énergie nouvelle naissant de la rencontre de l'eau vive avec le sable ; ils ressentaient chaque coquillage, chaque crustacé qui se réfugiaient dans les rochers non loin de là. Attirés par une énergie animale inconnue, ils s'approchèrent des roches déchiquetées depuis des années par la violence des marées qui pointaient hors du sable au milieu de l'eau. Ils furent surpris d'y découvrir un animal à carapace dure, recouvert de piquants rouges, de la même couleur que le reste de son corps. De longues pattes dépassaient de son corps arrondi, et deux d'entre elles étaient prolongées de pinces. Hédéra expliqua à Kieran qu'il s'agissait là d'une araignée de mer, et qu'il valait mieux ne pas y toucher sous peine de se faire pincer ! Non loin du crustacé, dansaient au gré des vagues de longues algues vertes.

La mer bleu-azur apportait à leurs narines le parfum enivrant de l'iode. Ils se sentaient bien. Ils marchaient les yeux fermés, se laissant guider par le son de la houle qui résonnait dans les rochers. Mais soudain, une autre odeur les interpella. Âcre et puante comme ils n'avaient jamais encore eu l'occasion d'en respirer. Ils stoppèrent leur marche, et prise de spasmes, Hédéra baissa lentement la tête pour regarder ses pieds. À cet endroit de la plage, le sable était devenu noir et collant. L'eau, pourtant toujours aussi claire, faisait s'étirer dans son mouvement de grandes traînées de sable noir. Hédéra ne pouvait plus bouger, prise de visions d'horreur, et ce fut Kieran qui la ramena là où le sol n'était plus souillé. Il lui passa de l'eau sur les pieds pour chasser les résidus de pétrole qui étaient restés accrochés à sa peau. Une fois qu'il eut terminé, il l'emmena s'asseoir plus loin et repartit se laver à son tour. Quand il revint, Hédéra s'était relevée et, le visage inondé de larmes et la voix tremblante, elle lui fit part des visions qu'elle venait d'avoir.

— Les hommes, commença-t-elle, ne sont pas tous mauvais. Certains se battent pour protéger la nature. Ils veulent préserver au maximum le littoral, la terre et la mer. Mais d'autres sont sans scrupule. – Son visage reflétait maintenant de la colère, mais sa voix restait pourtant calme — Certains conduisent de grands bateaux qui sont propulsés grâce à la combustion d'une énergie fossile fort polluante. Malheureusement, ce combustible ne peut pas être entièrement brûlé, et ce qui en reste est stocké dans les cuves de ces embarcations.

— Et qu'en font-ils ? demanda Kieran, troublé.

— Ils le rejettent dans la mer ! cria-t-elle alors hors d'elle. Oh ! Pas tous ! Tout cela est réglementé semble-t-il… Mais il suffit d'une personne pour détruire des millions de vies !

Hédéra s'était laissée retomber au sol et pleurait comme si elle ne pourrait plus jamais connaître la beauté du monde. Kieran vint la prendre par les mains et l'aida à se relever.

— Je crois que nous en avons assez vu, lui dit-il en plongeant son regard dans le sien. Rentrons maintenant. Le soleil va bientôt se coucher.

— Je veux rentrer chez nous ! lui confia-t-elle alors.

— Moi aussi, j'aimerais. Mais nous ne pouvons pas partir maintenant. Je te promets qu'une fois notre mission achevée, nous retrouverons la forêt du Peuple des Fées où nous finirons notre vie entourés de nos enfants.

— Nos enfants? répéta-t-elle, surprise. Tu veux des enfants?

— Pourquoi pas ? Tout ce que je pourrai créer avec toi me satisfera. Tu es ma petite fée, ne l'oublies pas !

— Merci, Kieran.

— Je t'aime, lui dit-il alors. Et rien ne pourra changer cela. – Il l'embrassa sur le front en la serrant contre lui, et après avoir pris une grande inspiration, il reprit. – Nous devons rentrer à présent.

— D'accord, acquiesça-t-elle en un soupir. Nous avons encore beaucoup de choses à faire avant la bataille finale.

— En effet, ma fée adorée !

Et ils s'évanouirent dans les airs vers le château de Rana, l'odeur âcre de la pollution toujours présente dans leurs esprits.

Chapitre 4
Le fiancé

Dans le village Picte, Lonicéra s'éveilla avant le soleil. Elle sortit de la maison du chef où elle dormait avec Tudonia et se dirigea vers la hutte de Balthazar, qui hébergeait Briag. Ils n'avaient pas osé s'opposer à l'hospitalité de leurs hôtes en leur demandant de faire chambre commune. Les traditions semblaient plus fortes que tout dans ce lieu où la société était restée la même depuis des siècles.

Alors qu'elle marchait dans le village encore endormi, elle entendit le frôlement d'un tissu derrière elle. Elle se retourna, mais ne vit personne. Elle continua sa marche silencieuse et entendit à nouveau le même bruit, suivi d'un souffle étouffé lorsqu'elle s'arrêta. A priori, la personne qui la suivait ne se montrerait pas facilement. Elle décida donc de s'asseoir et d'attendre. Elle se mit en tailleur au bord du chemin et ferma les yeux. Elle puisa dans l'énergie de la terre au point de ressentir chaque détail du sol, chaque vie endormie dans les maisons et les buissons. Mais ce qu'elle cherchait, c'était l'énergie de celui ou de celle qui la suivait : une énergie jeune et curieuse, mais aussi effrayée qu'un lapin face à un loup. L'enfant se trouvait derrière le muret d'un enclos à moutons, et serait passé inaperçu aux yeux d'un humain sans intuition. Lonicéra décida de jouer un peu avec lui, de voir sa réaction. Elle sonda le sol à la recherche d'une graine en attente de renaissance et trouva ce qu'elle voulait ; du chèvrefeuille... Sa plante emblème lui manquait, et bientôt, elle pourrait à nouveau sentir son parfum sucré. Lonicéra ferma à nouveau ses yeux, et faisant danser sa main au-dessus du sol, fit sortir de terre une pousse de chèvrefeuille qu'elle fit croître en une arabesque emmêlée le long du muret. Elle ressentit la surprise de l'enfant qui voyait s'approcher de lui la tige déjà fleurie qui semblait escalader le mur pour venir à sa rencontre. Il n'éprouva pas de peur lorsque la plante s'enroula autour de son petit corps, mais poussa un petit cri d'étonnement lorsqu'elle le souleva et le fit passer de l'autre côté du mur où l'attendait la fée au visage souriant.

— Bonjour, le moineau ! lui dit Lonicéra. Que dis-tu de mon petit tour de magie ?

— Je ne suis pas un moineau ! riposta l'enfant. Je me nomme Goulven, et je suis un brave parmi les braves !

— Je n'en doute pas une seconde, Goulven ! répondit la fée en riant.

— Bon, c'est vrai que mon nom signifie « moineau », mais ça, ça reste entre nous, hein ?

— Bien sûr ! Je resterai muette sur ce point... Alors ? Que fais-tu ici, Goulven ?

— J'habite ici !

— Oui, jusque-là, ça se tient ! Je veux dire : que fais-tu dehors à une heure aussi matinale ? Tes parents savent-ils que tu n'es pas dans ton lit ?

— Tu ne leur diras rien, hein ? Promis ? la supplia-t-il.

— Je ne sais pas... Tout dépend de ta réponse. Je dois savoir si je peux avoir confiance en toi et te relâcher ! dit-elle avec toute sa malice dans la voix. Sinon, j'ai bien peur que tu ne sois obligé de te libérer seul !

— Tu ne ferais pas ça ! lui lança-t-il avec défi.

— Ah, tiens ! Et pourquoi, dis-moi ?

— Parce que tu es une fée. Et que les jolies fées sont aussi gentilles !

— Merci pour ces compliments, Goulven. C'est très agréable !

— Mais je ne suis pas sûr que tu sois une vraie fée !

— Ah oui ! Mes ailes, c'est cela ?

Devant l'absence de réponse du petit qui semblait impatient de voir la suite, bien que suspendu à plusieurs centimètres du sol, elle déplia ses ailes et voleta autour de lui.

— Ça y est ? Satisfait ? demanda-t-elle.

— Oui, satisfait.

— Je peux te relâcher, alors ?

— Je crois que oui, lui dit-il sur le ton de la confidence.

— Très bien.

Lonicéra demanda au chèvrefeuille de se rapprocher du sol et de desserrer son étreinte afin de libérer l'enfant qui se campa devant elle, les mains sur les hanches en signe de défi.

— Alors, femme, lui dit-il. Je te fais l'honneur de te demander ta main !

— Pardon ? lui demanda Lonicéra en riant, prise au dépourvu.

— Tu as très bien entendu, femme !

— Ce n'est pas comme ça que tu arriveras à la séduire, Goulven, intervint Briag qui venait d'arriver à leur hauteur.

— Ça, c'est ce que tu crois ! rétorqua le gamin. As-tu réussi à le faire, toi ?

— Il me semble, oui, répondit-il un sourire aux lèvres.

— Ah ! Eh bien alors, bats-toi pour l'honneur. Le vainqueur remportera la femme !

— Oh là ! intervint Lonicéra. Temps mort ! Tu ne crois pas que j'ai mon mot à dire ?

— Euh… hésita Goulven.

— Je suis flattée de l'intérêt que tu me portes, mais je pense qu'il y a d'autres manières de se comporter avec les femmes. Un peu de tendresse ne serait pas superflue !

— Ça veut dire que tu ne veux pas te marier avec moi ? questionna l'enfant, déçu.

— Disons que tu me sembles un peu jeune.

— Mais j'ai six ans ! Presque sept !

— Et cela te donne le droit d'être hors de ton lit à cette heure-là, Goulven, fils de Kenan ? gronda une voix de femme derrière eux.

— Non, ma tante, répondit le petit en piquant du nez. Je retourne me coucher.

Goulven se retourna vers Lonicéra, le regard triste, et suivit sa tante qui ne manqua pas de s'excuser auprès de « Sa Majesté des Fées ».

Briag prit alors Lonicéra dans ses bras et d'un doux baiser, lui souhaita le bonjour. Ils marchèrent dans les petites rues jusqu'à la lisière d'un bois qui délimitait la fin du village. En passant devant les maisons, ils remarquèrent qu'à l'entrée de tous les jardins, une pierre sculptée des visages de leurs occupants était dressée. En posant sa main sur le minéral, Lonicéra l'entendit lui murmurer son histoire, qu'elle retransmit aussitôt à Briag. Ces sculptures n'étaient pas uniquement esthétiques. Elles permettaient aux habitants du village de vivre par-delà les ans, de ne pas être oubliés par la Déesse qu'ils avaient honorée toute leur vie une fois leur mort survenue.

En passant devant une pierre ornée du visage des parents et de cinq garçons, ils entendirent une petite voix les appeler.

— Lonicéra ! Princesse de Fées !

— Qu'y a-t-il, Goulven ? demanda-t-elle en se tournant vers la fenêtre entrebâillée de la petite habitation. Ne devrais-tu pas dormir ?

— J'ai encore une question ! lui dit l'enfant sans lui laisser le temps de reprendre la parole. Quelle est cette peinture que tu utilises ? Je ne connais pas cette teinte ! Mais je trouve ça très joli !

— Ce n'est pas de la peinture, moineau ! C'est ma couleur de peau !

— Tu avais promis de ne pas m'appeler comme ça ! la railla-t-il.

— Et toi, tu avais promis à ta tante de dormir ! rétorqua-t-elle. Allez, vas-y. Nous nous reverrons une fois le soleil levé.

— D'accord ! dit l'enfant en refermant la fenêtre.

Lonicéra riait lorsqu'elle se retourna vers Briag, et fut surprise du regard qu'il posait sur elle. Toute sa passion pouvait se lire dans ses grands yeux noirs et son aura était devenue rouge, reflétant son désir.

— Tu es magnifique avec les enfants, lui dit-il.

— Ah ? Tu crois ?

— Oui, je crois. Bien sûr, je n'ai pas beaucoup de recul, mais je pense que tu serais une mère formidable.

— Euh… Briag…

— Alors, les amis ! s'esclaffa la voix de Gurvan derrière eux. La séparation n'a pas été trop difficile ?

Briag se recula, ne cherchant pas à cacher sa déception d'avoir été interrompu, mais salua tout de même le chef du village avec chaleur. Lonicéra, quant à elle, se sentit soulagée. Elle savait que tôt ou tard, elle devrait accepter les avances de Briag. Mais elle voulait tant que cela se fasse dans de bonnes conditions, dans un contexte serein !

Gurvan les invita à venir se restaurer avant de commencer la journée. Il eut quelques peines à comprendre que Lonicéra et Briag ne souhaitaient pas manger de poulet rôti à la broche au petit-déjeuner, ni de pâté de tête ou encore de pommes de terre bouillies. Ils essayèrent de lui expliquer qu'ils étaient végétariens et que seuls les légumes et les fruits leur suffisaient, mais le chef resta sceptique.

Aussi, une fois son petit-déjeuner gargantuesque englouti, Gurvan leur proposa de lui montrer ce qu'ils valaient au combat à l'épée. Ainsi, il pourrait leur prouver que leur régime alimentaire ne permettait pas de nourrir convenablement un homme, ou une femme en l'occurrence. Il les emmena dans un enclos où de nombreux hommes s'entraînaient déjà. Goulven les regardait, assis sur les barrières de bois, et fit de grands signes à ses nouveaux amis lorsqu'il les aperçut. Ce fut Balthazar qui suspendit son geste en lui collant une légère calotte derrière la tête, ce qui fit rire les autres hommes, mais se renfrogner l'enfant qui partit bouder un peu plus loin. L'homme-aigle s'approcha alors d'eux et tendit une épée à Briag.

— Tu sais te battre ? demanda-t-il sans ménagement.

— Un peu ! répondit ce dernier en se dirigeant au centre de l'arène, l'épée au poing.

Tous les hommes cessèrent leurs combats et se réunirent autour des deux nouveaux duellistes. Goulven en profita pour se rapprocher de Lonicéra et lui assura que, bien que ce soit un combat des plus sérieux, Balthazar épargnerait Briag. Elle ne devait pas s'en faire... Mais si toutefois il arrivait quelque chose de fâcheux à l'elfe, il était, lui, toujours d'accord pour le remplacer !

Briag s'était déjà mis en garde et attendit que son adversaire attaque le premier. Il esquiva sans peine le coup porté et déstabilisa un instant l'homme devant lui, pourtant plus imposant physique-ment. Au deuxième coup, les épées s'entrechoquèrent et un ballet assourdissant s'ensuivit. Lonicéra ne perdait rien du combat et ne pouvait s'empêcher de trembler pour Briag. Mais Balthazar avait beau être l'homme le plus grand et le plus musclé du village, il n'avait pas l'agilité et la rapidité de l'elfe. Ce dernier, après quelques escarmouches, sauta par-dessus son ennemi, lui faisant perdre l'équilibre, et vint le déstabiliser d'un revers de la jambe au niveau des chevilles. Balthazar se retrouva au sol, l'épée de Briag pointé contre la gorge, hors d'haleine. Il regardait l'elfe, ahuri par ce qu'il venait de se passer et mit plusieurs secondes avant de réaliser que, pour la première fois, il avait perdu un combat. Gurvan s'approcha alors d'eux pendant que Briag aidait son adversaire à se relever, et secoua le bras de l'elfe vers le ciel en le déclarant vainqueur. Tout le monde acclama Briag, Lonicéra la première, et ce dernier félicita Balthazar pour sa force et son endurance.

— Tu sais « un peu » te battre, hein ? le railla-t-il.

— Je suis un elfe, ne l'oublie pas ! lui répondit Briag en lui envoyant un clin d'œil.

— Ouais… Allez ! À toi, Princesse !

— Lonicéra, si tu veux bien ! rétorqua-t-elle. Ce terme de « Princesse » veut me montrer comme fragile et précieuse, ce que je ne suis pas !

— As-tu déjà manié l'épée, femme ? lui demanda-t-il sur un ton de défi.

— Non, mais j'apprends vite ! répondit-elle, piquée au vif par ce terme destiné à la faire passer pour inférieure.

Elle roula ses ailes, se mit en garde, et attendit que Balthazar attaque, ce qu'il fit aussitôt, l'envoyant rouler au sol. À présent, les femmes s'étaient regroupées autour de l'arène, et encourageaient la fée de leurs voix recouvrant celles des hommes. Lonicéra se releva et Briag lui dit mentalement de redresser sa garde, ce qu'elle fit. Balthazar chargea à nouveau, mais cette fois, son coup fut paré grâce aux instructions de Briag, avec difficulté certes, mais elle était toujours debout.

— Ah ! rugit alors Balthazar. Tu as beau être une fée, tu n'en restes pas moins une femme !

— Ta maman ne t'a jamais appris la galanterie ? lança-t-elle en parant une nouvelle attaque.

Sur ce, elle chargea à son tour. Elle enchaînait les coups, ne sachant plus réellement où elle frappait. Elle réagissait à l'instinct, voulait être plus forte que cet homme exaspérant. Elle voulait lui prouver qu'une femme pouvait être aussi forte qu'un homme. Soudain, l'épée lui sembla devenir le prolongement de son corps, et au détour du dernier coup qu'elle porta à son adversaire, l'arme envoya une décharge d'énergie d'une puissance telle qu'elle brûla l'épée de Balthazar jusqu'à la garde, le faisant reculer de quelques pas.

— Intéressant ! murmura-t-il. Recommence !

— Non. Je ne veux pas te blesser. Je ne suis même pas sûre de ce qui pourrait advenir ! lui répondit-elle haletante.

— Recommence ! Ou je ne retiendrai pas mon bras ! Femme ! ajouta-t-il en criant pour l'énerver à nouveau.

Gurvan fit signe à Briag, qui s'était avancé de quelques pas, de ne pas intervenir. Il se recula donc, mais s'apprêtait à agir à tout moment. Balthazar attaqua à nouveau Lonicéra qui para tant bien que mal les coups de plus en plus violents de son assaillant. Soudain, au dernier moment, avant qu'elle ne s'effondre, elle érigea autour d'elle sa bulle protectrice. Une décharge d'énergie parcourut tout son corps, lui donnant de l'assurance, et se concentra dans son épée qui fit jaillir des étincelles bleutées en rencontrant l'arme de Balthazar. Celui-ci fut projeté contre les barrières de l'enclos qui se brisèrent sous la violence du choc. Haletante, elle déposa son épée et se précipita vers l'homme qu'elle venait de terrasser et qui gisait, inconscient, au sol.

Briag la rejoignit avec Gurvan et tous les villageois qui avaient été témoins de la scène. Tous suspendaient leurs respirations. Les deux êtres magiques savaient bien que la vie de Balthazar ne tenait plus qu'à un fil. Son énergie vitale était en train de le quitter. Briag sortit alors des herbes de sa bourse et les répandit sur le corps étendu en prononçant les mots que Lonicéra avait déjà entendus en songe : « Que le souffle de vie qui t'habite encore panse tes blessures ». Elle fixa l'elfe et leurs regards se rencontrèrent. Il y vit une inquiétude grandir, mais n'eut pas le temps de lui en demander la cause, l'homme se redressant et s'exclamant à pleins poumons :

— Eh bien, voilà ! Je n'en attendais pas moins de toi, Princesse guerrière des Fées ! Tu vaux bien dix hommes réunis !

— Mer - mer - merci... bégaya-t-elle, étonnée que tous l'acclament alors qu'elle avait bien failli prendre la vie à l'un des leurs.

— Désormais, tu t'entraîneras contre un bloc de pierre, si tu le veux bien. Apprends à contrôler cette énergie, et tu seras plus forte et plus puissante encore que Rana !

— Bravo ! s'écria Gurvan de manière à ce que tout le monde l'entende. Je n'aurais jamais pensé vivre assez longtemps pour voir mon meilleur élément écrasé de la sorte ! Et par une simple femme, en plus ! Cela devrait t'enorgueillir, Lonicéra.

— Mais je ne suis pas une simple femme, lui répondit-elle. Je resterai donc humble dans la victoire. Et quand bien même, les « simples femmes » comme vous le dites, sont capables de beaucoup plus de choses que vous ne semblez le croire !

— Je le sais bien, chuchota-t-il en se penchant vers elle, mais nous, guerriers, voulons conserver un semblant de dignité masculine devant l'intelligence de nos femmes !

— La fierté masculine, c'est ça ? lui répondit-elle sur le même ton de confidence.

— C'est exact !

— Tu sais, Lonicéra, intervint alors Tudonia en déposant un baiser sur la joue de son mari qui s'empourpra, nos hommes peuvent paraître un peu rustres, mais quand on les connaît bien, ils sont aussi doux que des agneaux !

— C'est vrai, mon amour, lui répondit-il en se raclant la gorge. Allez ! Que diriez-vous de fêter cette réussite devant un bon repas ? Et si vous ne voulez pas manger… Eh bien ! Vous nous regarderez !

Et il éclata d'un rire tonitruant dont tout le village fit l'écho, hommes et femmes confondus.

Alors qu'ils se dirigeaient vers le centre du village, main dans la main, Lonicéra demanda à Briag ce qui lui taraudait l'esprit: où avait-il appris cette formule ? Il lui répondit qu'Aphria leur avait enseigné, à lui et à Hédéra, de nombreuses façons de guérir différents maux. Cette formule avait été la dernière qu'elle leur eut apprise.

— Comment se fait-il que tu aies besoin d'énoncer une formule ? Aphria nous a pourtant expliqué que seule l'intention compte en magie, et que la parole n'est pas importante !

— C'est exact, lui répondit-il. Mais la magie de guérison est différente lorsque nous utilisons un catalyseur d'énergie comme les plantes ou le cristal. Une même plante peut servir à beaucoup de choses différentes, aussi devons-nous être précis dans notre demande. Et c'est à cela que servent les formules de guérison.
Lonicéra resta plusieurs minutes à réfléchir et se décida à lui confier qu'elle avait déjà entendu ces mots en songe lorsqu'elle avait rêvé de Ketty. Mais elle ne put pousser sa réflexion plus loin, car Gurvan, entraîné par sa bonne humeur, vint se placer à côté d'eux et les questionna ouvertement sur leurs liens affectifs.

— Vous ne semblez pas habitués à être séparés l'un de l'autre, je me trompe ?

— Quel manque de tact ! le rabroua Tudonia. Tu pourrais être un peu moins direct, tu sais !

— Non, ce n'est rien, ne vous inquiétez pas ! la rassura Lonicéra.

— En fait, reprit l'épouse du chef, ce que mon mari voulait dire, c'est : êtes-vous promis l'un à l'autre ?

— Parce que là, grogna Gurvan, tu fais preuve de plus de tact que moi ?

— Absolument pas, lui répondit-elle du tac au tac. Mais je voulais avoir la réponse la première !

Et ils partirent à rire comme des enfants, dévoilant leur complicité à leurs nouveaux amis. Quand ils se furent calmés, ils regardèrent avec attention Briag et Lonicéra. Cette dernière leur expliqua qu'ils étaient les parts manquantes l'un de l'autre, et que par là même, leurs vies étaient liées.

— La Déesse en a-t-elle été témoin ? questionna Tudonia, l'air soudain grave.

— Arrête de les embêter, veux-tu ? lui dit alors son époux.

— Non, elle a raison ! intervint Briag en se tournant vers Lonicéra, son regard la transperçant de toute la force de son amour. Lonicéra, reprit-il, veux-tu te lier à moi devant la Déesse Mère de la Terre et nos nouveaux amis ici présents ?

Lonicéra cherchait désespérément dans le regard de son amour une plaisanterie qu'elle ne décelait pas.

— Est-ce bien le moment ? lui demanda-t-elle d'un ton hésitant. N'avons-nous pas d'autres priorités actuellement ?

— Si ce n'est maintenant, quand cela sera-t-il ? Nous avons parcouru tant de chemin, Loni. Nous ne savons pas de quoi demain sera fait ! Saisissons le moment présent ! Tu sais que je ne peux vivre sans toi… Pourquoi doutes-tu encore ?

— Je ne doute pas, Briag. Je t'aime de tout mon être.

— Acceptes-tu sa proposition alors, Princesse ? questionna Tudonia, s'immisçant dans la conversation.

Lonicéra gardait les yeux au sol, assaillie par une foule de sentiments contradictoires. Et contre toute attente, elle s'entendit répondre comme si elle avait été hors de son corps :

— Oui, je l'accepte !

— Alors que tout le monde se prépare à fêter un mariage ce soir même ! s'écria Gurvan sous les hourras des villageois, alors que Briag embrassait avec fougue sa promise. À la tombée de la nuit, vous serez mariés !

Au fond d'elle, Lonicéra sentait qu'elle n'avait jamais été aussi heureuse. Seule une pensée pouvait la détourner de son bonheur : celle de ne pas avoir auprès d'elle son amie pour être témoin de leur union.

Chapitre 5
Les forces des ténèbres

La porte de la petite chambre s'ouvrit dans l'obscurité de la nuit, et Kieran s'avança dans la lueur des chandelles. Hédéra se tenait, nue, devant un miroir. Il s'arrêta et se détourna pour respecter la pudeur de la fée. Bien que vivant sous le même toit depuis plusieurs mois, leur relation était restée tout ce qu'il y a de plus platonique, et Kieran se surprenait à éprouver des sentiments qu'il n'avait jamais ressentis auparavant lorsqu'il s'agissait de l'attrait physique pour Hédéra. Elle lui demanda d'approcher et le prit par la main.

— Que vois-tu, lorsque tu me regardes, Kieran ? demanda-t-elle.

— Je vois une magnifique fée aux ailes majestueusement rosées, dit-il en la contemplant de la tête aux pieds.

— Suis-je toujours moi, dis-moi ? Serais-je toujours la même après cette épreuve ?

— Tu seras toujours toi, lui répondit-il, mais une « toi » différente, forte de ton expérience. Et je t'aimerai toujours pour ce que tu es : une fée pleine d'amour et de compassion.

— En es-tu sûr ? Mes choix…

— Nos choix, la reprit-il, sont ce qu'ils sont. C'est notre conscience que nous écoutons. Nous devons les assumer au mieux. Cesse de te poser toutes ces questions.

— Parce que tu ne t'en poses pas, peut-être ? lui répondit-elle en lui arrachant un sourire entendu.

Elle se blottit dans ses bras et reprit :

— Il se passe des choses dans les Highlands…

— L'as-tu dit à Rana ?

— Tu sais bien que je me dois de le lui dire ! Ils poursuivent leur entraînement et Lonicéra progresse encore… Ils vont s'unir, Kieran… Et nous ne sommes pas présents auprès d'eux pour y assister…

Un silence pesant s'installa entre eux, jusqu'à ce que Kieran le rompe par la télépathie.

— Crois-tu que tu pourrais nous les montrer ? demanda-t-il, conscient qu'ils seraient certainement réprimandés si Rana venait à l'apprendre.

— Je peux essayer, lui répondit-elle avec une lueur de reconnaissance dans les yeux.

— Je te fais confiance.

Hédéra prit alors entre ses mains le visage de Kieran et noya son regard dans ses yeux. Apparut alors dans leurs esprits la place du petit village. En son centre, un banquet était dressé. Tout le monde riait, dansait, mangeait et buvait. Et au milieu de la foule, comme entourés d'un brouillard irréel, Lonicéra et Briag levaient leur coupe commune dans leur direction en souriant.

Puis, le contact se rompit et Hédéra s'effondra dans les bras de Kieran.

— Je ne suis pas encore assez forte pour ce genre d'exercice, commenta Hédéra mentalement alors que Kieran la soulevait de terre pour l'amener jusqu'au lit.

— Je ne dirais pas cela ! la détrompa-t-il. Tu as réussi à me montrer ce que tu voyais toi-même ! Ce n'est pas une chose aisée ! Bientôt, tu y arriveras sans aucun effort !

— Les visions me demandent moins d'énergie… Mais quand il s'agit de m'immiscer dans le temps réel, c'est comme si mon corps se dédoublait. Je suis ici, et ailleurs en même temps…

— Sais-tu s'ils nous ont vus ?

— Je n'en ai aucune idée, avoua Hédéra soudain prise de panique. J'espère que non. Si Rana venait à l'apprendre…

— Ne t'inquiète pas, petite fée ! Elle n'en saura rien. Même si quelqu'un avait pu te voir, tu as coupé le contact trop rapidement pour que cela ressemble à autre chose qu'une apparition provoquée par l'ivresse de l'hydromel qui coulait à flots à ce banquet…

Tout en la rassurant, il venait de la déposer sur le lit et, alors qu'il se redressait, elle le retint et approcha lentement sa bouche de celle de son amour.

— Reste avec moi cette nuit, lui dit-elle. Je ne pourrai supporter de passer une nuit de plus loin de toi !

— Rana…

— Elle comprendra quand je lui expliquerai que tu me rends plus forte… Reste !

— D'accord, je reste, lui dit-il avant de l'embrasser.

Il s'allongea à côté d'elle et la prit dans ses bras où elle resta blottie jusqu'au petit matin. Sans se le dire, ils étaient heureux de savoir que leurs amis allaient bien, mais ils décidèrent de ne pas en parler. Cela leur était trop douloureux et de toute manière, ne leur aurait servi à rien. Ils ne devaient par aucun moyen se détourner de leur but.

Hédéra se tenait debout au milieu d'une forêt, entourée de créatures sombres et étranges. Entre eux, Rana riait de ce rire hystérique et effrayant qu'elle avait entendu tant de fois. De l'autre côté, Myrtis épongeait le front brûlant de Wilfried. Typha et Efflam la soutenaient dans sa douleur. Au faîte d'un arbre, Lonicéra et Briag faisaient l'amour. Quand elle se retourna, Hédéra vit que Kieran était à ses côtés et la regardait avec confiance. Il lui montrait un vieil homme qui leur tournait le dos. Lorsqu'elle s'approcha de lui, Merlin se retourna et lui dit d'un ton grave qu'il était temps de rallier les créatures des ténèbres. Puis, fixant son regard bleu dans le sien, il lui dit : « Réveille-toi ! Rana te fait mander ! »

Hédéra se réveilla en sursaut, à moitié endormie. C'était la première fois qu'elle dormait autant, et Kieran, à côté d'elle, était déjà éveillé depuis longtemps, mais profitait de la douce chaleur de leurs deux corps enlacés. C'est alors que la porte de la chambre se mit à vibrer sous les coups de poing. La voix de Riwan se fit entendre, toujours aussi indélicate et hostile. Il venait la prévenir que Rana voulait la voir dans les plus brefs délais. Elle se leva aussitôt, attrapa ses vêtements et partit se cacher pour s'habiller quand elle réalisa qu'elle était nue à la vue de Kieran. Elle s'en excusa, mais il la fit taire en l'embrassant. Elle sortit de la chambre, plus troublée que de coutume, en lui bégayant quelque chose qui devait vouloir dire « à tout à l'heure ». De son côté, Kieran se dirigea vers la salle d'armes où il devrait s'entraîner au combat toute la journée durant.

À peine eut-elle pénétré dans la pièce que Rana, plus irritée que jamais, s'approcha d'elle en rage. Le cristal de tous les lustres éclata sur son passage. Elle envoya une décharge électrique contre Hédéra qui la repoussa en créant un bouclier protecteur autour de sa main. Elle renvoya l'attaque de Rana qui se perdit contre la cheminée, laissant la reine surprise et hors d'haleine. Hédéra, quant à elle, restait calme et sereine. Aucune peur ne se reflétait sur son visage. Elle regarda les vaguelettes d'énergie rose danser autour de sa main, et laissa retomber le champ protecteur. Puis, intriguée par ce qu'il venait de se passer, elle se concentra à nouveau, et voulut que le bouclier se forme à nouveau. Aussitôt, sa main s'entoura de vaguelettes. Elle répéta ce manège plusieurs fois avant de créer un bouclier complet autour de tout son corps. Alors, satisfaite d'avoir découvert une nouvelle façon de se défendre, elle releva la tête vers Rana qui la regardait faire, entre amusement et frustration.

— Ne me crains-tu donc pas, Hédéra ? lui demanda-t-elle la voix secouée par la colère.

— Non, je ne te crains pas ! lui répondit cette dernière, certaine de l'effet de sa négation. N'oublie pas que je suis venue de mon plein gré, Rana, et que si je n'y trouvais pas d'intérêt, cela ferait longtemps que tu le saurais !

Rana s'était laissée tomber sur une chaise, une moue boudeuse aux lèvres et semblait prise dans un raisonnement intérieur intense.

— Voyons, que me vaut l'honneur de ta colère ? la questionna alors la jeune fée en s'agenouillant à côté d'elle, pour lui laisser un peu de hauteur.

— Ma colère ? Tu me le demandes ? N'en as-tu donc aucune idée ?

— Je ne me permettrai jamais de lire dans tes pensées comme dans un livre ouvert, Reine. Dis-moi ce qui te chagrine.

— Merlin… Tu avais dit qu'il serait notre allié… Et nous n'avons aucune nouvelle de lui, alors qu'il était tenu de nous faire son rapport tous les deux jours !

Hédéra sentit un poids tomber de ses épaules. Même si elle n'en avait rien laissé paraître, elle avait aussitôt pensé que Rana avait eu connaissance de leur incursion de la nuit passée dans le monde des Pictes. Aussi, lorsque celle-ci lui eut confié la raison de son mécontentement, fut-elle soulagée de ne pas avoir à se justifier.

— Je reconnais bien là ton impatience, la taquina Hédéra en se redressant. Sois sans crainte, Rana ! Le vieux fou est bien avec nous. Il m'est apparu en songe cette nuit…

— Et que t'a-t-il dit ? s'exclama la reine en se levant d'un bond pour rejoindre Hédéra qui s'était avancée vers la fenêtre.

— Nous devons rallier les forces des ténèbres, répondit cette dernière d'un ton péremptoire.

— Les forces des ténèbres ! répéta Rana une lueur de frayeur dans les yeux. Des créatures sans foi ni loi à mes côtés !

— Des monstres créés par la Déesse du Chaos. Je commencerai par contacter les vampires. Ma connaissance limitée sur le domaine ne me permet pas d'aller plus loin pour le moment, mais je te promets que dès que possible, d'autres nous rejoindront.

— Sais-tu où les trouver ? hasarda Rana consciente qu'elle connaissait déjà la réponse.

— Nous les trouverons, sois sans crainte. Laisse-moi y aller avec Kieran et nous t'amènerons leur chef...

Mais Hédéra fut interrompue par des coups frappés à la porte. Riwan apparut bientôt dans l'embrasure et prévint sa reine que la délégation au grand complet était arrivée. Rana frappa alors dans ses mains et le cristal éparpillé au sol se reforma et reprit sa place initiale dans les lustres imposants. Elle lissa sa robe, ajusta sa coiffure, et prévint alors son acolyte qu'elle était prête.

Un groupe d'hommes entra, avec à sa tête un petit homme au sourire antipathique, qui vint leur serrer la main, leur ouvrant ses bras comme s'il les connaissait depuis longtemps. Hédéra sentit passer en elle les ondes nocives de cet être humain vil et vénal, et ne put retenir un frisson de dégoût lorsqu'il lui baisa la main. Fort heureusement, Rana ne sembla pas y prêter la moindre attention.

— Monsieur le Président ! commença-t-elle. Messieurs les Ministres ! Comme je suis heureuse que vous ayez accepté mon invitation !

— Vous savez bien que nous ne pouvons rien vous refuser, chère Madame ! répondit le petit homme avec un sourire faux. Je suis ravi de voir que vous vous portez bien ! Le message que vous m'avez laissé m'a paru des plus alarmants ! Je me devais de venir aussitôt ! J'ai cru comprendre que ce dont vous aviez à nous entretenir était de la plus haute importance ?

— Une importance capitale, Monsieur le Président, lui répondit-elle avec son plus beau sourire. Je vais vous en faire part tout de suite. Si vous voulez bien suivre mon valet dans la pièce d'à côté, je suis à vous dans un instant ! Une guerre est imminente, et nous avons à en parler sans délai ! Je dis au revoir à ma fille, et je vous rejoins !

— Faites donc et prenez tout le temps dont vous aurez besoin.

Et se tournant vers Hédéra, le président s'inclina en lui disant avec un air qu'il voulait charmeur, mais où transparaissaient son intérêt pour le pouvoir et la mesquinerie : « Vous avez hérité de la beauté et de l'intelligence de votre maman, Mademoiselle. Passez une bonne journée. »

Puis il se dirigea dans la pièce adjacente suivi de ses ministres.

Quand la porte se referma, Hédéra eut du mal à retenir son rire sarcastique. Le président lui avait paru pompeux et grotesque. S'il représentait les humains de ce pays, le niveau ne devait pas y être bien glorieux !

— Oui, je sais, lui dit Rana en riant elle-même. Les hommes sont pitoyables ! Mais très influençables ! Ne l'oublie jamais, Hédéra. Un beau sourire, un peu de magie, et tu peux manipuler une armée d'humains apeurés comme des marionnettes ! Va maintenant ! Et fais en sorte d'avoir autant de succès avec les vampires qu'avec Merlin !

— Ne t'inquiète pas, Reine. Je ne te décevrai pas !

— Ah ! Et, Hédéra ! Tu diras à Kieran qu'il peut installer ses affaires avec les tiennes ! Ce sera tout de même plus pratique, non ? finit-elle en lui adressant un clin d'œil.

— Merci beaucoup, lui répondit-elle en s'inclinant avant de sortir du salon.

— Riwan ! appela Rana. Viens ici un instant, veux-tu ?

Après maintes courbettes devant le président et ses ministres, Riwan referma la porte et s'inclina devant sa reine.

— Tu continues à ne pas faire confiance à Hédéra et Kieran, Riwan ?

— Je trouve juste étrange le revirement de situation, mais je dois admettre qu'à aucun moment ils n'ont failli dans leurs obligations envers toi, ma Reine. Mais elle refuse toujours de faire du mal, et ça me turlupine !

— Le mal psychologique qu'elle peut exercer est bien plus fort que le mal physique. Souviens-toi la difficulté que j'ai eue moi-même au début à attenter à la vie d'un être vivant…

— Je me souviens ma Reine… Mais je crois que je n'aurai confiance en eux que lorsqu'ils auront ramené ici les forces obscures.

— Ils y arriveront, tu verras, lui répondit-elle confiante avant de se diriger à son tour vers l'antichambre où patientaient toujours les hommes politiques.

Elle ouvrit les portes à la volée et prit la parole aussitôt :

« Alors, Messieurs ! Parlons peu, parlons bien ! Voyez-vous, le monde d'où je viens a décidé que vous n'étiez pas dignes de fouler cette terre. Une armée va bientôt arriver pour vous décimer, et... »

Derrière elle, Riwan referma les portes, étouffant ses paroles et le murmure de surprise du président.

Pendant que Rana tenait son conciliabule, Hédéra venait de rejoindre Kieran à la salle d'armes. Les soldats s'y entraînant s'inclinèrent sur son passage, comme si elle avait été Rana elle-même. Lorsqu'elle prévint Kieran qu'ils avaient une nouvelle mission à remplir, personne ne s'opposa à l'absence de ce dernier. Le capitaine de l'armée se contenta de remercier Hédéra pour sa visite surprise.

— Ils te craignent autant qu'ils craignent Rana, lui expliqua Kieran. Cela me donne un avantage, je dois l'avouer ! Ils n'osent pas s'opposer à moi, et j'exerce sur eux un certain pouvoir de persuasion ! Ou un pouvoir de persuasion certain, devrais-je dire !

— Ils me craignent ! répéta Hédéra, surprise. Mais je ne veux pas qu'ils me craignent ! Je ne suis pas mauvaise ! J'obéis à ma conscience !

— Tout-à-fait ! la rassura-t-il avec entrain. Et que ta conscience nous dit-elle de faire, maintenant ?

— Nous devons rallier les forces des ténèbres, lui répondit-elle comme s'il s'était agi de faire s'allumer les vers luisants le soir dans les arbres de la forêt du Peuple des Fées.

— Es-tu certaine de ce que tu fais, Hédéra ? lui demanda-t-il, tout son sérieux retrouvé.

— Oui, je le suis. Même si Rana elle-même semblait apeurée...

— Et il y a de quoi ! la prévint Kieran. Des créatures plus malfaisantes n'existent pas !

— Aie confiance en moi, mon elfe des bois !

Il sourit à cette appellation, et lui dit, un sourire aux lèvres :

— C'est bien la première fois que tu m'appelles comme ça ! Ça me plaît !

— Eh bien tant mieux, alors ! lui dit-elle en lui adressant un regard enjôleur qu'il ne lui connaissait pas. On y va ?

Elle l'emmena dans la forêt où ils avaient fait leur apparition quelques jours plus tôt. Pendant un moment, ils restèrent immobiles. Ils se ressourcèrent au contact des arbres qui leur apportèrent du réconfort, chassant momentanément la noirceur dans laquelle ils étaient immergés depuis qu'ils étaient arrivés. Puis, faisant remonter dans sa conscience l'image de la forêt telle qu'elle en avait eu la vision, Hédéra se lia à l'énergie de la terre et lui demanda de lui indiquer le lieu exact. Les feuilles des arbres se mirent alors à bruisser, et les branches s'écartèrent pour dégager un chemin improvisé. Elle remercia la nature pour son aide et passa la première, suivie de Kieran, stupéfait par la nouvelle puissance de sa compagne.

— Tu aurais peut-être pu trouver un endroit un peu plus lumineux ! lui fit remarquer Kieran lorsqu'ils arrivèrent sous les feuillages épais.

— Sais-tu, demanda-t-elle pour lui faire comprendre la raison de ce lieu, que les vampires brûlent au soleil ? Or, nous sommes en pleine journée, et je ne pense pas qu'il soit bon de tuer nos futurs alliés avant même de les avoir concertés !

Kieran haussa les épaules et se posta derrière Hédéra. Elle ferma les yeux et entonna une incantation d'une voix haute et intelligible : « Je vous invoque, esprits des enfers, au nom de la Reine Rana la Maudite ! Vous, vampires, à qui notre destin est lié dans la bataille et dans le sang, venez à nous et accomplissez votre destin ! »

L'œil-de-tigre au poignet de Kieran se mit à chauffer sur sa peau. Alors, des éclairs jaillirent tout autour d'Hédéra. Les yeux révulsés et la tête en arrière, les forces maléfiques tentèrent de s'insinuer en elle, mais sans succès avant de se matérialiser sous leurs yeux. Quatre vampires, aussi livides et exsangues les uns que les autres, vêtus de noir accentuant davantage leur pâleur, se dressaient là. Tels des animaux affamés, ils étaient en train de vider de son sang un homme de haute stature, mais de toute évidence moins fort qu'eux ! Malgré le changement de décor qui s'était opéré pour ces démons, ceux-ci finissaient leur repas macabre sous les yeux dégoûtés de la fée et de l'elfe. Même si ces derniers avaient souhaité sauver le malheureux de son triste sort, ils n'auraient pas pu. L'homme agonisait et aucune formule n'aurait pu le ramener à la vie, pas même celle d'Aphria.

« C'est étrange ! » dit alors Hédéra d'une voix forte. « Je croyais que les vampires dormaient la journée et se nourrissaient la nuit ! »

Les vampires relevèrent la tête, du sang encore chaud coulant de leurs lèvres et de leurs crocs acérés. Ils grognèrent en voyant leur interlocutrice, prêts à bondir sur elle. Soudain, ils remarquèrent qu'ils n'étaient plus dans leur cave ou autre endroit lugubre dont ils devaient sans nul doute raffoler, mais au grand air, et en plein jour qui plus est. Ils prirent peur et trois d'entre eux partirent se mettre à l'abri contre les troncs des arbres qui protestèrent à leur contact, faisant saillir leurs racines dans lesquelles ils emmêlèrent les pieds des buveurs de sang, leurs branches pointées sur leurs cœurs morts. Un seul vampire était resté à sa place. Immobile, il fixait Hédéra, cherchant à l'hypnotiser. Elle se redressa bien droite et déploya ses ailes en grand pour se donner plus de contenance. Autour d'elle, son aura grandit avec son assurance.

— Très beau, dit enfin le vampire. Est-ce pour nous montrer cette beauté que tu nous as interrompus dans notre repas, ou bien as-tu quelque chose de plus distrayant à nous proposer ? Parce que vois-tu, nous évitons de côtoyer les êtres de ton espèce… et de la sienne aussi ! ajouta-t-il, remarquant Kieran pour la première fois.

— Nous avons mandé votre présence pour une raison bien particulière, Azael…

— Ah ! Tu connais mon nom ? Je suis donc si célèbre ?

— Non. En tout cas, pas à ma connaissance ! répliqua-t-elle certaine d'attiser la colère du vampire. Mais tes défenses psychiques ne sont pas très développées ; il est donc aisé pour moi de savoir ton nom… et celui de tes amis, bien qu'ils n'aient aucun intérêt pour le moment.

En une fraction de seconde, Azael se retrouva au corps-à-corps avec Hédéra. Il lui souffla son haleine sanglante au visage lorsqu'il parla.

— Si tu peux lire aussi facilement que cela en moi, peut-être me diras-tu à quoi je pense ?

— Tu souhaites me mordre et boire mon sang… lui répondit-elle à voix basse par défi autant que par peur. Du sang de fée… Ce doit être savoureux ! Mais tu souhaites par-dessus tout voir l'avènement de ton espèce. Et grâce à moi, tes vœux pourront se réaliser.

— Explique-toi ! lui lança-t-il en se reculant de quelques pas, intéressé par cette fée qui ne manquait pas de cran.

Kieran restait sur ses gardes, prêt à agir au moindre signe de faiblesse d'Hédéra. Mais pour le moment, elle lui demandait de rester en arrière. Elle tenait les rênes et n'était pas prête à les lâcher. Alors, elle fixa Azael dans les yeux comme elle l'avait fait avec le vieil enchanteur. Elle lui communiqua les images de ce que pourrait être la fin de son espèce s'il ne venait pas en aide à la Reine Maudite. Le vampire commença à plier sous le flot continu de tortures et de désespoir qui déferlait derrière ses yeux. Il n'arrivait plus à supporter la morsure de ce regard de plomb. Quand Hédéra relâcha son emprise, il la toisa et se redressa, entre peur et admiration. Il réfléchit un instant et reprit la parole.

— Peux-tu me dire, la fée, à part toutes les bonnes raisons que tu viens de me communiquer, quel sera le réel bénéfice pour nous, vampires, de voir les humains détruits ? Ils sont notre garde-manger, ne l'oublie pas !

— Tous ne mourront pas ! lui répondit-elle, imperturbable. Il vous restera de quoi faire !

Elle le fixait toujours, son regard franc continuant à parler alors que ses lèvres restaient scellées. Azael commença alors à entrevoir ce qui motivait la fée, bien qu'il ne le comprenne pas totalement.

— Tu sais, que si j'en décidais maintenant, tu pourrais te retrouver avec deux crocs identiques aux miens ? la menaça-t-il alors.

— Et sais-tu, toi, que si je le voulais, tu pourrais te retrouver en cendres maintenant ?

Et avant qu'il n'ait pu réagir, Hédéra leva les bras au ciel, faisant s'écarter les branches l'instant d'avant serrées les unes contre les autres. Un rayon de soleil vint se poser sur la main d'Azael qui commença à fumer sous la brûlure de l'astre solaire. Le vampire se mit à crier, à courir en tous sens pour se cacher, mais partout le soleil le poursuivait. Alors, Hédéra abaissa ses bras et les branchages reprirent leur position initiale, éteignant le feu qui aurait pu consumer le vampire. Ce dernier s'arrêta alors de courir, et fixa Hédéra pendant de longues minutes. Elle était impassible et regardait Azael avec force de défi dans les yeux.

« Mesdames ! Messieurs ! » dit-il alors en se tournant vers ses acolytes, « Jusqu'à nouvel ordre, vous obéirez aussi bien à la fée et à l'elfe, qu'à moi-même. Aucune mutinerie ne sera tolérée. Nous allons mener une vie de château pendant quelques jours, mes amis ! Allons rencontrer Rana ! » finit-il à l'intention d'Hédéra et de Kieran.

◆◆◆

Dans son château, Rana avait fait apparaître le disque magique qui lui servait d'ordinaire à communiquer à distance. Elle avait suivi toute la scène.

— Alors, Riwan ! As-tu encore des doutes au sujet de ma protégée ?

— Non, ma Reine...

— Fort bien... Il vaut mieux pour toi, car désormais, je ne te permettrai plus de l'insulter de quelque manière que ce soit. La plus petite allusion, le plus petit regard en coin, et je me ferai un plaisir de te torturer... Si ce n'est plus !

Chapitre 6
Le mariage

Tudonia venait de finir de prendre les mesures de Lonicéra, et il restait encore beaucoup de travail aux femmes pour lui confectionner sa robe de mariée. Elle la congédia donc en lui proposant de profiter du reste de sa journée pour se ressourcer et rendre hommage à la Déesse qui serait omniprésente ce soir. Lonicéra aurait voulu les aider, mais il n'était pas dans la tradition des Pictes que les mariés participent aux préparatifs de la fête.

Lonicéra sortit donc de la petite maison à regret, et s'avança dans le village en effervescence. Des femmes et des hommes dressaient des tables au centre de la place, alors que d'autres creusaient les trous qui serviraient à recevoir le feu nécessaire à la cuisson des cochons de lait. À cette idée, Lonicéra eut la nausée, mais elle savait qu'elle ne pourrait rien y changer. Ces hommes carnivores ne changeraient pas de régime de sitôt ! Lorsqu'ils passaient devant elle, les villageois s'inclinaient en lui adressant de grands sourires, bien souvent édentés, et la félicitaient en la nommant « Princesse des Fées ». Ce titre lui donnait le sentiment d'être placée sur un piédestal, et cela la mettait mal à l'aise.

Soudain, elle entendit une petite voix devenue familière qui provenait de l'arrière d'une maison. Elle s'en approcha, mais resta cachée, et vit Goulven en grande conversation avec Briag. Il lui reprochait d'être un faux frère, lui disait qu'il aurait dû lui parler de ses projets pour ne pas être pris au dépourvu par une telle annonce. Briag l'écoutait avec attention, ne lui laissant pas entrevoir le rire intérieur que Lonicéra ressentait en elle. On aurait même dit qu'il encourageait le petit coq à lui exprimer ses sentiments.

— Tu comprends, dit l'enfant, Lonicéra et moi, nous sommes tellement proches que je peux savoir ce qu'elle pense en temps et en heure ! Je peux savoir ce qu'elle fait et où elle est !

— C'est très impressionnant ! lui répondit Briag avec tout son sérieux. Et en ce moment même, peux-tu me dire où elle se trouve ?

— Bien sûr ! Elle est avec Tudonia !

— Et moi, je te parie qu'elle est derrière la maison et qu'elle nous écoute !

L'enfant lui jeta un regard en biais, hésitant à aller vérifier. Briag l'encouragea à aller voir par lui-même, et quand il arriva, aussi lentement que possible, au niveau du mur, Lonicéra se jeta sur lui en lui envoya en pleines oreilles un « Bouh ! » mémorable. Goulven fit un bond en arrière en criant à pleins poumons et courut s'abriter derrière Briag. Lonicéra était hilare devant la tête que faisait l'enfant, et vint à côté de lui en s'excusant de lui avoir fait si peur.

— Même pas peur ! lui répondit-il, vexé.

— Donc ? lui dit-elle en retenant son rire à grand-peine. Que disais-tu de notre lien si intime ?

— Une chose est sûre, intervint Briag, c'est que les sentiments de ce jeune homme pour toi sont bien réels ! Tu ne devrais pas en rire ainsi, Loni.

Goulven s'enorgueillit devant la remarque de son rival et bomba le torse pour montrer sa supériorité. Puis, ayant décidé qu'il était temps de passer à autre chose, il les invita à le suivre dans le village. Il voulait leur montrer quelque chose avant qu'ils ne se préparent pour la cérémonie.

Il les entraîna entre les bâtisses, les tirant par la main lorsqu'ils n'avançaient pas assez vite à son goût, piaffant d'impatience quand ils s'arrêtaient pour regarder un nuage ou une fleur. Lonicéra essaya de lui faire comprendre que le souffle de la nature était bien plus important que le temps qui s'écoule. Elle lui demanda de s'asseoir un instant et de louer la Déesse avec elle. Puisant dans les ressources de la terre, elle fit naître une pousse de chèvrefeuille. L'enfant resta bouche bée devant l'arbuste qui grandissait à vue d'œil devant lui. Puis, remerciant la Nature pour son don, Lonicéra en prit une branche qu'elle continua de faire croître, la mêlant à sa chevelure. Ainsi, le chèvrefeuille continuerait de vivre, alimenté par l'énergie constructive de la fée. Goulven resta un moment sans parler à contempler le miracle qui venait de se produire, puis il releva la tête et demanda à ses amis magiques s'il pouvait, à présent, leur montrer ce qu'il avait tant hâte de leur faire découvrir. Ils acquiescèrent et le suivirent à nouveau.

Ils arrivèrent bientôt devant une petite hutte entourée de pins sylvestres où un homme était en train de sculpter un bloc de grès aussi haut que lui.

— Papa ! s'écria l'enfant. Regarde qui j'amène !

— Goulven ! le gronda son père. Que t'avais-je demandé ?

— De les garder éloignés d'ici, répondit Goulven d'un air coupable. Mais j'avais envie de voir où tu en étais !

Sur la pierre, les visages de Lonicéra et Briag étaient en cours de finition. Le père de Goulven remarqua leurs mines perplexes et leur expliqua qu'il s'agissait d'un présent de la part des Pictes.

— Tous jeunes mariés se voient offrir par la communauté une maison qu'ils auront tout le loisir de façonner à leur image par la suite. Il est vrai qu'ici, tout est prétexte à faire la fête, mais les lois de l'hospitalité n'en pâtissent pas pour autant. Cette maison sera la vôtre ce soir, et chaque fois que vous viendrez nous rendre visite.

— C'est un présent bien trop beau, Kenan, lui dit alors Briag. Nous te remercions du temps que tu passes à la confection de cette enseigne.

Kenan fixa l'elfe qui l'avait appelé par son nom, perplexe, et balbutia :

— Tu connais mon nom ! C'est un grand honneur !

— C'est la tante de Goulven qui l'a cité ce matin. Je n'ai fait que m'en souvenir !

— Cela reste tout de même un grand honneur que des êtres tels que vous prennent la peine de s'intéresser à notre village et à ses habitants.

— Que pourrions-nous faire si vous n'étiez pas là, dans le futur qui nous attend ? le questionna Lonicéra. Notre quête vous lie à nous, et nous à vous. Rien de plus normal que de vous prêter de l'attention.

Tous s'inclinèrent en signe de respect.

— Goulven est un enfant charmant ! dit alors Lonicéra en regardant le petit qui escaladait maintenant le muret qui bordait le jardin. Il est plein de vitalité !

— Pour sûr ! répondit Kenan en riant. Il en fait voir de toutes les couleurs à sa tante ! Elle m'aide à élever mes fils, ajouta-t-il remarquant le regard interrogateur de la fée. Mon épouse est morte en mettant Goulven au monde. Il est le dernier des cinq enfants nés de notre amour. Peut-être est-ce pour cela que je ne peux rien lui refuser ! dit-il en riant. Ma sœur, quant à elle, a perdu son époux peu après leur mariage. La maladie… Son chagrin fut tel que rien ne put la consoler, excepté ses neveux dont elle s'occupe maintenant comme si elle était leur propre mère…

Il resta alors songeur, ni Lonicéra ni Briag n'osant l'interrompre dans ses pensées, jusqu'à ce que résonne dans le village une corne. Lonicéra et Briag interrogèrent Kenan du regard. Ce dernier leur apprit que cela signifiait que les festivités allaient bientôt commencer. Ils devaient se hâter à se préparer.

Sans s'en rendre compte, l'après-midi était passée plus vite qu'ils ne l'avaient pensé !

— Je vais rejoindre Tudonia, dit alors Lonicéra.

— Et moi, Balthazar, lui répondit Briag.

— À tout à l'heure, alors ? lui dit-elle avec un sourire rayonnant.

Elle salua Kenan et Goulven, et alors qu'elle s'éloignait, Briag la retint par la main et la plaqua contre lui. Il glissa sa main sur la nuque de sa promise, lui arrachant un frisson de désir, et l'embrassa comme jamais il ne l'avait fait auparavant. Le petit garçon se détourna et croisa les bras en boudant devant pareil débordement d'affection.

Puis les deux promis partirent chacun de son côté se préparer pour le mariage, une sensation de plénitude commune au cœur, accentuée par leur lien télépathique omniprésent.

Lorsqu'elle arriva dans la hutte du chef, Lonicéra avait les jambes qui tremblaient. Elle, qui d'ordinaire réussissait à contrôler ses émotions, paniquait maintenant à l'idée de ne pas être à l'image de ce qu'attendait Briag. Elle savait ce qu'elle ressentait pour lui, et lui pour elle, et elle ne comprenait pas pourquoi elle était aussi nerveuse. Soudain, une voix douce qu'elle avait déjà entendue auparavant résonna dans sa tête et lui dit de ne pas s'inquiéter. Tout se passerait bien. Elle serait parfaite. Et se mêlant à la voix de la Déesse, le cri étouffé de Tudonia la fit revenir à la réalité. L'épouse du chef la regardait, les yeux rivés sur son front, et se jeta au sol en se prosternant. Lonicéra se précipita vers elle et voulut l'aider à se relever, mais Tudonia résistait. Et plus Lonicéra insistait, plus la femme se recroquevillait.

— Bon, ça suffit maintenant ! s'écria la fée. Tu vas te lever et me dire ce qu'il t'arrive, ou je vais être obligée d'employer les grands moyens !

— La Déesse ! bafouilla Tudonia.

— Quoi, la Déesse ?

— Tu as la marque de la Déesse !

Lonicéra s'approcha du miroir qui ornait la cheminée et vit le cercle lumineux briller sur son front.

— Cela est déjà arrivé la dernière fois qu'Elle m'a parlé, expliqua-t-elle. Je suppose que la marque doit s'illuminer dans ces circonstances !

— La Déesse te parle ? s'extasia Tudonia. Tellus vient de te parler à l'instant ?

— Tellus ?

— Oui, la Déesse-Mère ! C'est ainsi que nous l'appelons.

— Alors, oui, admit-elle. C'est la deuxième fois que Tellus s'adresse à moi. Cela ne t'est jamais arrivé ?

— Non ! Bien sûr que non ! Je n'ai jamais entendu dire qu'Elle ait déjà parlé à qui que ce soit ! Et que t'a-t-elle dit ?

— De me préparer pour le mariage, ou à peu près cela ! résuma-t-elle pour calmer son amie.

Au fond d'elle, Lonicéra entendit le rire amusé de la Déesse Mère, puis sa voix s'éteignit en même temps que la marque sur le front de la fée.

Pendant le temps qui restait avant la cérémonie, Tudonia aida Lonicéra à prendre un bain, lui enduit le corps d'onguents de sa fabrication pour adoucir sa peau, et lui prodigua quelques conseils concernant la nuit de noces. Bien qu'étant au clair depuis longtemps avec les notions de relations sexuelles, Lonicéra fut heureuse d'être prise sous son aile par cette femme qu'elle connaissait à peine, mais qui s'occupait d'elle comme de sa propre fille. Le couple dirigeant du village n'avait jamais eu la chance de procréer, malgré de nombreux essais, s'était empressée de préciser Tudonia afin de ne pas faire mettre en doute les capacités viriles de son mari ! Et cela laissait un vide terrible dans le cœur de l'épouse du chef. S'il l'avait voulu, il aurait pu la répudier pour prendre une femme fertile, mais leur amour était si fort que le chef préféra rester sans descendance plutôt que de voir humiliée sa tendre épouse. Lonicéra se garda bien de dire à cette dernière que ce n'était pas forcément elle qui était stérile, mais elle se doutait que cela aurait pu être très mal pris au sein d'une culture basée en grande partie sur la virilité.

Tout en se confiant, Tudonia tressait les cheveux de Lonicéra, manifestement ennuyée par les nombreux nœuds qui emmêlaient les cheveux crépus de la jeune métisse. Et alors qu'elle arrivait à la fin de la première natte, Lonicéra lui saisit la main et se tourna doucement face à elle. Elle ferma les yeux et fit passer son énergie en elle. Elle sonda ainsi le corps de son amie et découvrit que la vie y était possible, mais bloquée par un nœud émotionnel important. Elle fit glisser ses mains sur son ventre et fit appel à toute sa puissance de création. Elle souhaita que le blocage cède, et au bout de plusieurs minutes pendant lesquelles Tudonia resta immobile, des larmes coulant sur son visage, Lonicéra se redressa. Elle avait appris plus de choses qu'elle ne l'aurait voulu sur la première dame du village. Elle la prit dans ses bras et lui dit :

— Sois sans crainte. Tu n'es pas ta mère. Tu procréeras, mais tu n'abandonneras pas ton enfant. Tu en prendras soin, car tu connais ce que vivent les enfants orphelins.

— N'as-tu pas entendu ce que je t'ai dit ? sanglota Tudonia. Je ne peux pas…

— Tu le peux, maintenant. La vie grandit déjà en toi. Et tu ne le perdras pas cette fois ! Fais-moi confiance !

Devant le regard rassurant de Lonicéra, Tudonia resta muette. Elle déposa un baiser sur le front de la fée, et lui confia en reniflant que seul l'avenir pourrait lui donner raison ou tort. Quoi qu'il arrive, elle la remerciait du fond du cœur pour les efforts fournis en vue de lui apporter le bonheur. Puis elle changea de sujet en terrant au fond d'elle la douleur de n'être pas mère.

La porte s'ouvrit et Lonicéra avança dans la lumière extérieure. Les femmes du village l'attendaient à l'entrée de la hutte et un murmure d'admiration monta de leur petit groupe. La blancheur du lin de la robe de Lonicéra ne faisait que relever la couleur joliment dorée de sa peau et la beauté de ses grandes ailes orangées, en harmonie avec les fleurs du chèvrefeuille qui évoluait dans ses cheveux. Autour d'elle, une haie d'honneur florale menait jusqu'au centre de la place où attendaient les hommes. Bien que cette attention fût charmante, Lonicéra ne put s'empêcher de ressentir la douleur des fleurs coupées pour l'occasion. Elle demanda alors à Tudonia si elle pouvait soulager leur mal avant que la cérémonie ne commence. Celle-ci ne comprit pas le sens de la question, mais lui répondit tout de même que cette soirée serait la sienne, et qu'elle pouvait donc se permettre de faire ce qu'elle voulait.

La jeune fée leva alors les bras et puisa à nouveau dans le sol l'énergie nécessaire. La haie d'honneur commença à chuinter, puis à se mouvoir. Chaque fleur d'azalée se lia à sa voisine pour ne former qu'une tige. Chaque tige se lia à une autre en torsade et, ensemble, elles rejoignirent le sol où elles plongèrent leurs racines nouvellement créées. Les dahlias, accrochés dans des supports en bois au plus près du sol, firent croître leurs tubercules qui prirent racine sur le bord du chemin. Leurs pétales jaunes, orange, rouges et violets s'épanouirent tels de grands soleils multicolores. Du chèvrefeuille s'éleva vers le ciel pour parfaire ces arabesques florales, répandant son parfum enivrant dans tout le village. Alors, Lonicéra ne ressentit plus de souffrance et baissa les bras. Tous les regards étaient tournés vers elle et la fixaient. Elle commençait à se demander si elle n'avait pas été impolie de remettre en question le travail qui avait dû mettre tant de temps à être accompli dans l'après-midi, lorsqu'elle entendit applaudir derrière elle. Tout le monde loua la beauté qu'elle venait de faire naître, et les femmes l'accompagnèrent d'une farandole, faisant danser leurs robes de lin blanc et marron jusqu'au bout de la haie.

Tout autour de la place étaient disposées des torches qui diffusaient une lumière tamisée, mais vivante, les flammes faisant danser les silhouettes de leurs mouvements anarchiques. Les tables pour le banquet étaient dressées de l'autre côté, et face à eux, un menhir imposant dominait la scène. Les femmes s'arrêtèrent à hauteur des hommes qui leur faisaient face, tous en habits traditionnels de cérémonie. L'atmosphère était électrique et témoignait d'une puissante culture. Tout était réglé comme du papier à musique, mais coulait de source. Lonicéra sentit son cœur s'accélérer lorsque les tambours entourant la pierre levée se mirent à raisonner, s'accordant à son propre rythme cardiaque. C'est alors qu'elle vit se détacher du groupe des hommes Briag, en kilt comme les autres, son torse musclé, mais fuselé couvert de peinture rouge et marron. Il la regardait avec le sourire serein du bonheur, et son aura flamboyante grandissait au fur et à mesure qu'elle s'approchait de lui. Avant qu'elle ne l'atteigne, Gurvan s'interposa entre eux et leur fit signe de le suivre.

— Tu es magnifique, lui dit Briag mentalement sans la lâcher des yeux.

— Je dois dire que tu n'es pas mal non plus, lui répondit-elle alors qu'elle sentait que sa propre aura brûlait de rejoindre celle de son amour.

Le chef Picte les fit s'arrêter devant le menhir et leur demanda de se tourner vers l'assistance. Ni l'un ni l'autre ne savaient ce qui les attendait, mais ils étaient confiants et pleins d'amour. Gurvan demanda aux deux amoureux leur main gauche qu'il réunit en nouant un foulard blanc autour des poignets. Puis, il ferma les yeux et invoqua la Déesse Tellus en louant sa puissance. Il la remercia de bien vouloir accorder sa bénédiction à l'union de ces deux êtres de chair et de sang dont les vies ne pouvaient aller l'une sans l'autre. Il s'apprêtait à dénouer le foulard et les déclarer mari et femme lorsque la marque de la Déesse apparut sur leurs fronts à tous deux. Gurvan écarquilla les yeux et se prosterna devant eux, imité par toute l'assistance. Ce n'est que quand ils se regardèrent que Lonicéra et Briag comprirent ce qu'il se passait. En haut du menhir, flottant dans les airs, Tellus était apparue, toujours aussi belle et douce. Ses longs cheveux bleutés se répandirent autour de l'assistance, entourant les villageois d'un cocon protecteur. Alors seulement, elle s'adressa à eux.

« Peuple Picte. Depuis de nombreuses années, vous m'honorez de vos dons et de votre bienveillance. Et aujourd'hui, vous accueillez au sein de votre grande famille deux êtres qui ont une importance capitale à mes yeux. Grâce à cela, je vous promets que vous connaîtrez pendant de longues années encore la même prospérité dont jouit votre peuple depuis des générations. Lonicéra, Briag ! Vous ne pouviez trouver un peuple plus à même de célébrer votre union. – La Déesse fit une pause et reprit – Plus d'une fois, vous avez prouvé votre attachement l'un à l'autre. Vous avez fait preuve de bravoure et de bon sens à maintes reprises en tenant toujours compte du monde et des personnes qui vous entourent. Depuis votre rencontre, vous avez œuvré au bien-être de la nature et de la vie. Je vous donne donc ma bénédiction. Puissiez-vous être toujours entiers et honnêtes l'un envers l'autre ; c'est là que réside votre force. »

Alors, ses longs cheveux immatériels rejoignant son dos, la Déesse Tellus, mère de la Terre, se dissipa en un tourbillon qui vint s'enrouler autour des mains liées de Lonicéra et Briag, emportant avec elle le foulard blanc qui s'envola dans la bourrasque. Sur leurs poignets et leurs mains, là où se trouvait le tissu l'instant d'avant, une marque indélébile était apparue, les liant à tout jamais dans leur amour. Le vent mit un instant à se dissiper ; le village restait silencieux. Soudain, la marque s'estompa du front des êtres magiques et des cris de joie fusèrent en tous sens, saluant le miracle qui venait de se produire dans le monde oublié des Pictes. Chacun tomba dans les bras l'un de l'autre, et Lonicéra et Briag furent acclamés en héros. Au milieu de la foule, Gurvan déclara que le nouvel époux pouvait à présent embrasser la mariée, ce que Briag fit sans se faire prier, sous les applaudissements des villageois.

Le reste de la soirée se passa en chants, danses et jeux de toutes sortes. Les victuailles étaient présentes en abondance sur les tables, et bien qu'ils ne puissent goûter à tous les mets, Lonicéra et Briag se réjouissaient d'un pareil festin. Rien ne pouvait entamer leur moral, et lorsqu'ils sentirent tous deux en même temps un regard ami posé sur eux, ils levèrent leur coupe commune d'un même geste. La liqueur à base de gui confectionnée par les Pictes s'insinua dans tout leur corps, attisant encore plus leur désir. Peu de temps après, Gurvan déclara qu'il était temps pour les nouveaux époux de se retirer, pendant que la fête continuerait jusqu'au petit matin. Lonicéra trouva l'indiscrétion du chef très déroutante, mais cela ne parut pas choquer Briag. Ils furent accompagnés sous les acclamations des femmes et les encouragements parfois gras des hommes, jusqu'à la petite hutte qui leur avait été réservée. Une fois à l'intérieur, Briag referma la porte, et ils restèrent tous deux à se regarder sans bouger. Ils avaient l'un comme l'autre du mal à réaliser que désormais, leur amour était reconnu aux yeux de tous, et surtout, aux yeux de la Déesse.

Lonicéra prit sa respiration avant de parler, mais Briag lui posa le doigt sur la bouche pour la faire taire. Il enveloppa sa main dans la sienne, et lui murmura de le suivre. Elle obéit, sans se douter de ce qui l'attendait. Ils sortirent par la porte de derrière et il l'entraîna jusqu'à la petite forêt de pins sylvestres accolée à la maison. Là, Briag posa la main contre le tronc du plus gros arbre et se concentra ; une racine s'éleva du sol et s'arrêta à leur hauteur. Alors, enlaçant la taille de Lonicéra, il l'aida à monter et vint se placer à côté d'elle. La racine se remit à bouger, et les éleva jusqu'au sommet de l'arbre. Une plate-forme végétale y avait été aménagée, ornée de mousses et de fleurs qui s'enroulaient autour des branches. Briag remercia l'arbre de les avoir conduits jusque-là, et la racine retourna lentement dans le sol.

— Cet endroit est-il à ton goût ? lui demanda-t-il.

— Je n'aurais pu rêver mieux ! lui répondit-elle soudain timide. Quand as-tu eu le temps de t'allier à ce pin pour créer cela ?

— Lorsque tu te préparais ! Les hommes étaient ébahis, et très drôles à regarder !

Tout en parlant, il s'était approché d'elle et l'avait amenée à lui. Il lui prit le visage dans les mains et l'embrassa sur le front. Puis, avec une assurance qu'elle ne lui connaissait pas dans ce domaine, il lui déposa un baiser dans le cou, qui lui arracha un frisson de plaisir. Il délaça son corsage et laissa glisser la robe le long des bras de son épouse, de sa taille, de ses hanches, jusqu'à ce qu'elle se retrouve nue contre lui. Il la souleva alors dans ses bras et l'emmena jusqu'au lit de mousse improvisé. Jamais encore elle ne s'était sentie aussi fébrile. Mais elle se savait plus prête que jamais. En un tour de main, le kilt de Briag se retrouva au sol, et il vint la rejoindre sur la couche.

— Au moins, je sais que le mythe du kilt est vrai ! dit-elle avec humour pour tenter de chasser l'appréhension qui la saisissait maintenant.

— C'est-à-dire ? demanda-t-il avec son éternel sourire rassurant.

— Il n'y a rien dessous…

Elle ne put finir sa phrase, emmenée par une sensation de bien-être lorsqu'il caressa son corps de ses mains douces. Il l'embrassa comme l'aurait fait un amant expérimenté, allant de sa bouche jusqu'à ses seins. Son ventre devenait un volcan bouillonnant. Le désir l'envahissait de toutes parts. Lorsqu'il pénétra en elle, elle crut que c'était elle, et non lui, qui n'avait jamais fait l'amour. Elle se laissa aller sous les mains et la bouche de son amant à ces pulsions qu'elle s'était depuis longtemps forcée d'ignorer. Tous ses désirs, il les devinait et les réalisait. Ils ne faisaient plus qu'un ; leurs pensées et leurs corps devenaient indissociables.

Plus tard, ils regardaient le ciel au-dessus d'eux, blottis dans les bras l'un de l'autre. Lonicéra voulut lui demander, mais elle ne savait pas comment tourner sa question.

— J'ai passé mon après-midi avec des hommes pour qui la virilité est un mode de vie ! lui dit-il, ayant lu ses pensées. Rien de mieux pour apprendre !

— Les travaux pratiques ne sont pas mal non plus ! rétorqua-t-elle. Cela permet de se perfectionner !

— Je pense même qu'il est temps de revoir cela ! s'exclama-t-il en la ramenant contre lui en riant.

Chapitre 7
Azael

« Bravo Hédéra ! » clama Rana lorsque la porte s'ouvrit sur ses protégés et les vampires qu'ils ramenaient avec eux. « Je savais que tu ne me décevrais pas ! »

Riwan se tenait à ses côtés et applaudissait à contrecœur avec sa maîtresse. Celle-ci vint à la rencontre de la fée et la serra dans ses bras.

— Je comprends maintenant que ma nièce t'ait gardée comme un objet précieux pendant tout ce temps ! Elle savait forcément que ton potentiel était immense ! Heureusement pour moi, ce n'est que depuis que tu es ici qu'il se révèle véritablement !

— Je te présente Azael, Reine. Il est le chef d'un clan de plusieurs centaines de vampires.

— À vrai dire, commença celui-ci, nous sommes environ trois cents. Notre nombre n'a fait que décroître en France depuis quelques années. Mais j'ai des contacts avec d'autres groupes de mon espèce à travers le monde, si cela t'intéresse !

— Quel charme ! le taquina Rana. On m'avait dit que les vampires étaient séduisants et pleins de classe, mais j'étais loin de me douter à quel point ces propos étaient véridiques !

Elle s'était approchée de lui et minaudait sous son nez, tournant autour de lui comme l'aurait fait un prédateur cherchant à jouer avec sa proie avant de la manger. Quant à lui, il restait imperturbable, souriant aux tentatives de séduction de la reine. Mais quand il en eut assez de ce jeu ridicule, il s'adressa à elle sans détour.

— Soyons bien clairs, Rana. Nous sommes ici, car nous avons un intérêt à y être. Tu ne pourras exercer aucune magie sur nous, car nous connaissons ton vrai visage. Rana Pleine de Charmes, hein ? Nous avons entendu parler de toi bien avant qu'Hédéra ne nous appelle en ton nom. Tu as fait des choses qu'aucune fée n'avait osées auparavant, et qui sont dignes du plus sordide d'entre nous. Mais sache que notre âme, si nous étions capables d'en avoir une, serait bien plus noire que la tienne, alors ne t'avise pas de nous jouer un sale tour ou bien tu devras en répondre.

— Pourquoi es-tu ainsi sur la défensive ? J'ai autant besoin de vous que vous avez besoin de moi ! Notre intérêt est donc commun !

— Pour le moment, oui. Mais lorsque nous n'aurons plus d'intérêt à te soutenir, notre contrat sera rompu. Nous ne serons esclaves de personne.

— Eh bien, soit ! De toute manière, je n'aurai plus besoin de vous après ma petite guerre !

À l'évocation de la bataille, Rana commença à sautiller sur place, excitée par la perspective de réduire ses ennemis à néant.

— Une fois que nous aurons détruit Lonicéra et ses nouveaux alliés, nous serons libres de prendre le contrôle et décimer les humains un par un ! expliqua-t-elle, un regard dément déformant ses traits. Tes trois cents vampires devraient suffire, Azael, pour le combat qui se prépare. Mais lorsque nous dominerons le monde, les autres clans seront les bienvenus.

— Sauf ton respect, Rana, commença Azael, crois-tu vraiment que ton armée d'hommes et trois cents vampires seront de taille face au clan Picte ? Hédéra m'a dit que ton ennemie les a ralliés. Sais-tu qu'ils sont le peuple guerrier le plus puissant de toute l'histoire ?

Non, pas le plus puissant ! lui répondit la reine avec un sourire aux lèvres. Laisse-moi te montrer quel peuple peut les vaincre !

Elle se détourna alors du reste du groupe, faisant voler sa robe derrière elle, et leur fit signe de la suivre. Sa détermination accentuait sa démarche altière, et après les avoir entraînés dans les escaliers sombres jusqu'aux bâtiments abritant sa garnison, elle ouvrit les portes à la volée, le visage triomphant.

À l'intérieur, les rires allaient bon train alors que des hommes de deux mètres de haut se battaient les uns contre les autres, ou trinquaient de leurs chopes débordantes de bière. Dans un coin, d'autres bien plus frêles les regardaient avec appréhension. Lorsqu'elle vit ce spectacle, Rana cria à pleins poumons : «Harald!» Tout le monde s'arrêta alors de festoyer et les visages durs aux cheveux hirsutes se tournèrent vers la reine. Au milieu de la foule, une voix grave et rustre s'éleva : «Je suis là, ma Reine.»

Se détachant de la foule, un colosse blond s'approcha. Comme ses congénères, il devait bien mesurer deux mètres, voire plus, et sa carrure imposante forçait le respect. Ses muscles saillaient sous sa cuirasse ouvragée et ses forts poignets étaient recouverts de plaques de cuir lacées entre elles.

— Je vous présente Harald ! s'esclaffa Rana en jubilant. Il est le chef de cette Grande Armée viking !

— Des vikings ? s'étrangla Azael. Mais cela fait des années qu'ils ont disparu...

— Comme les Pictes, semblerait-il ! l'interrompit la reine. Je les ai invoqués grâce à la Déesse du Chaos, et les ai fait revenir d'entre les morts ! Ne sont-ils pas magnifiques ?

Rana tournait autour d'Harald, le scrutant dans les moindres détails, touchant ses bras virils et forts. Cela ne semblait pas le déranger le moins du monde, au contraire. Alors, il s'avança et déclama d'une voix haute et forte :

— Je suis Harald, celui qui commande l'armée. Et voici Brynjolf, Dankrad, Osbern, Amalrik, Bjarni, Thorolf, Eivind, Luderik...

— Oui, c'est bon maintenant ! s'écria Rana perdant patience. Tu ne vas quand même pas nous présenter toute ton armée !

— Si nous devons nous battre ensemble, je pense qu'il est bon que tout le monde se connaisse ! rétorqua-t-il. Donc, il y a aussi...

— Assez ! hurla-t-elle hors d'elle, son visage se déformant sous la pulsion haineuse qui l'avait prise. Souviens-toi que sans moi, tu ne serais encore qu'un tas de poussières, et toute ton armée avec toi ! Alors, cesse de m'importuner !

Le Viking se rembrunit, mais ne répondit rien. Il serrait les dents, contenant à grand-peine l'envie destructrice qui le taraudait soudain.

— Quand cela aura-t-il lieu ? demanda alors Rana à Hédéra.

— Ce soir, lui dit-elle, Lonicéra et Briag seront là.

— Fort bien ! Mon armée est presque prête, mais avec les vampires et les Vikings à mes côtés, cela suffira bien ! Kieran ! Tu conviendras avec Harald et Azael d'un plan de bataille, mais c'est à toi que revient de choisir celui qui te paraît le plus avisé. Tu viendras me faire ton rapport dès que possible.

— Merci, Reine, pour la confiance que tu m'accordes ! répondit l'elfe en s'inclinant.

Alors que Rana allait remonter dans le salon avec Hédéra, Riwan, qui était resté en retrait pendant tout le temps qu'avait durée la rencontre avec les Vikings, interpella la reine sur un point qui lui semblait crucial.

— Ne crois-tu pas qu'il serait bon pour toi de te prévoir une retraite, juste au cas où ?

— Hédéra a vu notre réussite ! lui répondit-elle d'un ton sec. Cela ne me serait d'aucune utilité !

— Je suis de l'avis de Riwan, intervint alors Kieran. On ne sait jamais. Le destin est une chose, mais sa façon de s'accomplir en est une autre. Rien n'est complètement écrit à l'avance. Tu seras victorieuse, mais il faut mettre toutes les chances de ton côté. Lonicéra et Briag ne manquent pas de ressources, ne l'oublie pas, Reine.

— Je pense comme eux, Rana, dit à son tour Hédéra. Mes prédictions manquent parfois de détails. Je serais désolée qu'il t'arrive malheur à cause de mon manque de pratique !

Rana semblait manifestement déçue de cet excès de prudence qui ne faisait que lui rappeler la dangerosité de sa situation. Elle faisait les cent pas, s'arrêtant par moments pour toiser ses interlocuteurs. Puis elle reprenait sa marche silencieuse, manifestement face à un dilemme. Et enfin, elle convint qu'il était en effet peut-être plus raisonnable d'écouter ses conseillers. Riwan proposa la forêt comme refuge, mais Rana jugea que cet endroit était bien trop prévisible pour une fée. Il lui faudrait trouver un endroit où personne ne s'attendrait à la voir. Elle devrait choisir un lieu retiré, loin de la civilisation.

— La mer d'Iroise est l'une des plus dangereuses mers qui existent en Bretagne, avança Hédéra. Sur l'archipel de Molène, certaines îles ne sont pas habitées par les humains, car le climat y est trop difficile. Les hommes, aussi étrange que cela puisse paraître, malgré leur ardeur à détruire la planète, protègent pourtant ces îles et la vie animale et végétale qui les peuplent. Cela pourrait être pour toi une échappatoire, tout du moins temporaire !

— Molène, tu dis ? Et tu es certaine que personne ne me chercherait là-bas ?

— Qui le pourrait ? répondit la jeune fée. La seule façon d'y accéder est la mer, et en ces temps de grandes marées, il est très difficile d'y accoster !

— C'est d'accord, Hédéra. Je te laisse le soin de préparer mon refuge en attendant que le combat commence. Je t'apprendrai comment fabriquer une protection magique autour de ma maison de fortune.

Elle avait parlé sur un ton songeur, préoccupée par quelque autre pensée qu'elle ne voulait garder que pour elle. Puis elle ajouta à l'intention de sa protégée :

— Nous attendrons donc la venue de ma nièce. Elle ne peut savoir que nous l'attendons ; l'effet de surprise n'en sera que plus dévastateur ! Une fois cette garce éliminée, nous pourrons commencer à nous amuser avec ces stupides humains et leur attrait pour la destruction !

— Je le pense aussi, Reine, lui répondit Hédéra en s'inclinant.

— Bien. Maintenant, au travail. Dès que vous aurez terminé, Hédéra et Kieran, vous montrerez ses quartiers à Azael. Il prendra la chambre en face de l'escalier. Elle est moins ensoleillée que les autres – Rana s'était remise à minauder, mais Azael ne fit aucun effort pour l'encourager dans sa démarche –, cela devrait donc être plus vivable pour lui. Riwan ! aboya-t-elle enfin. Tu montreras leurs chambres aux autres vampires !

— Ce ne sera pas la peine, Rana ! intervint Azael. Je vais leur ordonner de repartir sur-le-champ pour ramener mon clan ici.

— Fort bien, fait donc.

Puis elle s'en fut dans les escaliers pour rejoindre son trône. Il fut aisé à Hédéra de sonder les pensées de Rana. Elle commençait à appréhender ce qu'il allait se passer. Maintenant qu'elle touchait au but, la reine déchue ne pouvait s'empêcher de se demander si tout ce qu'elle avait fait pour la Déesse du Chaos était bien fondé. Mais elle ne pouvait plus faire marche arrière sans risquer de contrarier celle qu'elle servait et recevoir son courroux !

Alors, avant qu'elle ne disparaisse dans le colimaçon, Hédéra se relia mentalement à Rana et la rassura : « Ne t'inquiète pas, Rana ! Tout se passera bien ! Nos consciences triompheront de nos peurs ! »

Rana se retourna vers elle, perplexe devant cette phrase étrange, et rendit à Hédéra la révérence qu'elle lui adressa avant de s'en aller.

◆ ◆ ◆

Une fois seule, Rana se posta au centre de la pièce et ferma les yeux. Elle se concentra sur l'énergie de la pierre et attendit. Une marque sombre apparut sur son front alors que la Déesse du Chaos se matérialisait à côté d'elle. Sa beauté froide et son aura noire arrachèrent un frisson à la reine déchue qui mit un genou à terre.

— Tu fais du bon travail avec Hédéra, lui dit la Déesse. Elle est un atout précieux pour notre réussite.

— Merci, Kerta, murmura Rana toujours prosternée.

— Nos desseins sont sur le point de se réaliser, mais je sens que quelque chose te chagrine ! Dis-moi ce que c'est.

— Je ressens chaque jour un peu plus la souffrance de Myrtis, Déesse. Je n'en peux plus de l'amour qu'elle porte à l'humain. Cela me rend folle ! Plus vite nous aurons vaincu, mieux ce sera !

— Ne t'en fais pas ! Nous leur ferons payer à tous leur insolence ! lui répondit la Déesse du Chaos avec un sourire sadique aux lèvres. Ils sauront ce que souffrance signifie…

◆◆◆

Kieran, Harald et Azael passèrent le reste de la matinée à échafauder un plan d'attaque. En début d'après-midi, Kieran avait fait son rapport à Rana. Tout était prêt pour le soir.

Alors qu'ils avançaient dans le couloir sombre pour accompagner Azael à sa chambre, Hédéra se sentit soulagée d'avoir accompli sa mission de ralliement sans dommage. Elle se sentait sereine et confiante. La confrontation aurait bientôt lieu, ce qui signifiait pour elle la fin des interrogations en tout genre.

— Tu as été remarquable ! murmura Kieran à Hédéra par leur lien mental.

— Mais tu étais avec moi, c'est pour cela !

— Tu es trop gentille, mais tu sais fort bien que je n'ai rien fait ! lui répondit-il avec un petit sourire au coin des lèvres.

— Tu ignores donc l'importance de ta présence à mes côtés? demanda alors la fée en se retournant vers lui.

Ils se fixèrent un instant et le regard plein d'amour de Kieran la rassura. Elle lui sourit et entreprit de poursuivre son chemin. Mais c'était sans compter sur Azael qui n'avait rien perdu de cet échange silencieux.

— Attends un instant ! dit-il alors à Kieran en empêchant Hédéra de repartir. Tu n'es pas son garde du corps ?

— Non, en effet.

— Pourtant, tu fais très bien illusion !

— Que signifie cette question, Azael ? demanda Hédéra qui cherchait déjà à sonder l'esprit du vampire.

— Non, non, ma belle ! Tu n'arriveras pas à pénétrer dans mes pensées cette fois-ci ! Je te bloquerai ! Mais j'avoue que j'aimerais bien pouvoir entrer dans les tiennes ! C'est très étrange, je dois dire !

— Qu'est-ce qui est étrange ? le questionna Kieran. Et fais attention à ce que tu vas dire. Je n'ai pas la moindre confiance en toi !

— Et tu aurais tort de me l'accorder ! Je suis un vampire ! Personne ne peut me faire confiance... Excepté quelqu'un de très naïf ou d'une inconscience démesurée !

Il s'approcha de Kieran et le regarda de la tête au pied, comme excité par ce qu'il essayait de sentir et de palper qui émanait de l'elfe. La pierre de protection se remit à chauffer à son poignet.

— Si tu n'es pas son garde du corps, commença-t-il, pourquoi la protèges-tu au péril de ta vie ?

— Cela ne te regarde en aucune façon ! lui répondit-il sur un ton péremptoire.

— Je peux sentir le désir qui brûle en toi comme des charbons ardents! Pourquoi ne laisses-tu pas exploser ces pulsions? Pourquoi t'obstines-tu à veiller sur elle sans lui confier la totalité de ton être ?

— Que veut-il dire, Kieran ? demanda à son tour Hédéra.

— Et toi ! poursuivit Azael en se tournant vers elle. Pourquoi refuses-tu de lui montrer ce qui bouillonne à l'intérieur de toi?

— Comment ?

— Tu n'en es pas consciente toi-même, mais ton pouvoir te grise, avoue-le !

Le vampire repoussa Hédéra contre le mur et plaqua son front contre le sien. Kieran voulut l'arrêter, mais quelque chose l'en empêcha. Il voulait savoir ce qu'avait à dire Azael. Il voulait comprendre ce qui le poussait à dire ces choses que lui-même ressentait sans le dire. Quant à Hédéra, elle ne bougea pas non plus et resta acculée contre le mur. Ces révélations l'intriguaient. Elle sentit sa respiration s'accélérer alors qu'il la fixait droit dans les yeux. Elle ne savait pas si c'était la peur ou l'excitation qui faisait se soulever sa poitrine à intervalles si rapprochés, mais elle savait qu'il était en train de toucher sa faiblesse du doigt. Et elle voulait le laisser faire.

— Quel but peut avoir une fée telle que toi dans cette histoire ? demanda-t-il enfin.

— Cela me regarde ! lui répondit-elle. Et je pense que tu devrais te mêler de tes affaires !

— Tu n'es pas ce que tu voudrais faire croire ! continua-t-il sans prêter attention à sa réponse. Tu es plus qu'une simple fée ; je l'ai su tout de suite !

À présent, sa respiration à lui aussi se faisait pressante. Il regardait Hédéra de ses yeux passionnés et posa sa main sur la joue de la fée en une caresse qui se finit au niveau de son cou.

— Tu es intriguée par ce qui t'entoure. Tu veux comprendre cette chose qu'on n'enseigne pas dans ton monde : l'amour passionné pour un autre être de chair et de sang. L'inconnu t'excite, te procure de nouvelles sensations. Et moi, je peux t'apprendre ces sensations. Je peux te montrer la beauté et la noirceur de l'amour, le sentiment de bien-être quand tu t'abandonnes complètement à l'autre. – Il fixait maintenant la carotide d'Hédéra qui pulsait au rythme de son flux sanguin, la caressant comme la source de vie qu'elle était pour lui. – Imagine la pureté de ce sang! Combien en boire, ne serait-ce qu'une gorgée, doit être sensuel! Quand je mords, je ne fais pas que nourrir mon corps, mais je reçois en moi toutes les pensées et l'histoire de ma proie. Sa force devient mienne. Je prends une partie de son âme en même temps que sa vie. Mais pour un être tel que toi, cela peut être bien plus! – Il la plaqua un peu plus contre le mur, la tenant par la gorge et replongea son regard dans le sien – Me laisseras-tu te donner le baiser de la mort ? Me laisseras-tu te faire ce cadeau ? Je peux t'ouvrir la porte de la toute-puissance ! Imagine ! Un être mi-fée, mi-vampire!

— Ce que je recherche, lui dit-elle alors, tu ne peux me le procurer, car tu n'en comprends pas l'essence.

— Et crois-tu vraiment que lui, dit-il en désignant Kieran, pourra te donner ce que je te propose ?

174

— Non ! Bien sûr que non ! Pas ce que tu me proposes ! Mais il pourra me donner ce dont j'ai besoin, et non pas uniquement ce à quoi il aspire lui seul !

Azael se recula légèrement, surpris par la tournure que prenait ce qu'il avait pris pour un moment d'intime révélation.

— Les vampires exercent sur les humains une attraction indescriptible, Azael ! lui dit alors Hédéra. Mais tu ne peux avoir sur une fée l'emprise que tu as sur un homme. Je sais ce que tu as en tête… Mais tu ne pourras jamais me séparer de Kieran, quoi que tu fasses ! Tu as pu t'approcher de moi uniquement parce que je t'ai laissé faire, mais maintenant, on ne joue plus.

— Tu prétends donc pouvoir te débarrasser de moi aussi facilement ?

— Laisse-moi réfléchir ! Oui !

Et avant qu'il n'ait pu s'en rendre compte, Hédéra érigea un bouclier protecteur qui envoya Azael valser contre le mur opposé. Puis, sous le regard circonspect de Kieran, elle s'approcha du vampire et tendit la main vers lui. Il commença à se soulever du sol, comme soutenu à la gorge par une main invisible, et elle lui dit: « Ce que je souhaite, maintenant, c'est que notre plan se déroule au mieux. Tu as tes intérêts, et nous avons les nôtres. Tiens ta parole, même si elle ne vaut pas grand-chose. Et le moment voulu, chacun reprendra sa route comme si de rien n'était, d'accord ? »

Alors, Hédéra abaissa sa main et Azael fut libéré. Il la regardait, haletant, sans rien dire, vexé de la manière dont elle venait de le traiter, mais envoûté par elle. Aussi, quand elle lui indiqua sa chambre, il y entra sans protester et regarda la fée prendre la main de l'elfe et repartir dans le couloir.

Lorsque Kieran eut refermé la porte derrière eux, il resta debout, silencieux, à fixer Hédéra. Elle s'était assise sur le lit et baissait la tête, gênée par la tension qui pesait entre eux. Soudain, Kieran se retourna et frappa un grand coup dans le mur derrière lui.

— Peux-tu me dire à quoi rime ce petit manège ? demanda-t-il alors, laissant échapper sa frustration pour la première fois.

— Il fallait que je sache ce qu'il avait en tête…

— Et c'était le meilleur moyen, tu crois ?

— Tu ne l'en as pas empêché, que je sache ! lui répondit-elle en haussant le ton.

— Parce que je croyais que tu maîtrisais la situation !

— Et je la maîtrisais !

— As-tu la moindre idée de la sensation que cela m'a fait de le voir poser ses mains sur toi ? cria-t-il en s'approchant d'elle. As-tu la moindre idée de ce que j'ai éprouvé en voyant que tu le laissais faire ?

— Oui, je le sais… Je l'ai ressenti…

— Et ?

— Et j'ai su qu'il avait dit vrai lorsqu'il te parlait…

— Ne change pas de sujet, s'il te plaît Hédéra ! lui dit-il alors en se détournant d'elle.

— Mais je ne change pas de sujet ! Nous parlons tous les deux de la même chose ! – Elle s'était levée d'un bond en direction de Kieran. La pierre de lune commença à scintiller et à lui insuffler une énergie nouvelle – Tu sais, il avait raison ! Pour toi comme pour moi ! Et je pense qu'Azael m'a ouvert les yeux ! C'est à cela qu'a servi ce « petit manège », comme tu dis ! Je sais maintenant qu'il ira jusqu'au bout de notre plan et qu'il ne nous trahira pas. Il a compris à quel point nos liens sont forts ! Et en cherchant à m'éloigner de toi, il n'a qu'accentué mon désir de tout connaître de toi !

— Mais tu connais déjà tout ! murmura-t-il en se radoucissant.

— Tu sais que c'est faux ! lui dit-elle en souriant. Je veux détailler chaque parcelle de ta peau, chaque cicatrice, chaque grain de beauté. Je veux ressentir ce désir qui bout en toi, mais que tu n'oses me soumettre ! Nous avons toujours été en étroite relation avec la nature, mais nous n'avons pas l'expérience de la vie qui y est liée ! Je veux apprendre cet abandon dont parlait Azael, mais ce n'est pas lui qui pourra me l'apporter !

En disant cela, elle s'était encore rapprochée de lui et commença à caresser son torse. Elle passa sa main sous la chemise de son aimé et remonta délicatement dans son dos, lui arrachant un frisson de désir.

— Que fais-tu ? la questionna-t-il, perdu face à l'inconnu.

— Je me laisse aller ! lui répondit-elle en lui donnant un baiser. Je souhaite que notre désir à tous deux ne fasse plus qu'un. Mais si je vais trop vite pour toi, dis…

Elle n'eut pas le temps de finir sa phrase qu'il enveloppa son visage de ses mains tendres et l'embrassa avec passion. Puis, la soulevant de terre, il l'emmena vers le lit et la couvrit de baisers et de caresses. Ils ne surent pas comment, mais ils se retrouvèrent nus, leurs deux corps enlacés, et alors qu'il entrait en elle, toutes les questions s'évanouirent d'un seul coup. Hédéra savait que rien ne pourrait jamais les séparer. Quelle que soit l'épreuve à affronter, ils seraient prêts... Ils étaient prêts...

Chapitre 8
Brocéliande

En se réveillant ce matin-là sous la cime des arbres, Lonicéra et Briag surent qu'il était temps de partir. Ils le ressentaient au plus profond d'eux. Ils s'enlacèrent une dernière fois tendrement avant de quitter la douce tiédeur de leur couche, et sitôt levés, se rendirent à la hutte de Gurvan et Tudonia pour leur faire part de leur décision.

— La guerre est maintenant imminente, leur dit Lonicéra. Ton armée est-elle prête, Gurvan ?

— Mes hommes sont toujours prêts, la fée ! répondit-il sur un ton enjoué. Nous allons nous battre !

— Oui, mais avant, nous devons nous rendre en forêt de Brocéliande, en France. Nous pensons que c'est là-bas que se cache Rana, mais nous devons en être certains avant de déplacer toute ton armée.

— Nous devrons aussi nous préoccuper de la manière de faire venir autant d'hommes dans cette forêt tout en passant inaperçus ! avança Briag.

— La mer est grande ! Nous irons par bateaux ! lança Gurvan avec son enthousiasme habituel.

— Et pourquoi pas à la nage, aussi ? le taquina Lonicéra. Cela doit faire vraiment longtemps que tu n'es pas sorti de ton monde ! Le trafic maritime est très contrôlé de nos jours ! Et même si nous pouvions nous déplacer ainsi, cela prendrait trop de temps. Nous y serions trop tard ! Je suis certaine que Rana nous attend, mais sa patience ne sera pas éternelle.

— Nous allons nous rendre en Bretagne, dit alors Briag, et tu nous rejoindras avec ton armée après. Nous aurons eu le temps de trouver un endroit où cacher tes hommes.

— Balthazar est le gardien du monde des Pictes depuis de nombreuses années. Il saura nous dissimuler aux yeux de l'ennemi dans la forêt, affirma Tudonia.

— Très bien. Nous allons partir maintenant, dit Lonicéra. Nous serons de retour d'ici une heure ou deux. En attendant, mobilise tes hommes. Prépare-les au combat. D'ici là, je suis certaine que nous aurons trouvé une solution quant au transport à prévoir !

— Bon courage, lui dit alors la femme du chef en la prenant dans ses bras. Sois prudente.

— Ne t'en fais pas pour moi. Il ne m'arrivera rien de mal. À tout à l'heure.

Sur ce, la fée sortit de son sac l'accordéon de cartes postales que lui avait donné Moyrah. Elle y trouva la photographie de la forêt en question. Elle roula ses ailes, ils mirent chacun un foulard sur leurs oreilles pointues, et prenant la main de Briag dans les siennes, elle les téléporta en forêt de Paimpont.

Ils atterrirent sans encombre, mais devant un couple de touristes qui poussèrent un cri de surprise devant cette soudaine apparition. Ils les fixaient, éberlués, n'osant plus bouger. Lonicéra se tourna alors vers Briag, prête à rire devant leurs mines ahuries.

— Qu'est-ce que cela aurait été si tu avais gardé le kilt et les peintures ! plaisanta-t-elle. – Puis, elle se tourna vers le couple et reprit à leur intention. – Veuillez nous excuser de vous avoir fait peur. Mais vous connaissez les légendes de ces lieux ! Nous nous entraînons pour une représentation de magie qui aura lieu prochainement. Comme vous pouvez le constater, ce n'est pas encore tout à fait au point !

— Pourtant, l'illusion était parfaite ! réussit à balbutier l'homme. Bon courage pour le reste du spectacle ! Ce n'est pas facile de trouver des choses originales de nos jours !

— Merci beaucoup ! Et bonne journée à vous ! leur dit Lonicéra en souriant.

Et alors que le jeune couple s'éloignait, Briag resta à les regarder, interloqué.

— Qu'y a-t-il ? lui demanda alors Lonicéra.

— Tous les hommes sont-ils aussi dupes que ceux-là ?

— Tu sais, commença-t-elle à lui expliquer, la forêt de Brocéliande est une forêt empreinte de magie…

— Comme toutes les forêts !

— Non, pas pour les humains. Les humains ne sont prêts à croire à la magie que quand le lieu s'y prête ! Les légendes font vivre cette forêt, et nous en avons la preuve ! Regarde ce panneau ! Il nous indique la direction à suivre pour aller jusqu'au tombeau de Merlin.

— C'est ce qu'il y est écrit ? demanda Briag, fasciné par les écritures étranges de la pancarte. Les humains ont besoin qu'on leur indique comment trouver ce qu'ils cherchent ? Ils n'ont donc pas d'instinct ?

Lonicéra ne répondit pas à sa question, consciente qu'il ne disait cela que pour la taquiner et la faire réagir, et se dirigea dans la direction indiquée. Arrivée devant la pierre couchée, elle expliqua à Briag que, d'après la légende, Merlin l'enchanteur était un être extrêmement puissant. Sa bien-aimée était une fée, Vivianne. C'était elle qui l'avait emprisonné vivant sous la pierre. Merlin lui avait donné le secret pour s'attacher un homme à jamais, et elle avait utilisé l'envoûtement sur l'enchanteur. Mais la magie était plus forte qu'elle ne l'avait pensé, et au lieu de garder l'homme qu'elle aimait près d'elle pour toujours, elle l'avait enfermé dans une geôle invisible, recouverte de ces blocs de pierre.

— Pourquoi a-t-elle fait cela ? questionna Briag. Ne l'aimait-il pas autant qu'elle l'aimait ?

— Si, mais elle devait avoir peur d'être abandonnée ! C'est pour cela qu'elle voulait le retenir coûte que coûte ! lui répondit-elle en baissant les yeux.

— Nous parlons toujours de Vivianne et de Merlin, n'est-ce pas, Lonicéra ? lui demanda-t-il alors en lui relevant le menton. Tu sais que je ne t'abandonnerai jamais.

— Je le sais, murmura-t-elle alors qu'il venait goûter ses lèvres, réveillant le souvenir de la nuit passée dans ses bras.

— À vrai dire, on en fait toute une histoire romantique, alors que ce n'était que simple maladresse ! s'exclama un vieil homme à côté d'eux faisant sursauter Lonicéra qui ne l'avait pas senti arriver. Vivianne était d'une beauté incomparable, poursuivit-il songeur, et elle était très puissante. Mais elle était encore jeune et ne maîtrisait pas ses pouvoirs. Ce jour-là, Merlin avait tout prévu pour enterrer son dragon nouveau-né qui venait de mourir. Une bien triste histoire ! Quoi qu'il en soit, Vivianne lui proposa son aide pour adoucir sa peine. Bien évidemment, il accepta. Mais au moment de mettre le dragon dans le trou qu'il avait creusé, la fée trébucha et envoya un sort sur l'enchanteur qui se retrouva aussitôt projeté à la place qu'aurait dû occuper l'animal, recouvert des deux gros blocs de pierre. – L'homme, vêtu d'un bermuda et d'une chemise à fleurs, se mit à rire à cette anecdote, et reprit – Mais comme vous le savez, Merlin est immortel ! Il ne pouvait donc pas mourir ! Il avait senti le vent tourner pour les êtres magiques, qui à cette époque-là, étaient pourchassés sans relâche. Il a donc préféré faire croire à tout le monde qu'il était bel et bien mort pour pouvoir vivre en paix !

L'homme s'arrêta de parler, son regard bleu tourné vers le tombeau. Lonicéra et Briag le fixèrent jusqu'au moment où la fée osa enfin ouvrir la bouche.

— Savez-vous s'il vit toujours en forêt de Paimpont ?

— Il n'y a jamais habité ! hoqueta le vieil homme en riant. Encore une légende sans fondement ! Autrefois, la forêt de Brocéliande, ou de Paimpont, comme vous voulez, était tellement grande que les racines de ses arbres se liaient à celles de la forêt de Huelgoat ! C'est là qu'a toujours vécu Merlin !

— Quelles balivernes ! intervint le touriste rencontré à leur arrivée dans la forêt, et qui avait écouté le vieil homme avec attention. Merlin et Vivianne s'aimaient tellement que leur amour ne pouvait en être que destructeur ! De plus, s'il habitait réellement en forêt d'Huelgoat, comment expliquez-vous que son tombeau soit ici, juste à côté de la fontaine de jouvence qui lui donna son immortalité ? Et...

Las de l'entendre parler, le vieil homme claqua des doigts et l'autre se tut instantanément. Puis, il se pencha vers l'intrus et lui murmura d'aller voir un peu plus loin. S'il se concentrait bien, il pourrait peut-être voir un lutin des sous-bois ! Stupéfaits, Lonicéra et Briag regardèrent le jeune homme rejoindre sa compagne et s'éloigner d'eux. Elle demanda alors au vieil homme qui les fixait à présent de son regard intense :

— Sais-tu où se trouve la reine déchue, Merlin ?

— Je sais où elle se trouve, lui répondit-il simplement avec un sourire bienveillant.

Il les prit alors chacun par une main et les téléporta à la lisière de la forêt sombre.

Lorsqu'elle regarda autour d'elle, Lonicéra constata qu'une grande clairière était accolée à la forêt. Et au milieu de celle-ci, un château se dressait, entouré d'un lac. De là où elle était, elle put ressentir les énergies négatives qui émanaient de l'édifice. C'était là qu'habitait Rana, elle en était sûre. Soudain, elle entendit la voix reconnaissable parmi tant d'autres d'Hédéra. Sous l'impulsion du moment, elle voulut rejoindre son amie, mais Merlin l'en empêcha.

— Le moment n'est pas encore venu où tu rencontreras à nouveau tes amis, Lonicéra, lui dit ce dernier. Je les ai vus, et crois-moi, tu ne dois pas interférer dans leurs affaires.

— Comment peux-tu en être si sûr ?

— Tu oublies qui je suis, fillette ! De plus – il la fixa dans les yeux, guettant la réaction de la fée –, j'ai passé un accord avec Rana. Ma ruse me permet encore de ne lui donner des informations qu'au compte-goutte, mais je ne souhaite pas qu'elle sache que je suis resté fidèle aux valeurs que j'ai toujours défendues !

— Valeurs qui sont...

— Sauvegarde de la vie contre toute forme d'oppression, répondit-il sûr de lui.

— Très bien, reprit Briag. Maintenant que nous savons où nous devons aller, rejoignons nos alliés. Nous accompagnes-tu, Merlin ?

— Aussi sûr que le sang-de-dragon est un puissant philtre d'amour ! répondit le vieil homme avant qu'ils ne se volatilisent à nouveau.

Lorsqu'ils apparurent sur la place du village, les hommes étaient en train de faire leurs paquetages et de tester leurs armes. En voyant Merlin, Gurvan s'approcha de lui avec un grand sourire et vint lui taper dans le dos.

— Merlin ! Mon vieil ami ! Comment te portes-tu ?

— Mais fort bien ! Et toi ? lui répondit-il en le serrant dans ses bras.

— Vous vous connaissez ? questionna Lonicéra, surprise de les voir si bons amis.

— Comme tu peux le voir ! rigola le chef Picte. Mais cela fait très longtemps que nous ne nous sommes vus ! C'était dans les années 1780 si je ne m'abuse ! N'est-ce pas, Merlin ?

Le magicien acquiesça et Lonicéra répéta :

— 1780 ? Mais quelle espérance de vie avez-vous donc ?

— Elle est moindre que celle des fées, répondit Tudonia. Nous faisons partie des plus anciens du village, Gurvan et moi. Mais nous sommes encore jeunes ! Nous avons à peine trois vies d'hommes !

— C'est déjà ça ! hoqueta Lonicéra. Mais comment se fait-il que vous vous connaissiez ?

— En ce temps, expliqua Merlin, certains hommes s'étaient mis en tête de rechercher la civilisation perdue des Pictes. Ils ont bien failli percer leur retraite, d'ailleurs ! Gurvan a alors fait appel à moi pour les aider à renforcer la barrière magique qui sépare les mondes.

— Pourquoi toi ?

— Parce que j'avais déjà aidé à ériger la première avec Vivianne !

— Mais Gurvan ! Tu m'as bien dit que c'est la Déesse qui a fabriqué ce mur protecteur !

— Lonicéra, voyons ! la rabroua gentiment Merlin. Tu es bien placée pour savoir que Tellus a pris bien des visages ! Et l'un d'entre eux était celui de Vivianne... Ma douce Vivianne... Ce fut le plus merveilleux visage de tous !

— Mais dans la forêt, tu as dit que Vivianne ne maîtrisait pas ses pouvoirs ! Comment cela peut-il être possible si elle était la Déesse ?

— Elle était jeune, et les pouvoirs que lui avait donnés la Déesse étaient trop importants ! Tellus ne se réveillait en elle qu'en cas d'absolue nécessité ! Et cette fois-ci, dans la forêt de Paimpont, elle devait être partie respirer le parfum des fleurs au lieu d'aider ma bien-aimée à enterrer le dragon avec moi !

— C'est incroyable ! murmura Lonicéra pour elle-même.

— Pourquoi dis-tu cela ? Ce que tu as réalisé jusqu'à présent est-il si ordinaire ?

— Non, mais on ne peut me comparer à la grande, la puissante Vivianne ! Elle est légendaire ! Et de plus, ton récit montre bien, une fois de plus, que nous sommes peu de choses lorsqu'il s'agit de l'Histoire véritable. Il n'y a d'ailleurs jamais qu'une histoire, mais des histoires différentes suivant la façon dont elles auront été perçues ! D'après ce que tu dis, Vivianne ne maîtrisait pas tout, alors que la légende raconte qu'elle était l'une des plus puissantes magiciennes de son époque ! Je suis certaine qu'elle, elle aurait su comment mener tous ces hommes en forêt d'Huelgoat !

Merlin et Gurvan se mirent à rire, et Briag s'approcha de Lonicéra, frustrée par le comportement des deux hommes.

— Tu ne comprends donc pas, Loni, que Vivianne, c'est toi!

— Qu'est-ce que tu racontes, Briag ? Je ne suis pas Vivianne ! Je le saurais, quand même !

— Non, en effet, reprit Merlin, tu n'es pas Vivianne. Tu es plus puissante encore qu'elle, car toi, tu sais te servir des pouvoirs que t'a octroyés la Déesse Mère de la Terre, comme s'ils étaient innés ! Vois-tu, Tellus ne s'adressait à Vivianne que dans les moments de nécessité, comme je te le disais, mais toi, elle te parle même dans la vie de tous les jours ! Tellus fait partie intégrante de toi, et toi d'elle ! Il te suffit d'invoquer son pouvoir pour en bénéficier !

— Pourquoi moi ? demanda-t-elle soudain. Mes amis aussi ont été marqués par la Déesse, au même titre que moi ! Qui te dit que ce n'est pas l'un d'eux qui a reçu sa bénédiction ?

— Crois-tu qu'elle leur parle comme elle te parle ? la questionna alors Tudonia. Cesse de douter, Princesse des Fées, et accomplis ton devoir…

Lonicéra resta un instant à fixer l'épouse du chef Picte. Elle savait que Tudonia ne disait jamais rien sans raison. Elle pouvait la croire si elle affirmait que la Déesse l'avait prise sous son aile.

— Bon, reprit Lonicéra après un moment d'hésitation, je veux bien essayer, mais ne vous étonnez pas si rien ne se passe !

— C'est étrange, l'interrompit alors Briag, mais le monde des humains a une influence bizarre sur toi ! Alors que tu avais accepté d'oublier ton scepticisme, celui-ci revient en force et t'empêche de voir les choses telles qu'elles sont !

Lonicéra fit la moue et s'avança machinalement vers la pierre dressée à l'occasion de leur mariage. Tellus leur était apparue ici même, et la jeune fée se sentait attirée par l'énergie qui s'en dégageait. Elle fit trois fois le tour du menhir et posa ses mains sur la roche. Alors, elle invoqua la Déesse par la pensée. Celle-ci lui répondit aussitôt, amusée par tout le cérémonial qu'elle venait d'effectuer.

— Tu sais, Lonicéra, lui dit-elle, je ne suis jamais bien loin de toi ! Crois en ta force et en mon amour, et cela te suffira à me contacter !

— Merci, Tellus, lui répondit-elle. Peux-tu me dire comment m'y prendre pour mener tous ces hommes en Bretagne ?

— Crois en ta force et en mon amour, et cela te suffira, lui répéta la voix de la Déesse avant de s'éteindre.

Lonicéra se répéta cette dernière phrase plusieurs fois dans sa tête, et comprit enfin. Elle comprit qu'il n'y avait rien à comprendre ! En tout cas, rien de plus que tout ce qu'elle avait appris depuis des mois dans le monde magique des fées ! Elle devait se lier aux énergies de la terre comme elle le faisait depuis longtemps maintenant, et croire en la puissance de cette énergie. Alors, confiante, elle rouvrit ses yeux qui brillaient de mille éclats. La marque de la Déesse se mit à luire sur son front et, puisant dans chaque courant énergétique terrestre, elle leva les bras vers la voûte céleste. Le vent se mit alors à souffler, comme jamais il ne l'avait encore fait dans cette grotte protégée et Lonicéra se retourna vers la foule réunie.

« Tenez-vous prêts ! » leur intima-t-elle. « Et surtout, pas un bruit ! »

Alors, en une fraction de seconde, le village entier se vida de ses habitants.

Lorsqu'ils atterrirent dans la forêt, un soupir de victoire se fit entendre au milieu des arbres. Mais malgré la joie des villageois devant pareil prodige, pas un n'émit un son autre que le cliquetis des armes et des chaudrons qui s'entrechoquent. Lonicéra dut louer leur discipline, car sans elle, une telle expédition eut tôt-fait de se faire repérer de l'ennemi. Aussitôt, Merlin et Balthazar se mirent à l'ouvrage et les dissimulèrent bientôt aux yeux et aux oreilles indiscrètes. Désormais, seules les personnes souhaitant se rallier à leur cause pourraient les rejoindre. Les autres se contenteraient de passer à côté de leur campement sans même s'apercevoir de leur présence.

Une fois que Merlin eut scandé la dernière incantation, des cris de joie fusèrent en tous sens, et les enfants se prirent par la main et firent la farandole autour de Lonicéra. Un peu en retrait, Briag la regardait de ses yeux emplis de promesses d'avenir et lui dit par la pensée :

« Je suis fier de toi, ma petite fée ! »

Aussitôt, les femmes s'attelèrent à monter le camp. Les enfants les aidaient en allant chercher du petit bois pour allumer le feu qui leur permettrait de cuire leur nourriture. Quant aux hommes, ils mettaient en ordre les armes et commençaient à monter les tentes qui accueilleraient les blessés.

Lonicéra et Briag s'isolèrent alors avec Gurvan, Tudonia, Merlin et Balthazar pour décider de la marche à suivre. La fée avait pensé que le chef Picte voudrait prendre la tête des opérations, mais à sa grande surprise, il se tourna vers eux et les encouragea à parler.

« Alors », dit-il, « qu'avez-vous prévu pour faire tomber cette Rana ? »

Devant leurs regards interrogateurs, Gurvan ajouta :

— Pour combattre un ennemi, il faut le connaître. Or, vous êtes les seuls à savoir comment réagit cette reine déchue. C'est donc à vous qu'incombe la tâche de nous guider. Nous serons vos bras face à l'armée qu'elle a constituée, ce qui vous permettra d'agir en toute liberté.

— Merci pour ta confiance ! lui répondit Lonicéra, sensible à son dévouement. Mais…

— Ne me dis pas que vous n'avez pas déjà réfléchi à la marche à suivre ! la taquina Tudonia. Je suis certaine que vous avez déjà un plan bien échafaudé.

Lonicéra se tourna vers Briag et s'éloigna un peu, le laissant expliquer à leurs amis ce qu'ils avaient déjà planifié. Et alors qu'il parlait, elle ressentit en elle une présence amicale, mais perdue. Quelqu'un cherchait à la rejoindre, mais ne savait comment s'y prendre. Soudain, Briag s'arrêta de parler et regarda Lonicéra.

— As-tu entendu ? demanda-t-il en tendant l'oreille. Quelqu'un t'appelle.

— J'ai juste entendu quelqu'un crier le nom « Océane » ! dit Gurvan de son ton bourru.

— C'était mon nom, Gurvan! lui répondit-elle à l'affût d'un autre appel. Le nom humain que m'avaient donné mes parents!

— Parce que tu étais humaine ? J'ai dû rater quelque chose…

— Nous devons aller voir de quoi il retourne ! le coupa Lonicéra. Balthazar ! Peux-tu ouvrir pour nous un passage dans le mur protecteur, s'il te plaît ?

Aussitôt demandé, l'homme-aigle créa une brèche dans laquelle Lonicéra et Briag s'engouffrèrent. À leur suite, l'aigle s'envola pour veiller sur eux, et bientôt, ils entendirent à nouveau le nom d'Océane. La voix se rapprochait et lui était familière, mais

Lonicéra n'arrivait pas à savoir à qui elle appartenait. Elle décida alors d'attirer l'homme dans sa direction, mais voulut rester cachée jusqu'à ce qu'elle sache à qui ils avaient à faire.

« Je suis ici ! » cria-t-elle avant de s'envoler avec Briag jusqu'à une branche les dissimulant dans la frondaison épaisse de la forêt. Aussitôt, ils entendirent courir à quelques pas de là, et un groupe d'humains arriva là où ils s'étaient trouvés l'instant d'avant.

— Ce n'est pas drôle, Océane ! s'écria l'homme à la tête du groupe. Dis-moi où tu te caches ou je repars de ce pas !

— Jeff ! hoqueta Lonicéra. C'est bien toi ?

— Qui veux-tu que ce soit, idiote ? la rabroua-t-il, cherchant toujours à déterminer d'où provenait la voix de son amie.

Alors, Lonicéra se laissa tomber de l'arbre, Briag sur les talons, et déploya ses ailes au dernier moment afin d'atterrir en douceur. Devant cette brusque apparition, Jeff sauta en arrière, entraînant avec lui les autres personnes présentes jusqu'au sol.

— Une fée ! murmura une femme, ébahie devant la beauté de Lonicéra.

— Mais qu'est-ce que vous racontez ? s'exclama Jeff en la pointant du doigt. Les fées n'existent pas. Voici Océane, mon ancienne collègue dont je vous ai parlé… et accessoirement amie. Allez ! Enlève donc cet accoutrement ridicule, Océane ! Ce n'est pas le moment de rire ! Tu sais que ça fait des jours que je te cherche partout dans cette foutue forêt !

— Un elfe ! le coupa un jeune homme qui venait de s'approcher de Briag.

— Des fées, des elfes ! Mais vous êtes tous saouls, ma parole ?

— Je comprends maintenant dans quel état d'esprit tu es arrivée dans notre monde, Loni ! lui chuchota Briag à l'oreille. Tu étais aussi comme cela ?

— J'en ai bien peur ! lui répondit-elle en riant. Lorsque tu m'as connue, je m'étais déjà bien assagie !

— Eh bien ! Hédéra a dû avoir toutes les peines du monde à t'ouvrir les yeux…

— Mais qu'est-ce qu'ils racontent ces deux-là ? continua Jeff, toujours aussi contrarié. Et je t'ai déjà dit d'enlever ce costume, Océane !

— Ce n'est pas un costume ; je ne peux donc pas l'enlever ! Et parle moins fort, je te prie. Il n'est pas bon de se faire repérer par les temps qui courent !

— Oh ! Tu sais que…

Mais avant que Jeff n'ait le temps de finir sa phrase, Briag dégaina son épée et la pointa sur la gorge de l'homme qui lui faisait face.

— Lonicéra t'a demandé de ne pas faire de bruit, dit-il avec son calme habituel. Si à cause de toi, nous sommes repérés, tu seras le premier à en payer les conséquences.

— Mais c'est qui ce…

— Non ! Ne finis pas ta phrase ! l'interrompit la fée. Je te présente Briag, mon époux. Et notre sécurité est pour lui bien plus importante que toutes les questions que tu peux poser. Maintenant, j'ai une question simple pour toi : que fais-tu ici ? Et avec tous ces gens ?

— Je suis parti à ta recherche, reprit-il sur un ton plus calme alors que Briag abaissait son épée. À la suite de ton coup de fil, j'ai commencé à me demander ce qu'il se passait de si important. Et en arrivant ici, j'ai découvert que beaucoup de jeunes hommes avaient disparu ces derniers temps. Les habitants d'Huelgoat parlent d'une femme qui se fait appeler Rana et qui menace leurs familles s'ils refusent de la servir. Apparemment, cette démente aurait enrôlé plus de deux-cents hommes rien que ce dernier mois ! Depuis, nous cherchons sa cachette avec ce petit groupe originaire d'Huelgoat. Et puis, va comprendre pourquoi, j'ai eu la sensation que tu étais là, et je n'ai eu de cesse de te retrouver. Et te voilà, avec ce déguisement ridicule…

— Ah ! Ne recommence pas, veux-tu ? Si ce n'est que cela qui te perturbe, je vais te montrer quelque chose. Donne-moi ta main.

Il hésita un instant, mais devant le regard autoritaire que lui lança la jeune femme, il s'exécuta. Elle puisa alors dans l'énergie de la terre, à la recherche des sensations des arbres présents autour d'elle, et fit passer cette énergie dans le corps de Jeff qui, recevant en lui cette décharge d'informations trop déroutante pour lui, coupa le contact. Alors, Lonicéra agita ses ailes, et s'envola jusqu'à toucher les branches des arbres. Après quelques secondes, elle redescendit auprès de Briag. Jeff la regardait, bouche bée, et l'on entendit à nouveau un murmure. « C'est bien une fée ! » dit la voix d'un homme. « Comme vous êtes belle ! » soupira un autre, au bord des larmes. Voyant qu'elle avait réussi son effet, Lonicéra reprit la parole.

— Vous pensez peut-être que toutes les fées sont belles et gentilles ?

— Bien sûr ! répondit une femme.

— Eh bien, vous avez tort! Rana était l'une d'entre nous, mais elle a choisi de servir la Déesse des Ténèbres et du Chaos. Aujourd'hui, elle veut vous réduire à néant. La laisserez-vous faire?

— Non ! dirent-ils tous d'une même voix.

— Ce ne sera pas sans danger, mais si vous êtes prêts à vous battre pour votre survie, nous serons à vos côtés. Êtes-vous d'accord ?

— Oui ! répondirent-ils à nouveau.

— Et nous serons là aussi, intervint une voix douce dans la tête de Lonicéra.

Cette dernière pivota et se retrouva face à une biche qui la détaillait de son regard doux.

« Nous vous accompagnerons, moi et tous les animaux de la forêt, Princesse des Fées. » lui dit-elle en s'inclinant. Alors, sortant de toutes parts, des biches, cerfs, sangliers, écureuils, lapins, et oiseaux de toutes espèces, s'avancèrent vers eux.

« Et nous vous accompagnerons, nous aussi. » l'interpella une deuxième voix tout aussi douce, mais plus déterminée, qui provenait de l'arrière du groupe.

— Océane ! Dis-moi que ce sont des chiens, dis-moi que ce sont des chiens ! répétait Jeff dans le dos de Lonicéra.

— Ce ne sont pas des chiens, ce sont les loups.

Puis elle s'adressa à la louve qui commandait la horde, et la remercia, s'inclinant devant elle, ainsi que devant tous les autres animaux.

« Ne nous remercie pas, Princesse. Certes, les hommes nous pourchassent depuis des siècles, mais si cette reine folle réussit à faire éclater la guerre sur terre, celle-ci sera détruite, et nous avec. Nous ne pouvons permettre une telle infamie. Peut-être pourrais-tu expliquer cela à ces humains grotesques qui nous menacent de leurs bâtons ? »

C'est alors que Lonicéra et Briag remarquèrent que le groupe s'était reculé et, la peur se lisant sur leurs visages, brandissaient des branches mortes ramassées à la volée, devant les animaux pourtant calmes.

— N'ayez crainte ! dit alors Briag. La nature entière se dresse contre la reine maudite. Tous ces animaux, quels qu'ils soient, et malgré la peur qu'ils vous inspirent, sont de notre côté.

— Suivez-nous et battez-vous à nos côtés ! finit alors Lonicéra en avançant vers le mur magique.

— M'expliqueras-tu ce qu'il t'est arrivé, Océane ? lui demanda Jeff qui ne savait plus que penser.

— Plus tard ! Pour le moment, allons nous préparer…

— Nous sommes en retard ? intervint une voix familière. Parce que nous serions chagrinés d'avoir à repartir maintenant !

Gweltaz, Sean et Henry venaient d'arriver et étaient bien prêts à en découdre.

— Non, mon ami ! lui répondit Briag. Vous arrivez à point nommé !

— Loni ! Myrtis te fait dire qu'elle est prête à agir là où elle est.

— Fort bien ! lui dit-elle en le serrant dans ses bras en signe de bienvenue. Mais abritons-nous un peu avant de nous faire repérer !

Du haut d'un arbre, l'aigle semblait sourire. Balthazar savait qu'ils vaincraient. Mais en attendant, il devait rouvrir le passage et agrandir l'enceinte protectrice. Les animaux resteraient cachés dans la forêt, mais les humains devaient se préparer à l'assaut et apprendre les rudiments de la guerre

Chapitre 9
La bataille d'Huelgoat

De chaque côté de la clairière, les deux armées se faisaient face. Depuis de longues minutes déjà, ils se fixaient, immobiles, armes aux poings. La nervosité était palpable alors que le soleil couchant, se défiant des histoires des hommes, avait eu le temps de s'abaisser derrière la forêt. Seuls quelques rais de lumière filtraient encore, donnant aux arbres une frondaison lumineuse.

Enfin, un cor résonna, provenant du château, et l'armée de Rana se mit en marche. Gurvan ordonna alors à ses hommes d'avancer. Comme au temps de leur apogée, les Pictes étaient nus, leurs corps peints de blanc et de rouge. Seule leur intimité était cachée par un pagne étroit. Les hommes menés par Jeff marchaient derrière le clan mythique, la peur au ventre, mais leur courage aiguisé par la détermination des guerriers présents à leurs côtés. Lorsque l'une et l'autre partie arrivèrent au quart de la clairière, les deux armées se mirent à courir, se donnant du courage avec des cris bestiaux censés déstabiliser l'ennemi. Et enfin, les lames et les boucliers s'entrechoquèrent, libérant toute la barbarie du combat.

Merlin, à l'arrière des troupes, psalmodiait des incantations de protection destinées à l'armée Picte. Devant elle, l'armée des marionnettes humaines de Rana pliait. Ils tombaient les uns après les autres, et le vieux magicien s'imagina en souriant la colère dans laquelle devait se trouver Rana en ce moment même. Mais soudain, un autre cor résonna, et une deuxième vague d'hommes déferla du château. Ils paraissaient bestiaux et taillés pour le combat rapproché. Les Vikings…

Merlin s'était douté de leur présence et en avait informé ses alliés, de sorte qu'ils ne soient pas pris au dépourvu le moment venu. Quand il avait été amené par Hédéra et Kieran au sein du château, il avait ressenti cette énergie ancienne et étrange qui se dégageait actuellement du champ de bataille. Il savait que ces hommes n'étaient pas complètement vivants, et qu'ils avaient été ramenés à la vie par magie. Trouver le chef de guerre de ces hommes et le tuer réduirait cette armée à néant. Et Merlin comptait bien sur la haine des Pictes envers ce peuple qui les avait oppressés pendant des années, pour accomplir la mission. Mais ils ne devraient pas être trop rapides ! Ils devraient laisser le temps à Lonicéra et Briag de pénétrer dans le château !

Justement, la fée et l'elfe se trouvaient devant la brèche que le magicien leur avait indiquée, au pied du château. Il connaissait fort bien les lieux pour avoir été le conseiller de l'homme qui l'avait fait ériger pour cacher les amours de son épouse et de son meilleur ami : le roi Arthur.

Lonicéra les avait téléportés jusque sur le petit monticule de pierres à la base de la bâtisse qui leur permettait de ne pas se retrouver les pieds dans l'eau. Le lac pénétrait sous le château, et l'ouverture dans le mur permettait autrefois à Lancelot de rejoindre Guenièvre en barque sans être vu. La reine l'attendait alors dans le port souterrain à l'entrée des catacombes. La légende racontait même que, lorsqu'Arthur ne cautionna plus cet amour, il fit mettre dans cette partie du château une bête qui empêchait tout accès aux souterrains. Mais de ceci, la preuve ne fut jamais apportée, car personne n'osa jamais s'y aventurer ! Lonicéra se mit alors à espérer qu'il ne s'agissait là que d'une histoire d'aventure de plus ! De toute manière, ils le sauraient bien assez tôt !

Avec le temps, les berges souterraines s'étaient érodées, et là où l'on pouvait vraisemblablement aller à pied autrefois, il ne restait plus que quelques pierres entassées. Lonicéra aurait pu s'envoler avec Briag jusqu'à la porte qui se trouvait au niveau du port, mais la voûte du plafond y était trop basse. Ils se regardèrent alors en haussant les épaules, et se plongèrent dans l'eau froide du lac. La fée se sentit aussitôt glacée de la tête aux pieds, l'eau s'insinuant dans la trame du tissu de ses vêtements. Et afin de ne pas trop ressentir le froid, elle se mit à nager, s'enfonçant dans l'obscurité du souterrain. Déjà, le bruit du combat qui faisait rage dehors s'amenuisait, jusqu'à s'éteindre complètement.

— Tiens bon, petite fée ! lui dit Briag mentalement. Je te promets de te réchauffer dès que possible !

— Tu as intérêt à tenir ta promesse, Briag ! lui répondit-elle en riant. Je ne sens plus mes pieds… Il va y avoir du travail !

— Même pas peur ! lança-t-il, imitant la voix de Goulven.

Enfin, ils arrivèrent aux escaliers qui menaient jusqu'à la porte d'accès des catacombes. Mais lorsque Lonicéra s'y accrocha, elle ressentit une énergie néfaste provenant de l'eau. Aussitôt, elle tira Briag à elle et lui dit de se dépêcher de se relever. Quelque chose rôdait et voulait se repaître d'eux. L'onde, qui était redevenue lisse depuis qu'ils étaient sortis de l'eau, commença à bouger et à faire de légères vagues. Lonicéra voulut se redresser, mais dans la pénombre de la grotte, elle trébucha sur quelque chose de dur et de rond, et se retint de justesse à Briag qui continuait de scruter le lac. Ses yeux s'accommodant progressivement à la luminosité réduite, la fée regarda sur quoi elle avait marché.

— Briag, regarde ! Dis-moi que ce n'est pas ce que je crois!

— Tu sais bien que le mensonge n'est pas une habitude de vie chez nous, Loni ! Alors je te dirais juste que la bête dont parlait Merlin doit bel et bien exister ! Je la sens venir…

— Un crâne humain ! sanglota Lonicéra. J'ai marché sur un crâne humain ! Et regarde ! Il y a sa cape à côté !

— C'est malheureux pour lui, je te l'accorde. Mais s'il te plaît, Loni, concentre-toi sur notre problème actuel !

Devant eux, deux têtes de serpents géants venaient de sortir de l'eau. Leurs deux longs corps sinueux se reliaient entre eux pour en former un plus gros sur lequel on pouvait deviner des pattes, comme celles des crapauds. Le monstre s'approchait d'eux, lentement, comme s'il cherchait à se nourrir de leur peur avant de les tuer. Lonicéra essaya d'entrer en contact avec lui mentalement, comme elle avait l'habitude de le faire avec Nessie, mais la bête ne semblait pas être aussi bien disposée que leur amie aquatique ! Au fur et à mesure que la créature avançait, ils reculaient jusqu'à ce qu'ils se retrouvent acculés contre la porte. Malheureusement pour eux, elle était verrouillée de l'intérieur.

Le combat leur parut inévitable. Les serpents ouvraient leurs gueules, prêts à les mordre et leur injecter leur venin… Alors, d'un commun accord, Lonicéra et Briag érigèrent autour d'eux leur champ protecteur, repoussant d'un même coup la bête dont la colère grandit devant la résistance de ses proies. Ils se mirent à courir face à leur ennemi, lames dégainées, prêts à lui trancher ses têtes sifflantes. Plus d'une fois, leurs bulles protectrices manquèrent de céder sous la force des crocs acérés, mais à chaque fois, ils se relevèrent. Lorsqu'ils réalisèrent que les têtes sinueuses ne leur laisseraient pas le loisir de bouger comme ils le souhaitaient sur cet escalier à peine plus large que la barque qui devait autrefois y accoster, ils se jetèrent à l'eau, chacun d'un côté de la créature. Celle-ci parut décontenancée, cherchant ses adversaires là où ils n'étaient plus. Quand soudain, un cri déchirant s'échappa des deux gueules immenses. Puis un deuxième, et un troisième cri. Alors, le transperçant de part en part, un éclair orange déchira ses chairs, faisant éclater le corps de crapaud en mille morceaux dans la grotte sombre. Pendant que Briag lardait le corps de la bête avec son épée, Lonicéra lui avait transpercé le cœur, unissant sa lame à la force énergétique qu'elle avait appris à développer chez les Pictes. Les deux longs cous étaient encore unis, bien que le reste de leur corps soit éparpillé aux quatre coins de la caverne, et continuaient à bouger, activés par les cellules nerveuses qui ne voulaient pas mourir. Dans leur ballet incessant, ils finirent par glisser et sombrer dans l'abîme du lac.

Briag, qui avait rejoint l'escalier avant son épouse, l'aida à venir s'asseoir pour reprendre ses esprits. Ils haletaient, trempés jusqu'aux os, et lorsqu'ils se regardèrent, ils éclatèrent d'un rire nerveux, heureux d'avoir vaincu, et surtout, survécu à la bête. Ils restèrent assis là un instant, se ressourçant dans l'énergie de la pierre et de l'eau, et ressentirent alors une autre présence, bénéfique cette fois. Le verrou grinça, et la porte s'ouvrit. Une voix de femme s'éleva du capuchon qui recouvrait sa tête et leur dit : « Je vous attendais ! »

Alors, la jeune femme repoussa le tissu sur ses épaules, et le visage de Ketty leur apparut, serein, mais sérieux.

Lonicéra n'en croyait pas ses yeux. Comment était-ce possible ? Que s'était-il passé ? La jeune fille leur expliqua qu'elle avait été fort imprudente de vouloir retenir Hédéra et Kieran. C'était à cause de cela qu'elle avait été capturée par Rana et poignardée par Kieran. Plus tard, elle s'était réveillée dans les catacombes. Depuis, elle se rendait dans le château pendant la nuit pour voler des informations sur les projets de la reine. Aussi, leur apprit-elle qu'Hédéra était devenue le bras droit de Rana, et que Kieran était le chef décisionnel de l'armée. Ils avaient rallié ensemble les vampires qui pourraient peser lourd dans la balance.

« Ce n'était pas très judicieux d'attaquer au coucher du soleil ! » dit Ketty. « Cela leur laisse plus de marge de manœuvre ! Ils ne risquent pas de prendre feu ! »

Les deux âmes sœurs décidèrent d'ignorer cette remarque et Briag demanda à Ketty où se trouvait Rana. Après avoir reçu toutes les informations nécessaires, et l'en avoir remerciée, il lui intima l'ordre de se cacher et d'attendre la fin du combat. Elle n'était pas encore assez forte pour pouvoir affronter Rana et ses sbires.

Ils partirent donc dans les escaliers en laissant la jeune fille derrière eux, quand ils ressentirent la présence d'Hédéra et de Kieran qui avançaient vers eux. Ils auraient voulu se cacher, mais l'escalier en colimaçon ne recelait d'aucune pièce. De plus, s'ils redescendaient, ils risquaient de faire prendre Ketty. Briag sortit alors son épée, pendant que Lonicéra se préparait à créer un courant électrique en prévision de toute attaque. Mais quand elle se retrouva face à ses amis, elle ne put maintenir son intention de se défendre, et relâcha le courant.

Ils se faisaient maintenant front, aussi silencieux les uns que les autres. Ce fut Hédéra qui, la première, rompit le silence.

— Regarde qui va là, Kieran ! dit-elle sur un ton de dédain manifeste. Nos jeunes mariés ! D'après toi, quel cadeau pourrions-nous leur faire pour leur mariage ?

— Je ne sais pas ! À toi de voir, mon amour ! lui répondit-il en bandant son arc sur Briag.

— Moi, je sais !

Alors, Hédéra leva les mains devant elle, et un étau enserra les deux intrus à la gorge, les soulevant du sol.

« Maintenant, allons donc voir Rana ! Elle vous attend avec impatience ! » ajouta la jeune fée, un sourire de défi aux lèvres.

« Bravo Hédéra ! Bravo Kieran ! » s'écria Rana en les voyant ramener Lonicéra et Briag captifs. « Vous avez fait du bon travail ! »

Rana jubilait. Elle avait enfin en face d'elle sa pire ennemie qu'elle savait affaiblie par son amour pour celle qui était mainte-nant son alliée.

— Regarde, Lonicéra ! lui dit-elle en la tournant vers le champ de bataille. Tout cela ne t'a menée à rien ! Tes nouveaux amis vont être décimés par ceux qu'ils ont tués il y a de cela des centaines d'années ! Quelle ironie du sort !

— Ne crois pas que nous soyons si faibles, Rana ! La nature elle-même se dresse contre toi ! Regarde mieux !

En bas de la tour où elle s'était réfugiée pour mieux voir la bataille, Rana vit ses hordes vikings en proie aux Pictes, alors que les animaux venaient de faire leur apparition dans le combat. Les sangliers chargeaient leurs adversaires avec une détermination incomparable, les loups les attrapaient à la gorge, déchirant la chair des si valeureuses brutes que Rana avait eu l'audace de ramener d'entre les morts. Tous les autres animaux se jetaient dans la mêlée avec le peu de moyens qu'ils avaient, mais mus par leur envie de rendre justice à la vie. Soudain, les oiseaux apparurent, un aigle royal les menant à la guerre. De leurs serres tombaient des blocs de pierre qui déstabilisèrent les Vikings qui étaient maintenant attaqués de toutes parts. Rana faisait le tour des créneaux, se penchait pour mieux se rendre compte de ce qu'il se passait. Soudain, elle cria à Azael de lâcher son armée de vampires sur les Pictes. Ce dernier ferma les yeux et donna ses ordres par télépathie. Aussitôt, les quelque trois cents vampires qu'il avait pu rassembler sortirent de la forêt où ils étaient cachés et partirent se mêler aux autres combattants. Rana sembla un instant rassérénée, jusqu'à ce qu'elle réalise le capharnaüm qui régnait en bas.

— Azael ! Que font-ils ? hurla la reine déchue dont les traits se déformaient à nouveau de haine. Ils attaquent les Vikings ! Il faut qu'ils tuent les Pictes ! Pas les Vikings !

— Désolé, Rana ! Mais je ne suis pas de ton avis !

Rana se tourna vers lui, prête à le foudroyer sur place. Et alors qu'elle faisait monter le long de ses doigts l'énergie nécessaire pour terrasser l'impudent qui osait la défier, il disparut pour se retrouver derrière elle, ses crocs plaqués contre le cou de l'ancienne reine.

— Que croyais-tu, Rana, reine folle ? murmura-t-il alors. Si nous sommes là, ce n'est que pour une seule raison : nous ne pouvons te laisser détruire les humains. Nous avons besoin d'eux pour nous nourrir ! Certes, le mal est ce qui nous motive, mais si l'équilibre n'est pas maintenu entre les prédateurs et les proies, nous mourrons tous de faim. La terre ne sera peuplée que par les insectes qui auront réussi à survivre... et je ne suis pas un insecte ! De plus, les Vikings ont la réputation d'être très forts ! Leur sang ne nous rendra que plus puissants !

— Tu m'as trahie ! siffla la reine entre ses dents, comprenant alors que sa lutte était terminée, que la Déesse ne lui laisserait pas une autre chance.

— Et tu savais que cela arriverait ! Je t'avais prévenue !

Rana regarda alors Hédéra qui était restée impassible, et s'évapora, faisant perdre l'équilibre à Azael qui se retint de justesse au bord de la tour crénelée.

Lorsqu'elle se matérialisa sur la petite île de l'archipel de Molène, Rana fut un instant aveuglée par les embruns venant de la mer balayée par le vent. Puis elle comprit enfin que la mer n'y était pour rien, mais que des larmes coulaient de ses yeux de manière incontrôlable. Elle resta un instant debout, cherchant à retrouver ses esprits, tête inclinée vers le sol. Quand soudain, apparurent devant elle Hédéra et Kieran, accompagnés de Lonicéra et Briag. Quand elle vit ces derniers, Rana éclata de son rire hystérique et félicita ses alliés de les avoir amenés. Au moins, elle pourrait se venger avant d'être tuée par la Déesse du Chaos pour avoir une nouvelle fois failli à sa tâche.

—N'en sois pas si sûre, Rana ! rétorqua Hédéra en gardant ses distances.

— Pourquoi dis-tu cela ? demanda alors la reine, inter-loquée.

Alors, sortant de derrière les rochers, les sorcières des Monadhliath entonnèrent des incantations. Briag et Kieran se mêlèrent à elles, leur apportant leur force spirituelle bien plus puis-sante. Des cristaux, situés en cercle autour de Rana, s'illuminèrent, et l'énergie dégagée par la formule magique répétée érigea un dôme invisible autour d'elle. Rana voulut sortir de ce champ, mais y était maintenue prisonnière, se cognant contre les parois translucides dès qu'elle voulait dépasser les roches luminescentes. Elle était bloquée avec Hédéra et Lonicéra dans cette prison invisible. Elle se sentait perdue, n'avait plus aucun repère.

— Hédéra ! Que se passe-t-il ? Tu avais dit que nous vaincrions !

— C'est vrai ! J'avais dit que « nous » vaincrions, mais je n'avais pas précisé qui était ce « nous », Rana !

— Une mutinerie ! Voilà ce que c'est ! Tu as perdu confian-ce en moi, alors tu retournes auprès de tes anciens amis ! Tu es bien plus mauvaise que je ne le serai jamais ! Tu as été à bonne école ! ricana la reine maudite.

— Non, Rana. Tu t'es laissée duper depuis le début par ta soif de vengeance sur Lonicéra. À tel point que tu n'as à aucun moment vu que nous nous jouions de toi ! Crois-tu que Lonicéra et Briag auraient pu accéder à toi si nous ne leur avions pas envoyé Merlin en forêt de Brocéliande ? Crois-tu que les Pictes pourraient aujourd'hui être victorieux si nous n'avions pas rallié Azael à notre cause ?

— Il m'a trahie ! cria Rana, des larmes de colère inondant ses joues.

— Non ! Il a suivi notre plan à la lettre ! Laisse-nous te rendre la paix qui te fait défaut, Rana. Tu ne comprends plus le monde dans lequel tu vis, ni aucun autre d'ailleurs !

— Je t'ai traitée comme ma fille, Hédéra ! Et vois ce que tu me fais aujourd'hui ! Puisque tu ne veux plus être avec moi, alors, meurs !

Rana envoya aussitôt une décharge électrique contre Hédéra qui la bloqua de sa main protégée par l'énergie rosée qui la caractérisait. Puis, avec une force insoupçonnée de la reine déchue, elle lui retourna son attaque, aidée de Lonicéra qui avait, elle aussi, concentré son énergie dans ses mains. La rencontre des courants rose et orange des deux fées avec le bouclier noir translucide de Rana créa des étincelles de toutes les couleurs. Le flux continu finit par créer une brèche dans le champ énergétique, quand soudain, une silhouette de femme vaporeuse sortit du talisman que portait toujours Rana autour du cou. La Déesse Kerta s'insinua dans le corps de Rana et un rire puissant s'éleva du corps de la reine.

« Vous ne pouvez me vaincre ! » cria-t-elle alors que la terre se mettait à trembler sous leurs pieds, les déstabilisant un instant. Rana profita de ce bref moment pour créer un étau invisible autour du cou de toutes les sorcières, afin de les empêcher de psalmodier. Et toutes en même temps, elles quittèrent le sol. Malgré tout, elles continuèrent leurs incantations, alors que le dôme magique s'atténuait. Heureuse de voir le sortilège perdre de sa puissance, Rana n'avait pas remarqué que les quatre compagnons s'étaient positionnés en croix autour d'elle. Le maléfice n'avait pas d'emprise sur eux. Quand elle le réalisa, elle voulut réessayer de les soumettre à sa volonté, mais Hédéra et Lonicéra furent plus rapides qu'elle. D'un revers de la main, elles rompirent l'envoûtement pratiqué sur les sorcières, qui rejoignirent le sol sans cesser de réciter la formule d'emprisonnement.

La marque de la Déesse de la Terre apparut alors sur le front des quatre amis, et chacun fut relié à Lonicéra par un flot d'énergies intenses émanant de la marque même. Ils lui communiquaient leur force alors qu'elle levait les bras au ciel, faisant se déchaîner les éléments. La mer, jusqu'alors calme, se mit à gronder et à s'élever sur plusieurs mètres en s'écrasant sur les côtes déchirées depuis des années par les forts courants. Le vent se leva en bourrasque, apportant les embruns salés et mordants qui piquaient leurs visages. Au loin, les traînées lumineuses des nombreux phares indiquant les dangers aux marins furent recouvertes par les vagues qui s'écrasaient sur les récifs émergés.

Kerta, par l'intermédiaire de Rana, fit trembler la terre une fois de plus, lui ordonnant de s'ouvrir pour engouffrer la fée ennemie. Mais elle fut devancée par Lonicéra qui commanda à la foudre de s'abattre sur la Déesse maléfique. Au premier essai, celle-ci se releva, étourdie. Mais lorsqu'un deuxième éclair vint la frapper, la terre s'ouvrit sous ses pieds, l'avalant en son cœur.

L'énergie des quatre retomba. Tout redevint calme. Lorsque soudain, un cri terrifiant sortit de terre. Rana fut soulevée hors du trou béant, portée par Kerta qui la jeta au sol sans ménagement.

— Tu m'as fait croire que tu serais à la hauteur ! hurla la déesse à Rana qui s'était recroquevillée sur le sol, incapable d'articuler mot. Mais ton insignifiance n'est pas digne d'une Déesse !

— Non ! Kerta ! Ne m'abandonne pas ! Je t'en supplie !

Alors, la Déesse asséna une gifle à Rana d'une telle force qu'elle décrocha le talisman de son cou et l'envoya voler jusqu'à la mer agitée. Puis elle s'évapora dans la faille terrestre. Rana restait au sol, haletante. Les larmes coulant sur ses joues se tarirent soudain et elle se redressa, le visage dévasté par la haine et le désespoir.

« Tout cela, » dit-elle entre ses dents, « c'est de votre faute ! Vous m'avez volé la victoire ! »

Elle envoya une décharge électrique sur Lonicéra et Hédéra qui la bloquèrent à nouveau. Lonicéra prit la main de son amie et lui communiqua son pouvoir. Ensemble, elles réussirent à créer une nouvelle brèche dans le bouclier protecteur de Rana. Les sorcières entonnèrent de nouvelles incantations afin de maintenir cette brèche ouverte et permettre aux fées d'agir. Briag et Kieran positionnés derrière elles, leur communiquaient leur énergie, puisant dans la terre pour être plus forts.

Alors, se montrant à la vue de tous pour la première fois, Myrtis cria à sa sœur de tout arrêter. Il en était encore temps ! Mais Rana ne voulait pas l'écouter, prétextant qu'elle était trop faible pour se remettre dans le droit chemin. Malgré tout, Myrtis continuait de lui parler et réussit à l'attendrir en lui parlant de l'amour qu'elle lui portait toujours ; les épreuves traversées n'avaient jamais rien changé aux liens qui les unissaient. Alors, les défenses de Rana s'amenuisèrent. Son champ protecteur, bien que toujours présent, n'était plus aussi fort. C'était juste ce qu'il fallait à Lonicéra et Hédéra qui firent sortir du sol pourtant aride de l'île des pousses de chèvrefeuille et de lierre qui vinrent s'enrouler autour des pieds de Rana, l'empêchant bientôt de bouger. Bien que devinant sa fin proche, elle continuait de se débattre, envoyait des décharges électriques ou des boules d'énergie pure sur ses adversaires, mais celles-ci étaient à chaque fois bloquées par Kieran et Briag qui protégeaient les fées en plein travail.

« Écoute-moi, Rana ! » cria encore Myrtis. « Autrefois, Typha, dont Hédéra a hérité le don de divination, a fait une prédiction. Je n'ai jamais voulu y croire, mais aujourd'hui, je sais qu'elle va se réaliser. Cette prédiction disait ceci : l'une ne peut aller sans l'autre. L'une représentera le bien, l'autre représentera le mal. L'une aura le soutien de ceux qui l'aiment, l'autre sera abandonnée par ceux qui la servaient. Mais l'une comme l'autre dans la mort seront liées, et à la faveur de la Déesse, trop tôt devront retourner. Par le sacrifice de l'une et la rédemption de l'autre, le monde magique sera purifié. »

Et avant que qui que ce soit n'ait le temps de comprendre ce que cela signifiait, Myrtis franchit la brèche et prit sa sœur jumelle dans ses bras, se laissant entourer par les branchages grimpants qui finirent de les emprisonner à une vitesse fulgurante. Quand elles comprirent ce qu'il se passait, Lonicéra et Hédéra coupèrent le lien et Lonicéra se précipita vers l'arbre qui continuait de se fabriquer devant ses yeux horrifiés, guidé par la volonté de Myrtis. Alors, elle entendit la voix de sa mère dans sa tête qui lui disait d'être forte. Elle les aimait plus que tout au monde, elle et son père. Mais son destin était d'être liée à sa sœur pour l'éternité. Puis sa voix s'étouffa alors que l'arbre finissait de se nourrir des énergies puissantes des deux fées qui avaient désormais accepté de ne faire qu'un avec lui.

Soudain, devant l'assemblée médusée, l'enchevêtrement du lierre et du chèvrefeuille s'illumina et se métamorphosa en un saule pleureur aux branches pendantes qui se balançaient au gré du vent océanique. Lonicéra se jeta contre l'arbre en pleurant, demandant pardon à sa mère pour ce qu'elle venait de lui faire, priant la Déesse d'échanger leurs vies et de l'enfermer, elle, dans l'arbre avec Rana. Alors, une main douce se posa sur son épaule, et Lonicéra se sentit plus calme. Ses larmes cessèrent de couler et une sensation de paix la parcourut. Elle se leva pour faire face à Tellus qui lui communiquait ainsi sa force, mais ne put la regarder dans les yeux.

— Ne te reproche rien ! lui dit-elle. Myrtis savait depuis longtemps que ce jour viendrait. Rien n'aurait pu la dissuader d'agir ainsi. Ta mère et ta tante sont maintenant auprès de moi, et dès que tu en appelleras aux énergies de la Terre, tu seras en contact direct avec Myrtis. Ton amour pour elle te fera ressentir sa présence lorsque tu en auras besoin.

— Ma mère est une héroïne ! dit alors Lonicéra en retenant un sanglot. Grâce à elle, le peuple magique est sauf.

— Mais si vous n'aviez pas été là, tous autant que vous êtes, qui sait ce qu'il serait advenu de notre si belle terre ? conclut la Déesse avant de s'évaporer. Merci…

Se tournant vers les autres, Lonicéra se précipita dans les bras d'Hédéra. Elles s'étreignirent pendant un long moment, jusqu'à ce que les elfes les rejoignent. Lonicéra prit alors Kieran dans ses bras, alors qu'Hédéra se blottissait contre Briag. Puis ils se regardèrent, ne sachant quoi se dire, heureux tout simplement d'être à nouveau réunis. Ils décidèrent ensuite d'un commun accord de retourner à Huelgoat, voir ce qu'il advenait de leurs alliés.

Lorsqu'ils apparurent sur le champ de bataille, Gurvan courut à leur rencontre, son rire tonitruant faisant trembler les hommes assis au sol.

— Alors ? Avez-vous réussi ? demanda-t-il impatient. Enfin, je suppose que si vous n'êtes pas mort, c'est que Rana l'est ! Pas vrai ?

— En effet, Gurvan. Rana n'est plus, lui répondit Lonicéra que la peine envahit à nouveau.

Puis Merlin s'approcha d'eux et s'emballa, enthousiasmé par la bataille qui venait de se dérouler.

— Quel dommage que vous n'ayez pu voir ça ! dit-il en sautillant comme un enfant. Si vous aviez vu comment Gurvan a sauté sur le chef des Vikings ! Harald, il s'appelait ! Et il lui a tranché la tête d'un seul coup de hache ! Aussitôt, tous les autres se sont désintégrés ! Ma théorie était juste !!! La magie de Rana n'a pas pu résister à ma perspicacité !

— Et notre filtre de protection a-t-il fonctionné ? demanda alors Briag.

— On ne peut mieux ! Regarde tous ces hommes qui reprennent leurs esprits ! Ils ne savent plus ce qu'ils font là et pourquoi ils sont accoutrés comme des soldats du moyen-âge !

— De quel filtre parles-tu ? questionna Hédéra.

Briag lui expliqua alors que, sachant que les hommes qui allaient être envoyés en première ligne n'étaient pas réellement les alliés de Rana, mais plutôt ses esclaves, Merlin et lui avaient tout fait pour limiter les dégâts. Aussi avait-il confectionné un onguent à base de fleurs de digitale qu'il avait toujours dans sa bourse, et dont les soldats avaient enduit leurs armes. Associé à un sort très avancé lancé par Merlin, le but était seulement d'endormir les innocents qui seraient touchés par les épées. Les autres mourraient sereinement, emportés par la puissance de la plante qui ralentirait leurs cœurs jusqu'à ce qu'il s'arrête. Kieran trouva cela fort astucieux et commença à questionner Briag sur la composition de cet onguent, comme s'ils ne s'étaient jamais quittés.

Mais soudain, il s'arrêta de parler et se figea. Azael venait de s'approcher d'Hédéra, et jeta un regard entendu à l'elfe. Il ne tenterait rien qu'il pourrait regretter.

— Ce sang de Viking était délicieux ! dit-il alors à la fée sur le ton de la conversation. Quelle énergie ! Je suis repu ! Je goûterai celui des fées une autre fois, il faut croire !

— Merci pour ton aide, Azael ! lui dit alors Hédéra en souriant à sa boutade. Grâce à l'union de nos forces, nous avons pu préserver la vie sur terre. Cependant, et ne le prends pas mal, j'espère ne jamais plus avoir à rencontrer de vampires !

— Je te comprends, répondit-il en riant, nous ne sommes pas de très bonne compagnie. Prends soin de toi, la fée.

— Toi aussi.

Et elle le prit dans ses bras quelques secondes en signe de reconnaissance, et lorsqu'elle s'écarta de lui, elle le rabroua gentiment.

— N'y pense même pas !

— Penser à quoi? Non! Je ne pense à rien! Bon, d'accord! Mais on ne se refait pas!

Il arrêta alors de parler, son attention attirée par la jeune fille qui se trouvait à quelques mètres de là. Ketty était arrivée auprès de sa mère et fixait Azael. Leurs regards semblaient collés l'un à l'autre. Kieran s'approcha du vampire et posa sa main sur son épaule en signe de dissuasion.

— Elle non plus, Azael ! Ton temps ici est révolu, qu'en penses-tu ?

Il fixa l'elfe et acquiesça. Il s'inclina alors devant eux avant de rejoindre son clan.

Ketty le suivit du regard, et avant de disparaître, il lui sourit. Elle resta un instant perdue dans ses pensées puis reporta son attention sur sa mère qu'elle n'avait pas revue depuis qu'elle avait quitté les Monadhliath. Elle se précipita ensuite vers Hédéra et lui sauta au cou, tout enthousiasme retrouvé.

« Alors ? Je n'avais rien oublié ? Tout était bien comme tu me l'avais demandé ? »

Devant le regard interrogateur de Lonicéra, Hédéra lui raconta comment Ketty avait travaillé dans l'ombre pour elle, préparant le terrain sur l'île de Molène, et prévenant les sorcières et Myrtis de la date et de l'endroit où elles devraient se rendre. Pendant les longues heures passées seule dans le souterrain du château, la petite avait appris à communiquer à distance en créant un disque d'énergie bien à elle. Il lui avait suffi de se souvenir des leçons données par sa mère. Elle avait alors contacté Myrtis et lui avait demandé de préparer le lieu où Hédéra avait prévu que Rana atterrirait.

En se tournant vers le champ de bataille, Lonicéra se sentit soulagée que tout cela soit bel et bien fini. Les humains qui avaient accompagné Jeff cherchaient leurs parents enlevés par Rana dans la foule encore étourdie par le filtre de protection, et partout, on entendait s'élever des cris de joie lorsqu'enfin l'être aimé était retrouvé. Jeff s'approcha de Lonicéra, lui sourit, et repartit aussitôt aider à soigner les blessés. Même les animaux participaient. Les femmes et les enfants Picte couraient vers leurs pères ou leurs maris, se sautaient au cou. Il n'y avait eu que peu de pertes dans les rangs Picte, mais lorsque Lonicéra vit Goulven debout à côté de sa tante, le regard résigné, elle comprit que l'enfant était désormais orphelin. Kenan était mort en sauvant le monde. Sean, qui ne pouvait combattre étant donné son grand âge, s'était vu confier le petit par Kenan qui avait tout de suite vu un attachement entre eux. Il s'approcha alors de l'enfant et lui murmura quelque chose à l'oreille. Aussitôt, le visage de Goulven s'illumina et il se tourna vers sa tante qui acquiesça. Puis le petit se précipita vers Lonicéra et lui cria.

« Ma douce fée ! Je vais venir vivre près de toi ! Je serai le disciple de Sean et je deviendrai le gardien du passage dans ton monde ! Je pourrai te voir tout le temps ! »

Lonicéra prit l'enfant contre elle et comprit que quoi qu'il arrive, elle le protégerait comme son propre fils.

Épilogue

Dans les profondeurs de la mer d'Iroise, le talisman dansait au grès du courant marin. Pendant des années, il fut ballotté par les courants contraires, transporté jusqu'au plus profond des océans, là où l'attraction terrestre est telle que les boussoles deviennent folles et qu'aucun bateau ne réchappe aux tempêtes.

Mais un jour, dans le monde perdu sous la mer, une petite main finit par se refermer dessus et la voix d'un enfant s'éleva sous l'onde marine :

« Comme c'est beau ! Je vais l'offrir à maman ! »

Remerciements

Écrire des remerciements est toujours un exercice délicat. On se dit : « J'espère que je n'ai oublié personne ! » ou encore « Par où commencer ? »

Alors cette fois-ci, je me contenterai d'envoyer un énorme merci à toutes les personnes qui, de près ou de loin, ont contribué à la venue au monde de ce deuxième tome de Lonicéra.

Merci à mon éditeur. Je suis certaine que cette collaboration franco-québéquoise sera une formidable aventure.

Et merci aux lecteurs qui, par leur enthousiasme, permettent à Lonicéra de vivre et d'évoluer. Sans vous, rien ne serait possible.

De tout coeur, merci !

Annexes

Symbolique des plantes et des arbres

Azalée : joie d'aimer
Chêne : justice, mais aussi virilité, force, endurance, longévité
Chèvrefeuille : liens d'amitié et d'amour, gentillesse
Dahlia :
jaune : fidélité
orange : déclaration d'amour passionné
rouge : amour éternel
violet : amour éternel et croissant de jour en jour
Eucalyptus : amour des voyages
Fougère : fascination, confiance et sérénité
Hêtre : sagesse
Lierre : amitié, fidélité, attachement, éternel amour/amitié
Liseron : humble persévérance
Lys : douceur, pureté, majesté
Mousse : amitié
Orchidée : séduction, sensualité, magnificence, fécondité, perfection, spiritualité
Renoncule : vous êtes divine, pleine de charme, raillerie, perfidie, méchanceté
Ronce : peine, envie, jalousie, injustice
Rose : séduction, perfection, sensualité
Roseau : complaisance, amour pour la musique
Saule pleureur : deuil
Sureau : bonté
Tamaris : promesse de protection

Origine des noms féeriques du livre et classification

HEDERA: Lierre (F: Araliaceae ; G : Hedera)
LILIA : Lys (F : Liliaceae ; G : Lilium)
LONICERA : Chèvrefeuille (F : Caprifoliaceae ; G : Lonicera)
MYRTIS : Eucalyptus (F : Myrtaceae ; G : Eucalyptus)
OPHRYS : Orchidée (F : Orchidaceae ; G : Ophrys)
RANA : Renoncule (F : Ranunculaceae ; G : Ranunculus)
TYPHA : Roseau des étangs (F : Typhaceae)

Signification des noms celtes du livre

APHRIA : plaisante, agréable
BRIAG : estime, considération
EFFLAM : rayonnant
GWELTAZ : chevelure
KIERAN : guerrier, assaut
RIWAN : piquer, frapper, pointer, s'avancer
MOYRAH : chère, aimée
KETTY : pure
GOULVEN : moineau
GURVAN : davantage, poussée, assaut
TUDONIA : peuple
KENAN : beau

Signification des autres noms

OCÉANE : océan
WILFRIED : volonté, paix
HENRY : maître de maison
SEAN : Dieu fait grâce, ou Dieu pardonne
JEFF : la paix de Dieu
BALTHAZAR : protéger la vie du roi
AZAEL : ange qui s'est rebellé contre Dieu ; enchaîné au milieu du désert, il attend le jugement dernier

Signification des noms vikings

AMALRIK : fort au combat
DANKRAD : sage conseiller
BJARNI : fort comme un ours
BRYNJOLF : le loup cuirassé
EIVIND : toujours victorieux
HARALD : celui qui commande l'armée
HERULF : le loup guerrier de l'armée
LUDERIK : glorieux et puissant
OSBERN : l'ours des dieux, guerrier
THOROLF : le loup de Thor, guerrier

Signification des roches et minéraux

CRISTAL DE ROCHE :
>	Récepteur, émetteur, transformateur et amplificateur énergétique. Favorise la circulation énergétique, intuition et méditation, apporte pureté au mental. Canalise l'énergie de toutes les pierres.

CALCITE :
>	Tonifiante et revitalisante, convivialité et communication chaleureuse. Redonne le moral, sourire et joie de vivre. Bon tonique sexuel.

PIERRE DE JAIS :
>	Les personnes attirées par elle sont des âmes anciennes, avec beaucoup d'expérience sur terre. Protège des ondes négatives et du mauvais œil, renforce le corps aurique.

ŒIL DE TIGRE :
>	Renvoie les énergies négatives vers son envoyeur, protection, énergie, confiance en soi

LAPIS LAZULI :
>	Pierre sacrée, sagesse, facilite l'intuition et l'esprit de solidarité, harmonie dans les relations humaines.

PIERRE DE LUNE :
>	Féminité, douceur, réceptivité, intuition, guérison par l'acceptation et l'amour, protège les voyageurs.

GRENAT :
>	Développe la confiance en soi et la persévérance nécessaires à la réalisation des projets, apporte le plaisir de l'action et le succès est assuré. Protège du mal et des dangers cachés.

Table des matières

www.ingramcontent.com/pod-product-compliance
Lightning Source LLC
Chambersburg PA
CBHW051132020726
47501CB00005B/1475